画屏

周海泉◎著

画屏彻夜凉，点烛银河行。
夜里不思眠，遥见少微星。

九州出版社
JIUZHOUPRESS

图书在版编目（CIP）数据

画屏／周海泉著 . -- 北京：九州出版社，2024.
9. -- ISBN 978-7-5225-3369-8

Ⅰ. I247.5

中国国家版本馆 CIP 数据核字第 20241QK643 号

画屏

作　　者	周海泉　著	
责任编辑	沧　桑	
出版发行	九州出版社	
地　　址	北京市西城区阜外大街甲 35 号（100037）	
发行电话	（010）68992190/3/5/6	
网　　址	www.jiuzhoupress.com	
印　　刷	唐山才智印刷有限公司	
开　　本	710 毫米×1000 毫米　16 开	
印　　张	16	
字　　数	178 千字	
版　　次	2025 年 1 月第 1 版	
印　　次	2025 年 1 月第 1 次印刷	
书　　号	ISBN 978-7-5225-3369-8	
定　　价	78.00 元	

●●●●●● 目录

风尘一

引子：孤掌月明仙影过，秋水佳人惹横波。

　　西上莲花云烟绕，山隐几点苍松落。

　　传说昆仑山是从古至今的修仙之地，真个飞尘罕至，人迹不逢。那里有一个终年仙气弥漫、云雾缭绕的温泉谷，谷之上有一株紫色的灵芝，不知道她在这里修炼了多少年，我只知道这里的土地公和山神每两百年一换，已经换了四五轮了。听说她刻苦修炼，采日月之精华，得山川之灵气，在体内结成了一颗元丹，但是必须经历雷劫之后，才能化成人形，否则只有形神俱灭了。

　　一千年了，她化成人形还只是虚体，不停地在本体灵芝之间来回变幻。她控制着体内灵气向丹田聚去，渐渐挤成液态，人体的形态越来越实在。此刻白云悠悠的潋滟晴空，马上乌云遍布，笼罩整个山谷，夹杂着轰隆隆的雷鸣不断，有电光闪烁，透出天地正气。

　　我立在青虬背上，抬头看着压顶的云层，又低头看了看不断和本体灵芝之间来回幻化的人形，心头掩不住的高兴！土地公拄着拐杖，对我说："不知鹤神驾到，小神有失远迎！"

　　"土地公免礼，叫我东君即可，我前来助一蓬莱故友度过雷劫。"

正说话间，空中的劫雷马上就要落下来了！她若不及时布下防护结界，恐怕劫雷一落，非但她结不成丹，反而会被劈成飞灰。她将结界一层一层布下，三层结界罩在头顶上空。体内已呈液态的灵气慢慢地凝聚在一起，似太极一般，汇成圆形旋转。突然天空中一声巨响，一道闪电伴着惊雷从天而降，直接击破了第一层和第二层的防护结界，直到第三层结界被震出了裂纹才被抵消。糟了！丹劫共有三道劫雷，不用想她还没有那么大的修为抵抗！

"轰——"第二道劫雷冲破结界直接落到了她身上，只见她一口血喷了出来，想必她体内的元丹在这一击之下受到重创，原本就未化成实体，一下人形，一下灵芝，更快地来回变幻。只是不管她伤得怎么样，比前两道劫雷威力更强的最后一道劫雷落了下来，可是她已经没有一点儿力气了。突然三道红光快劫雷一步落在她的身体上，第三道劫雷被我那三道神符迸发出的红色光芒全部挡在了她的身体之外，慢慢消弭无形，化作灵气散在天地之间。劫雷消失之后，云也散了开去，又恢复明朗的晴空。

"守神抱一，采气归田！"我的声音响起，扶她盘膝坐下，一只手抵在她的背心处，引导着她体内的气流归向丹田。劫云散去后，天地间因雷霆而聚起的乾阳罡气充裕了整个山谷。她竭力地吸取着谷中的灵气，丹田中的那颗清亮透明的元丹正滴溜溜转着。

结丹成功！我将那道法力收回，贴在她背心处的手掌也撤了下来，询问："姑娘，你还好吧？"她睁开眼睛，兴奋地看着双手，又摸了摸脸，知道自己已经化成人形，兴奋之情溢于言表，叩拜说："多谢上仙相救，小女子当永生铭记！"

我扶她起来，坐在岩石之上说："一切皆有定数，姑娘无须言谢!"她又拘礼说:"小女子姓王,名秋容。依稀记得,上一世我只活了二十年许便命入黄泉,在阴间酆都之时,判官说,我修夙世善因,这一世可成就仙缘,本来我还以为是会投生哪处仙境,谁知过了六道轮回,转生之后方知这一世竟投生成了一株灵芝。"

土地公在旁边说:"你经过多年的苦修,今天终于结丹,化成人形,真是不容易!想来你这仙缘应在东君上仙身上,你只得上仙三道神符,不仅安然度过了雷劫,更铸就仙根,现在只需入尘世修善果,待功德圆满之日,定能白日飞升,位列仙班。"

我一扫拂尘,说:"贫道当初幸得观音菩萨点化,由仙鹤之体羽化登仙,皈依普陀山,后来得成正果,道行日渐加深,方知天数劫数难违,拯救苍生事大。依贫道看,你修成真人,颜值如玉,就送你'玉颜'俩字吧?"

王秋容泪光闪烁,说:"小女子就叫'玉颜'吧,过了这雷劫,得以化成人身,成仙也好,步入红尘也罢,以后就再也不用终日只做一株灵芝,在这谷中寸步难移了。"

我掐指一算,正值众道友在莲花峰会合。我即起身告辞,王秋容与土地公相送,问:"上仙留步,敢问洞府何在?"

"武陵源莲花峰迎客苍松下。"话音未落,我已乘上青虹腾云而去。

1. 莲峰修道

很多年以前,我是纯白的大罗仙境里一名成员,刻苦修炼,长

发披肩，背一口剑，总是站在炼丹石畔，面朝起伏的滚滚红尘，泪流满面……

　　吹蜡风细旧琴台，冶叶倡条两相闲。

　　无端折得月宫桂，一盏清辉到下弦。

　　我号东君，算来自从我在莲花峰修炼成人形之后，过眼白鹤翩翩，浮云冉冉而逝，我只知道自己端坐在武陵源莲花峰的迎客苍松下修炼了五百年。日子平静得可以捕捉到风的去向，真的是好漫长的光阴。可是我并不感到寂寞，因为有沓云陪在我的身边，他是我唯一的徒儿。当我面对着吹台弹古琴的时候，他会支起八卦炉，焚上檀木香，听我弹一曲"洞天春晓"，且看我左指绿绮羽，横挑着坦白的和弦，是相思情未了，潭里鱼儿也得醉。云暂驻，波光入，又是一阵风吹拂，他对我深情地说："师傅，只要能跟你在一起，不管是千年万年!"

　　我停下打坐，张开双眼说："一个连仙籍都还没有取得的修炼者，一不小心就堕落轮回。试想一下，凭什么跟为师谈千年万年?"

　　"我早晚会取得仙籍!"沓云说的话我听出了果断。

　　我身为神仙当然知道天规的不可冒犯，说："如果你陷入情劫会怎样? 忘了告诉你，仙只能修炼度劫，必须忘俗于心，修心方才修行，无为而无不为，接近永恒之道的点化，从而参悟生死的根本，离苦得乐!"

　　我真正感到孤单是爱上昆仑山的王秋容之后。她凭自身修炼，步入凡间修行积善，终于得到引荐成仙，被西王母册封为"玉颜仙子"，安居蓬莱仙境。早晨鸟儿初啼数声，知己永远都是驾云来迟。一人静别问琴声何来，佳期难猜。我为玉颜仙子苦苦等候，盼着那花开。我心中的那朵花，要等上三千年才开一次。桃花劫，人面长相映。直到月色如泻，洒下一地的剪影，有一种思念在流泉直下的水面上荡漾。

花轩外，有一方水鉴，我们在水里照见了自己的动人模样。是梦，非梦？浮云醉在了仙霖，流泉终老在了幻境。如诗般的奇遇，似画般的情思，在左右着我超然物外的琴弦。一声叮咚，仿佛穿越了千年的轮回。玉颜仙子不胜娇羞地说："这里怎么会有一方水塘？"

"不，这不是普通的水塘，而是一方水鉴。"我指着石壁上"清波水鉴"四个字纠正了玉颜仙子的说法；眼底是一碧如洗，断练越澄空。玉颜仙子笑了，花儿也醉了，她一向叫我上仙，偶尔改口叫我的道号说："东君，这水鉴有何妙用？"

我施展法术，水鉴上出现人物情景，解释说："水鉴可以照出一方天地的过去未来，一举一动都在我的眼前历历呈现。"然后，玉颜仙子惊叹："那水鉴上的人好面熟呢！"

"他是我的徒儿——沓云，是应劫而生的结果。"我拉玉颜仙子一起在水鉴上照了一下，看上去面容娇俏，有点弱不禁风的样子，让我的心湖渐渐泛起了涟漪。玉颜仙子的浅鬓似云飘，问我："你最喜欢什么花？"

她望着我，淡眉如峰聚。我说："我最喜欢的花是桃花。有时候我真想做一个误入桃源的武陵人，跟你去体验一下凡间的生活。"

玉颜仙子吃惊地问："你不是不想去凡间吗？"

"是啊！可是我终有此一尘一劫！"我的语气很坚定，仰望天悬北辰照。

玉颜仙子转身走了，莲足悄，情影迢迢，是回蓬莱檀月殿吧？情路漫漫幸能与她相伴，心中无憾！她说："凡人都想成仙。仙为什么要做回凡人？"

弄青丝何处是仙山？梦断玉笛寒。一朵白云在我的脚下浮槎，引得我朝游不倦。经历过太多悲欢离合，我想过眼无非云烟，或许会有某些人只是我生命里的过客。随口吟道：

纤云过眼前，日出放天晴。

引针飞仙台，打坐参黄庭。

拨弦银河上，放歌九霄闻。

青虬欲飞去，把酒朝玉京。

"唳——"我立在青虬背上，载着清风一路向前，渐渐飞越了华山。我在追逐玉颜仙子，我发现心里放不下的还是她，明明她已经走远，我却还是割舍不下，哪怕离开一步之遥。

"哎！"算了吧，我不要再追她了。我心里这么想着让青虬踏下了云头。当我越飞越低，在山峦间穿梭中的时候，回头看见了空中急驰而来的仙界统领泰和午阳，问道："午阳真君，欲何往啊？"

泰和午阳手握红樱尖枪，定了身形，问："东君，你可曾看见一个人影从此经过？"

我停下行程，回忆说："我好像看见刚才从眼前飞过去的沓云。真君意欲何为？"

泰和午阳行云过来与我合在一起，小声说："仙界里有人暗中勾结魔界，暴露青木塔的位置，幸亏被我发觉，故而奉命追缉。如果令徒是仙界的叛徒，东君可不能护短！"

"此事我已知晓，绝不姑息。真君请自便。"我乘上青虬而去；泰和午阳返回天庭复命。

风光潋滟，倒映着三十三天的宫阙楼台。而我长发披肩，背一把紫电神剑，立在青虬之上，朝朝暮暮，神游太虚。仙宫迷楼，云烟缭绕。大罗神仙一个转身去几万里，我们却还停留在朝天门之上。此时，眉峰若蹙的我凝望远方，不断地有成双的神仙腾飞经过，手按紫电神剑，我不知道该剑指何方？

此时，仙界的青木塔传来消息：青木塔被纵火，塔顶明珠被盗，幸好被镇塔的星妃发现，及时处理才未酿成严重后果！我知道有的仙家认为是有魔族之使潜入仙界，于是议论纷纷，处处戒备起来。此事已经惊动天庭，派出了泰和午阳带领天丁在仙界内查找卧底。

风声很紧，鹤唳九天翱翔不断。玉颜仙子问我："东君，为何闷闷不乐？"

我说："泰和午阳告诉我，我的徒儿沓云有背叛仙界的嫌疑，不知如何是好？"

玉颜仙子说："何不查实，清理门户？"

我叹道："他只是跟魔子昔影有交往，怎么就成了仙界的叛逆？"身为仙人应当以身作则，为仙界的安危着想，不能只是顾及个人感情，更何况仙魔之争由来已久，这是最简单的道理。想来想去，我只能让沓云与昔影划清界限，维护仙族大义。

玉颜仙子对我说："东君，仙魔不两立！"

我摇头说："还是静观其变吧。"其实等昔影的盖世魔功炼成了，我就算与姬神、太朴子联手也不是对手，而昔影还有犬夜叉做帮手。

2. 被贬华山

每天凌晨我都仰望着东方出现的启明星，云层里的余晖洒在莲花峰的"醉仙居"上，显得有些微凉苍茫。总参不透天道轮回，是烟非烟冷雨打视线，我的眼眸里有纷纷飞红落下，神州大地顿时一片苍茫！

因为修炼的缘故，很少有人进我的"眠云洞府"，我总是一个人深居简出，由青虬为我把守洞府，里面有温泉浴池，有五彩奇石闪烁，石台为榻，石臼为盆，石鹤为伴，墙壁上还长满了灵芝。外面的醉仙居木格为轩窗，有缕缕浮逝的云烟，很喜欢宽敞的琴台和两间卧室，一间挂避寒珠，一间挂避暑珠，我总是变换居住。仙友们也在附近的不同山峰各自修炼，一遇有事我则会收到鸿雁传书或千里传音。

青袍老祖知道我的生辰到来，将一面古镜赐予我作为贺礼，我问："此镜有何妙用？"老祖说："此镜乃法宝，可以遥查千里，还可以照出邪灵！"可是我将古镜送去蓬莱檀月殿给了玉颜仙子，可能在我需要用这面镜子的时候，只能开口向她借了。依稀想念的人在栏杆外，望着花瓣在水面上袅娜着，仿佛梦一样在波光里游离，消失了踪影不见。她造访眠云洞府，很有心地送给我一个如意枕头，说能够与她在梦里相会；我脸上带着笑，说："你难道不知道真人无梦吗?"玉颜仙子说:"我还到不了那境界,只知道'庄周梦蝶'。"说完,依偎在我的肩上,一起看群山妩媚与碧落飞仙。

仙凡有别。凡人最要紧的是成家立业,光宗耀祖;神仙不同的是修炼度劫比什么都重要,有时候要放下男女之情。我心中放不下的是玉颜仙子,对于我来说情也是劫,躲也躲不过。

玉颜仙子说:"过眼云烟,只有情才是世间永恒的存在。"

我已经从七情六欲里修炼出来,说:"凡人有托付之情,神仙有思慕之情。怜悯苍生才是太上之情。"

玉颜仙子说:"仙,应该遨游天地!我们的情,日月为鉴。"

那一日,在风吹起的时候,我照样背一把紫电神剑,一个人站在蓬莱的炼丹石畔面朝着起伏的红尘仙峦,思念起玉颜仙子给我送来无烦恼的快乐了,可是今天例外,她一直没有来,像是失踪了一样。我跟她是约好了的,等了又等不见她来,于是到处寻找。

有人说玉颜仙子被天庭打落了凡间;可是我急忙赶去降仙台,问了守卫在那里的天丁和力士,却没有她下凡的消息。

也有人说玉颜仙子被永远冰封在了昆仑山的仙霖禁地;仙霖的入口有一座耸立的巨大界碑,上面刻着十六个字:"天地之极,分界南北。欲脱轮回,早证仙道。"可是当我飞向遥远雨雪纷飞的仙霖禁地,那里只有巍峨雪山,还有斜插在地面上的冰剑和四处蔓延生长的虬藤。因为我是私闯,几百柄冰剑向我射来,我撑开结界纷纷被挡住,又有几百根虬藤伸出来想把我捆住,我拔出背上的紫电神剑一晃为百,百化为千,我喊道:"还不让开?今天我斩断你们这些藤精!"

这时候在仙霖守护的仙姑出来制止,问明来意,对我说:"东君，仙霖根本没有玉颜仙子出现!"我急忙收剑，发现两座冰雕，凭自己的神目透视里面仿佛是两位仙女，听仙姑说："这是犯仙条被冰封在此的两位仙女，已经两百年了，今日正是难满之时，想必你就是她们的救星吧?"我口吐三昧真火，瞬间将冰雕融化，两位栩栩如生的仙女出现在我的面前，她们跪地相谢，自报名号，一位叫檀烧，一位叫清弄。

我背着紫电神剑，问道："两位仙子，不知此前犯何罪? 可否从头说来?"檀烧，清弄说："二百年前，我们合谋盗取西王母梳妆台上的昊天古镜逃下凡间，欲照亮洞天仙府，不想事情败露，因为此举冒犯天规，被西王母下旨禁于此境! 此番得上仙相救，愿舍生相报，在所不辞!"

而沓云跑来告诉我，西王母误信谣言，玉颜仙子被压在了华山下的石屋里。我想去救出玉颜仙子，可是众仙友说仙法无情拦住了我。我学到了天罡变化术，可以变成花草树木，甚至尘埃苍龙，如果我把天罡变化术传给玉颜仙子，那么华山石屋就奈何不了她，是我只顾谈感情，疏忽了劫数的来临。忽然沓云跑来对我说："师傅，何不去求昔影，让他去华山搭救玉颜仙子?"我反对沓云提出的办法。沓云却背着我去见正在躲藏的昔影。沓云话不多，开门见山;昔影竟然是一个美貌少年，其实它是一个满眼火星的魔子。

昔影答应为沓云去救玉颜仙子但是有一个条件，就是要为他提供"醉仙居"为藏身之处，他要潜心修炼"盖世魔功";沓云知道这样做是犯仙条，还是答应了。我对沓云说："玉皇大帝颁布的'仙条六重十八轻'不容忽视，否则严惩不贷!"我一问之下，得知昔影经常去不老山地界，被封印在万蝠洞里面的黑煞传授给他"盖世魔功"。我不想多说，知道沓云被它迷惑眼里已无仙魔之分，独自离开"醉仙居"，口唤一声，招来青虬载我而去。

思过崖，流水迢迢。青袍老祖告诫我："东君，玉颜仙子只是昆仑山的一株灵芝，虽然经历几世几劫得道成仙，你又何必看不透缘起缘灭，苦苦痴情与她？真不该为她违反天规，自断修行！"我低头，内心极为痛苦，不可名状。我想不管怎么样，玉颜仙子是值得爱的一个人，她从不伤生害命，是那么温柔，那么贤淑，对谁都有礼有节，是个出类拔萃的好女仙。一直以来，我相信自己会有命中人，上天会促成我们在一起。青袍老祖掐指一算说："玉颜仙子已经自由了。西王母命人前去释放玉颜仙子，昔影已经救她离开华山，去了蓬莱。"

3. 树下三年

思过崖的龙血树下，停留三年。碧空接碧水，紫烟蒸紫霞。我终日对弈，或与姬神，或与太朴子，语笑声声，但闻山涧鹤唳，我们却是不分胜负。飞瀑直下，仿佛是从天上的银河流泻下来，那里五彩祥云笼罩，有神仙出没，或乘凤凰，青鸾，还有御拐杖和飞剑。

我的心思不在斗转棋盘上，我在想念至亲至爱的玉颜仙子，天河飘散，你会不会将我遗忘？银汉弄巧，哪一颗星是你？留给我心间不变的容颜，隔世的情缘，不如笑傲于世间，我们一往无前，直到花开再相见。我很少去蓬莱，那样会打扰她修行，如今三年已过

她该回来了。

"快看!"忽然,九天之上,有黑云飞过……是魔障重生的预兆。我开始担心,自己会不会成为一颗棋子,任凭摆布;我更担心玉颜仙子,她修行尚浅,怎么能够把握好自己。如果我们真的下凡界去,度化有缘人,一旦没有了法力,那结果会怎么样?是万劫不复吗?不得而知。

一日不见,如隔三秋。太白师尊玄发三千丈,手持绿玉杖出现在大树下。我问:"师尊,你不是被卫叔卿邀请去登云台了吗?"

"哈哈,东君,看见黑云了吗?是劫难啊!"

"我们看见了。"姬神,太朴子都已起身行礼;太白师尊回礼。

太白师尊拂尘一扫,在我耳边嘱咐:"为师要你代替下一趟凡间,帮我复兴一下诗坛。"我徘徊着说:"我还是派徒儿沓云下凡,肩负重任吧?"心想太白师尊主管天界兵戎,也曾亲自下凡界,留下了"诗仙太白"的名声,我没有理由逃避下凡完成任务;太白师尊接着说:"如此也好。酒仙杜康送我一坛酒,这是我喝剩下的一壶,现在送给你喝吧?"

白光一闪,瞬间消失;太白师尊与姬神,太朴子都已经相继离去。我隐约听见太白师尊在空中吟了一句诗:"既当少微星,复隐高山雾。"我拿着太白师尊送我的那一壶酒,坐在龙血树下开怀畅饮,一口气喝完了。真是酒酿相思,我索性化作一道青气,钻进酒壶里去,美美地进入了梦境。

"这里怎么会有一个酒壶?东君跑到哪里去了呢?"

我在酒壶里听到是玉颜仙子的声音,连忙从壶口溜出来。果然是玉颜仙子从蓬莱回来了,想必修为更高于从前。我告诉了她将遣沓云下凡界的事情。她暗自揪心，不想下凡偏要下凡去，预感着的事情还是发生了。我躺下身，不经意露出腰间的玉佩；玉颜仙子解下我的玉佩，拿在手上把玩，说："你的玉佩跟我的玉佩可以合二为一，我们交换一下吧？"

"好啊！"我回答后渐渐合眼睡着了，开始做起了梦，梦里玉颜仙子取出一个铃铛，说："仙界早就流传少微星要下界了！西王母送我一件法宝，叫作'护花铃'，你看！"我拿过护花铃，在自己的眼前摇起来，感觉到头晕，瞬间就躺下了。不知道过了多久，当我清醒过来，发现玉颜仙子正在看着我，我也痴痴地端详她的美丽模样。我说："是什么风铃啊？我怎么一下子就晕了？"

玉颜仙子莞尔一笑，告诉我："这是保护自己的一件法宝，轻轻一摇就可以使人晕厥，甚至法力高强的神仙，还有狡猾的妖精。"

我一觉醒来，发现手里握着玉佩，玉颜仙子什么时候走的我都不知道。天狼星出现在我面前的时候，我正站在炼丹石畔凝望起伏的滚滚红尘，不言不语。他看上去锐气一点未改变，分明是一员天神，头戴紫金冠，足踏祥云，还是那么骁勇善战，盛气凌人。他知道众仙把黑煞封印在不老山万蝠洞，要求我把黑煞放出来，与他在新仙界再决高下。

"仙界需要安宁，所以我做不到。"我拒绝了天狼星的要求。

"东君，不打败他，我岂肯罢休？"天狼星虽然口里喋喋不休，还是违抗不了我的意思，因为他害怕我告他的状。其实我知道天狼星炼成了"乾坤大法"，黑煞的"盖世魔功"未必是对手，我看多半情况还是势均力敌，打成平手。

天狼星悻悻而去，找不到对手的滋味可想而知；黑煞被封印在

不老山万蝠洞，失去自由，只能困于魔界内。除魔卫道，这是做仙家的职责，也是太白师傅反复给我讲的道理。难道真的仙魔不两立？两界就没有和平共处的办法了吗？

是谁，吹笛河汉转云车？我一袭道袍驭风而行，檀烧、清弄乘虚而上，紧随其后。我们来到虹湖上练习剑术，涟漪三叠冲天起，竹喧声里飞客舟，水光交接处，我们发现石壁上题有一首诗：

幽梦已随巫山去，枕畔却隔一层纱。

碧海潮生摇空绿，化作相思渺无涯。

檀烧看了一遍，问："这首诗是谁写的？"我说这首诗是我写的，寄托的是对生命的感悟和对至情的表达，里面还参透了对人世浮沉和修道生涯的迷惘。清弄仙子问："那是谁刻在这石壁上去的呢？"我说："是太朴子刻上去的，他是一位得道的仙长，不过刻诗抒怀而已。"

我们仔细地看壁上的草字，那些字乃是用剑一横一竖划上去的，没有超乎寻常的功力是无法办到的。雨后初霁，天上两道彩虹出现，横跨湖面上，石壁上的字迹在湖光山色的映衬下显得更美了。我的手指轻轻一掐，出现一根竹枝，说："一叶以障目，当用心观之。"

这时候，沓云从白云山清风洞赶来，对我叩拜说："拜见师傅！"我说："沓云免礼！"

沓云又对檀烧、清弄说："见过两位仙姑！"

檀烧，清弄说："免礼！沓云，远道而来，所为何事？"

沓云对我回答："师傅，玉颜仙子生辰到来，送什么礼物好呢？"

我早有准备，说："我去北方罗浮山采了一些千年珠果放在锦盒里，到时候一起去蓬莱檀月殿为玉颜仙子庆贺生辰吧？"

沓云拱手说："谨遵师命！"随即驾云离去。

檀烧说："罗浮山藏有上古修真的神仙，已然返璞归真，百年难得一见！"

我凝望着柳拂春风垂落在湖面，说："是啊，上古之前还有远古，还有太古。我们都只是后生晚辈，修为还远远不够！"忽然霞出云绕月华，引来百鸟朝凤，晨花星光，檀烧、清弄在仙琶的伴奏中翩翩起舞，唱起了曲子。

4. 仙魔之战

高兴，往往会乐极生悲。一石激起水中天，仙界一下子漏洞百出。泰和午阳已查出纵火青木塔并盗走明珠的是昔影，昔影还打死山神与天兵，劈开华山石屋，天庭已经下令将昔影"雷诛不赦"！

一不做，二不休。昔影一溜烟逃跑，还要兴风作浪。莲花峰，青气冲。青袍老祖立在浮云上，大声喊我："快去南方不老山！昔影打开封印石，引魔出洞；快用古镜照住洞口！"

我背着紫电神剑站在山下的虹湖边，听到老祖的召唤急得想跳水，古镜我已经送给玉颜仙子作贺礼了，怎么办呢？我见到不远处的沓云忙喊道："沓云，快去蓬莱檀月殿，向玉颜仙子取回古镜！"

沓云驾云而去，直奔蓬莱檀月殿。当我与青袍老祖一起赶到黑暗的不老山已经晚了，封印石已被盖世魔功所破，黑煞已经被昔影放出来了，依稀九天之上黑云弥漫。

"唉——"这里向来只有蝙蝠，怎么会有仙鹤的叫声呢？昔影与犬夜叉站在昏暗的枯藤老树下，莫名地抬头看见我乘在青虬的背上，浮在半空中，居高临下；还有青袍老祖立在龙头拐杖之上，神采奕奕。老祖隔空使出一个"仙人掌"拍向昔影，昔影连忙发魔功抵抗。老祖又向空中抛出"龙头拐杖"，拐杖化作一条赤须龙，与昔影展开搏斗。

玉柱雷，火轮雷，灌斗雷，地祇雷，

大威雷，六波雷，飞捷雷，邵阳雷。

我使出八卦雷，威力巨大，将黑煞镇住。黑煞使出盖世魔功，将八卦雷化解。我拔出背上的紫电神剑，使用分身术，一变为三，升空与黑煞展开激战。我与黑煞交手几个回合，处处陷于被动，全凭借紫电神剑的威力护住自己，渐渐被黑煞分形散影围攻在里面。"唰——"又是一道剑弧化成一个小周天，眼看我下盘破绽，它即将得逞，而我招架不住。就在这紧要关头，"辟——"又是一道剑弧划来，我看见了青霜剑，看见了手持青霜剑的玉颜仙子！

紫电青霜本是两把威力无比的上古神剑，合并一起，天下无敌。可我们面对的不是天下人，而是万蝠洞里逃出来的天魔黑煞。青袍老祖见我们大战不休，急忙从沓云手中接过古镜放射强大光能，举起一照间，黑煞张开翅膀逃窜向仙魔之井！

犬夜叉负隅顽抗，摇头摆尾，向我们迎面扑来！老祖被犬夜叉扑了一下，撕去半只衣袖。我见犬夜叉得势猖狂，一跃而上，剑起沧澜，然后只一掌将犬夜叉击落于十丈之外。犬夜叉见情况不对，急忙逃窜，一边还在云头里"汪——汪"地叫嚷。

片刻，姬神、太朴子赶来了，还有檀烧、清弄，是沓云通知他们来为我们助力的。仰头兴叹，众仙担忧黑煞会扰乱天下，我知道天庭会派泰和午阳追剿，并没有多少担心，况且魔畏惧太阳，不敢肆掠凡间，除非"黑影蔽日"，群魔乱舞，可以为所欲为。

"叽叽叽——"吸血的蝙蝠纷纷向我们扑来。我连忙撑开结界把沓云和自己一起保护起来。我乘的青虬，姬神驾的彩凤，太朴子骑的青鸾都在空中与蝙蝠激战起来。青袍老祖用古镜一照，残留的蝙蝠又都纷纷飞走了，没有飞走的都化成碎片。

昔影施展魔功，发疯似的向众仙袭击。一出手就是"月黑风高"，完全不听沓云的劝告，好像要吃人的样子。我发出口令："众仙齐心，困住昔影！"五颜六色，数道法力集合在一起，一柱冲天，霎时风，霎时雨，尘土起扬，飞沙走石。我们集中力量，瞬间战败了昔影的"盖世魔功"。它封住胸膛的伤口；青霜剑也因此被打落。

"仙剑被打落，我们从长计议！"我拦住了想去追剑的玉颜仙子；而檀烧、清弄已经化作两道绿色光束追寻青霜剑而去。

划过长空，众仙友一起剑指昔影。我立地定了法身，与老祖及众仙友将昔影困住，押送进位居大罗的三仙洞，用金钟罩将他的身形罩住，然后在洞口布下一道气墙，算是将他囚禁。拂袖仙袂，我看见了玉颜仙子止步不前，因为丢了青霜剑，她脸上神情哀伤。倘若是丢了一把普通的剑倒也罢了，青霜剑可是仙界举足轻重的神器，丢了如何是好？

我说："紫电青霜其实是两把有灵性的剑，裂石穿云，非常人能够驾驭，如今天各一方，只有尽快找回，以免落入敌手！"

众仙点头，纷纷乘上浮云，瞬间离开三仙洞，各自返回自己的山峰修炼。青袍老祖收回了古镜拂袖离去，说："我要去看望华山池的五百条小龙了，以免被人猎取！"老祖来去如风；仰头，我们只看见悠悠云朵。

5. 成仙归位

一念之威，电闪雷鸣。

仙界处处是雷池，谁敢擅越雷池一步，必遭五雷轰顶。云开雾气散，我将紫电剑插入雷池之中，电光闪烁，瞬间凝聚起强大的电力，往后用来开山破石，非为难事！只是此时仙锣九响，天上必然有重大事情诏众仙归位。我拱手作别，长吁了一口仙气，乘着青虹飞奔九霄天宫而去。

天庭震怒：众神仙果然不及上古时代！雷公负责看守不老山地界严重失职，被贬下凡！泰和午阳率领三千飞天将去追击天魔黑煞却让他逃走，还损失了很多天兵神将！此事只好搁置，天庭另有安排。太白师尊给我一个喜讯："天庭册封沓云为金甲神，镇守昆仑山天池！"沓云位列仙籍，皆因有高尚的修为，当然还得感谢太白师尊的举荐，他说三界内凡能开窍者皆可为仙。

我乃羽客也，来去随缘，心无旁骛，自得逍遥自在啊！常言道，无官一身轻，做散仙何尝不是为天庭出力？可我现在是上仙，手握法器，当初还有很多神仙不服，认为我不过是太白门下弟子中的一个，做上仙太高抬我了，唏嘘不已。其实我从来只负责按月巡游，原本以为天庭会封我个水神，做水神与做山神一样自由，没有官职却有俸禄，还有许多闲情逸致，不必按时值日，那样我就有更多的空闲陪同玉颜仙子煮酒论道。

酌酒千杯，何处酬知己？眠琴醉柳，鸟儿相逐，玉壶买春，赏雨共茅屋。不知是缘，还是劫？我离不开玉颜仙子，我们之间无话不谈却又隔着一层纱。平常她不来陪我弹琴我会感觉到心神不宁，见她在清风中蹁跹起舞，下意识地我知道自己犯了思凡之罪，可是爱是不惜一切的付出，任何天规戒律都不能阻止我跟她在一起。

我们站在莲花峰的"清波水鉴"旁，心心相印，不期而至的爱情，被分隔了千年，在天规束缚的世道上，开出不一样的花。只是爱如朝露，散无踪。花轩外，波澜不惊，玉颜仙子说："沓云已经成仙归位，表示你已经修成正果！"我动情地问："何时才能一起清修于竹旁，不去理人世惆怅？"玉颜仙子说："厮守的定义，不是情的相投，而是志的符合，只羡鸳鸯是一句谎言，飞身上瑶池的碧云边，那才是千年不变的夙愿。"

沓云取得仙籍，应该庆贺一下。我取出了充满灵气的两个蟠桃，让沓云与我一起分享。我告诉他这两个蟠桃是我去天宫的时候，泰和午阳送给我的。当时我还写了一首诗送给泰和午阳：

凭君若相邀，还夸瑶池美。长霄横碧笛，丹犀辟翡翠。
飞鸾绕彩柱，双娃骑巨龟。信步沓涟漪，一一舞衣回。

我还有一根长白山的千年人参，已经珍藏在药匣里很久了。我

瞧不起凡间的庸医，连病毒、细菌、邪体都识别不了。选在老祖的寿辰，我去凡界凤鸣山将千年人参双手奉上；老祖还是很开怀地笑纳了。只见他穿一袭青袍，拄着龙头拐杖，满脸祥光地问我："东君，知道老祖以前为什么喊你'仙鹤童子'吗？"

我毫不会意地摇头。青袍老祖说："你是来自昆仑山的一只仙鹤，因为饮下了观音菩萨净瓶里的一滴甘露，历时五百年的修炼，羽化登仙啊！"

青袍老祖的话让我回忆起自己的过去，有一次我在思过崖的瀑布边与檀烧和清弄斗法，眼看我有坠崖危险，老祖出手救了我也夺下了古镜。依稀云停过月下的一方松堂，映尽了琥珀融的香，为寻旧梦我隐剑芒，好花好景莫负韶光。堂上供奉着一幅地仙之祖镇元子的画像，香烟缭绕。众仙相聚说得好："时不与待，何去何从？"

青袍老祖请我出马，去干一件救济苍生的大事——养龙！

我摇头说："五百条小龙不是在华山池中吗？"

青袍老祖说："正是。"

来日我去了思过崖，在龙血树下与姬神和太朴子谈论玄学，檀烧和清弄已经两手空空地返回，她们告诉我："东君上仙，我们去追寻青霜剑遭到犬夜叉的拦截，我们本来可以打败他，可是天狼星出手帮他，我们无功返回。"我知道她们不是天狼星的对手，已经尽力了，因此我安慰她们几句，还为她们运功疗伤。随后我独自一人乘在青虬的背上，在彩蝶纷飞的浮云中穿梭向前，忽然我想到青袍老祖已经将古镜拿去，我怎么向玉颜仙子交代呢？我珍藏有一颗九转仙丹，只好送给她补过罢了。

这时候，飞鸟投林，晚霞满天，天空上出现五个红色的字：乾，元，亨，利，贞。我知道是太白师尊连朝语不息，又在云台写"元字天书"了，只是这五个字到底暗藏什么玄机呢？我还是去请教他一下吧？掐指算来，投身在他的门下已经有几百年了，以前我还挽着双髻，没有像现在一样披散着头发呢？

我正乘在青虹的背上，匆忙启程去云台向太白师尊请教。青虹忽然在空中停住，不断地盘旋，仿佛在等待什么？这时候三仙洞传来了消息，众仙友都来到我的身边。姬神立在云头告诉我："昔影跑了！逃出仙魔之井，或许去了魔界！"

太朴子说："依我看，去凡界的可能更大！"

"它是怎么跑的？"我想：我们不是用金钟罩将他罩住，还在洞口布置了气墙吗？我之所以这样做是担心犬夜叉会去营救昔影，但是想不到昔影被囚禁，犬夜叉就转而投靠仙界的天狼星了，真是世事难料。沓云跪在我面前，胆怯地说："师傅，是我欠他一个人情，悄悄放走了他。"

我指着沓云的额头，严词道："罚你面壁思过，七天之内不得离开！"沓云唯命是从，领罪而去。我知道自己也难辞其咎，因为是自己一念之仁造成的恶果，说："只等天庭的指令一下，我也只好闭关不出，让沓云到凡间去走一趟。散吧，众仙友尽快找到昔影的下落。"

"不用找了！"我抬头看见手握红樱尖枪从空中疾驰而来的泰和午阳，他停下云头，说："东君，朝天门已经兵临城下！"

原来天上北斗移位，黑煞已经建成了不老山魔宫。但是有消息说仙界出现了高手鹏王，使得天魔不敢前来挑战！

6. 梦中比试

"徒儿见过师尊！"我直奔九霄天宫，问那五个字的含义，太白师尊见我行礼，告诉我那是咒语。随即和颜悦色一扫拂尘，拉住我的道袍袖口踏云而去，门旁的两头巨灵瑞兽沉默不语，我们进入云烟缭绕仙册的藏经楼，太白师尊从仙壁里面取出一幅图画给我看，说这幅画是"虚迷幻境"，也即是新仙界的一个入口。

"幻由心生。"我毫不畏惧，出动自己的神识进入虚迷幻境之中：我用一根竹子做我的替身在莲花峰的眠云洞府打坐修炼，然后我变作沓云，由一朵浮云轻轻地将我们升起，落在莲花峰迎客苍松下。然后，我走近"醉仙居"，用法力打开了气墙，影子晃过，我忽然站立不住，盘腿坐下，闭目进入魔障：里面全部漆黑，笼罩着一片金光，天魔阴冷地说："东君，你还敢跟我斗元神吗？"东君说："黑煞，我的元神斗不过你。可是我的洞口有金光结界，你的镜子在天上对我起不了作用！"黑煞大笑说："休想白日做梦！还记得不老山一战吗？"东君大笑道："我乃天仙，有上万年道行，你怎可灭我？劝你尽早回归魔界，勿扰仙境！"黑煞冷笑道："我乃天魔，一念三界！"说完念动魔咒，向四周扩散……

我在旁边偷看，忽然大喊一声："月破黑影，大地明白。奉天敕令，风火雷电！斩！"魔障消失。我进入光晕洞府，拜认东君上仙。东君上仙说："沓云，入我道门，修我玄妙！我已斩断名利，闭关参

悟，你要小心对付劫难，尤其是天魔之子——昔影！"

"弟子谨记！只是昔影是什么来历呢？"

东君面带愁容，说："昔影是天魔黑煞用五百年修炼出来的魔星。说来是你的亦敌亦友，若是忘乎外界就会面临大劫！"

太白师尊用真气贯入我的玉枕穴，呼道："东君，快清醒，你进入魔障了！"我终于走出魔障，来到现实之中，刚睁开眼睛就说："快去救沓云，我担心他中魔咒！"然后看见地上一根竹子带有血迹。太白师尊说："不用担心，他的魔咒已经解除！仙界一日，凡界一年。众仙已经返回仙界，往后你要多加小心！"

我问道："师尊让我进入新仙界，我怎么感觉是出现在凡界？"

太白师尊笑道："东君，你悟性那么高，怎么就想不明白呢？"

我顿时大悟，说："原来太白师尊是想把昼夜难分的凡界变成新仙界！"我们正说着话，沓云就到了，看上去很阳光，充满朝气。

我问："沓云，你的魔咒是怎么解除的？"沓云说："师傅，多亏了玉颜仙子的护花铃，否则我生不如死！"又说："师傅，夜里我在莲花峰脚下的屋檐上，看见有孔雀开屏点群星，好像有你哦！"

我喜上眉梢，又感伤地说："群星拱北，处世万千。其实每一位神仙都有一道光亮，谁的光亮消失谁就会死去，飞逝如流星！"

沓云拂袖起身，说："师傅，你是担心昔影的魔镜？那我们去外界找寻更厉害的武器对付他！"我摇头，觉得不是什么事都得靠武力解决，说："行善之人，如春园之草，不见其长，日有所增。作恶之人，如磨刀之石，不见其损，日有所亏。"

太白师尊将"虚迷幻境"交给我历练；我打算将"虚迷幻境"交给沓云保管。

梦境：莲花峰上，月出中天，四周青峦数隐碧水几重，我正朗吟飞度，不染纤尘。不经意间，发现沓云在与人恶斗，看似沓云体力不支，且战且躲。忽然对方凌空一脚，山涧鹤唳，我腾空而上接住沓云，将其放在迎客苍松下盘腿运功调息。我临空而上，飞飙一掌，只划到对方的风中衣带，暗器随即袭来，我不及闪躲侥幸插到怀中的"虚迷幻境"上。我追到山脚，与敌对峙于飞角屋檐上。

我拔出背上的剑，问："何名？可是造访霹雳？"

对方答："啸月。手下败将，不值一提！"随之一场武斗，天旋地转。我口里随即吟诗：

《正气歌》

青山半天立，西上莲花峰。侧身望明月，仙掌飞孤影。

勾瓦生白霜，流星似天马。排空游尺鱼，驭剑争高低。

大浪冲石头，火焰落城池。黑白转中央，棋局在四方。

运气存丹田，秋风扫落叶。都来二十句，端得上天梯。

此时，风吹衣袂鬓丝乱，双影落，水中荡漾花已葬，自是两败俱伤。我攀在山脚的半壁上，临空出剑。不经意间，呜咽不绝的洞箫声传来，啸月望风而逃……

我心里知道啸月并不恋战，也非怯战，否则我是必败无疑，想不到是"虚迷幻境"救了我一命！醒来知是一梦，我将梦境说与沓云，谁料他与我做了同一个梦，至今胸口还隐隐作痛。梦境是虚，胸痛却是实。我提醒沓云加紧修炼，方可御敌。

此后，我经常连夜盘坐在思过崖的龙血树下，借着微弱的月光修炼。所谓日中得阳者夜半遇阴而合也，正是天地所赐之良机。我在流泉山高之处采集灵光，却不料黑影出现，山岗上传来几声尖厉的长啸，天狼星登上了西北方一角。此时正值七夕之期，百鬼夜行，阴风浩荡，我不小心中了邪术。

从此，我迷失在风月山庄檀烧和清弄的酒场中，不能自持。我承认自己的定力不及，不能坐怀不乱，一场烟花满眼太迷离。

夜幕降临，万斛飞瀑，横出苍松，浮云翩跹着潭影移，天狼星又在天空升起，山岗上又传来了长啸。弄琴弦青丝乱，剑出鞘影分散，风狂妄衣袂翻，云烟一缕斩断。我无法忍受身上的痛苦，让沓云点了我的穴道，然后用绳子把我绑在龙血树上。沓云使用千里传音很快请来了姬神和太朴子。太朴子查看了我的耳背，说："三魂七魄已经去了两魂，此是中了天狼星的毒和狐仙的迷魂术。我们没有办法破除这个迷魂术，但是可以为他招魂，至于天狼星的毒，我只能用催眠术让他暂时解除痛苦。"

姬神与太朴子盘腿而坐，施出催眠术，然后沓云运功指尖，弹起了姬神教的《爱殇》。琴声飘飘然渗进我的知觉，我感觉进入了催眠状态，又从催眠中渐渐地清醒过来，如此弦音轻颤，月色又阑珊，我慢慢地忘记了痛楚。太朴子用天眼查看，发现我的其余两魂已经附在洞口花草之上，于是施法让两魂归我身体。折腾了整整一夜，姬神和太朴子于天明后离去。

可是第二天夜里，绿荫处，未见柳絮因风起，有朗月当空普照天下人间。我又狂性大发，大喊大叫，见我被绑在树上如此痛苦不堪，沓云给我松绑，不惜自我，运功吐出内丹吸走了我身上的毒，我也盘腿打坐，吐出内丹与他的内丹互相纠缠，渐渐地两颗内丹都

7. 下棋取剑

莲花峰是我的尘缘所在，不远处是虹湖，有一青虬出没，翻波滚浪，与我得享仙道。大众修仙，仿佛回到混沌之初的云霞梦境。仙，真的是逍遥于天地之间，谁不羡慕？可是，仙也有仙的劫数。都说仙魔世隔两头，正是黑夜和白昼，争斗不休。

武陵源虽然是属于凡界，但是因为有仙家洞府故而被视为新仙界！视之不见，那是因为我对"清波水鉴"施了障眼法，用仙术才能将之打开，我之所以这么做是为了防范心术不正之人偷窥仙人和污染水源。千仞山峰，太虚所在。我的"醉仙居"逍遥于拱北的星光之中，风吹圆顶碧纱，现出一方砚台，我写了一首诗：

玉枕纱橱见关山，一夜红棉锁春寒。

鸿雁在云去千里，又到佳期纸上翻。

我们坐在勾瓦屋檐上，抬头看阴暗的天，居然不见圆月升起，除了几片污云什么都看不见，更别提给人以婵娟遐思的广寒宫了！沓云在一边说："谁管得了天怎么黑了？且放一盏孔明灯吧！"

"碧落黄泉，又怎么少得了我们呢？"姬神和太朴子一琴一剑闪身出现；我与沓云急忙起身相迎。沓云负笛而立在屋脊之上，说：

"我在鹏城听说黑焰将降临人间，天地会变色，恐有大祸临头！"

我们屏住呼吸，听见空中有脚步声，随即啸月登临，他笑道："说什么东君后继有人，其实也只是浪得虚名！"言下之意，是说天仙乱了秩序，无法归位。

沓云上前横笛指责道："与阁下有关吗？"我沉住气，想起梦里与他交过手，而他就是天狼星，于是我拦住沓云，开口道："既来是客，可否移步一叙？"一醉自能解千愁！我们一行飞身去了"风月山庄"，有酒盈杯，浮云事尊前休说，一曲高歌，满饮豪情尽长虹跨过。

"有美酒但求一醉！怎么少得了我呢？"玉颜仙子仿佛从天而降；天狼星却飞上了夜空！玉颜仙子告诉我："青袍老祖在思过崖摆下了斗转棋局，若有谁能破他的棋局即可结缘，掌青霜神剑。"

我心上一思，正合我意，说："紫电剑我已交给了你。有此剑下落，何不前往？"玉颜仙子欣然说："我还是不去为妙，若有差池我可前往相助。"

仙鹤展翅，长风贯顶。我一路遥驰向前，奔赴思过崖，不期我已行云而至，弹指间盘旋在思过崖的山峰之间，见到千层青峰拥碧水，云卷万里一乾坤，我选定龙血树落脚，见到一位道门弟子，他奉老祖之命在此恭候多时。他说："祖师正在闭关，不方便相见。棋局早已布下，至今无人能破。"起手一指棋坪，示意我下棋。

我端坐神驰，使自己进入平静出神的状态，与布棋局的人用意念来会神交集。我感觉自己是个陌生人闯入了一个诛杀的大阵中，阵中具有强大的气场和光芒，我误打误撞，终于发现了棋的布局跟天上北斗的走向是一致的，它的缺点在于北斗是七显二隐，二隐恰好是生门，我于二隐处落下两子，从生门而出，棋局顿破。

弟子面带喜悦说："恭喜你破了此局，祖师早有交代，若是有人破了此局即可掌青霜剑，匡扶正道。"说着，他走向山壁取剑给我。说时迟，那时快，一阵黑暗中的旋风扫来，飞沙走石的一刹那剑已被夺走。弟子接了一掌身退数步，说："来的是犬夜叉，不要惊慌。"

犬夜叉拿剑在手，说："东君，真是冤家路窄！"忽然，半空中传来紫色的闪电，我知道是玉颜仙子到了。只见她气定神闲地立在我们这一边，大声说："我已禀告老祖有此妖来此兴风作浪，他片刻就会破关而出！"

犬夜叉担心寡不敌众，一溜烟跑了。我问玉颜仙子："老祖真的会出关吗？"玉颜仙子说："没有的事，我不过虚张声势罢了。"弟子示意我们跟他进洞府，进去一看，里面还悬挂有一柄剑，隔很远就已经感觉到强大的剑气了。弟子说："犬夜叉会来夺剑，老祖是早有所料，刚才那把被夺去的剑不过是普通的剑而已，这才是真正的青霜剑。"他一边说着，一边把剑交给了我，又说："祖师有言，此剑需要紫电剑相配，方可合二为一，扭转乾坤，天下无敌。"我拿到神剑，十分高兴地吟诗一首：

银浪翻开水晶帘，十五偷看玲珑月。

彩鸾传得尺素来，飞琼踏落碧波去。

吹笛河汉转云车，舞剑青霜上太虚。

合向金鱼锁芳丛，珊瑚一枝朝天阙。

8. 奔赴鹏城

　　昔影在人间大招魔徒，连退居莲花峰的我也听到了风生水起！等待昔影的降临，他是沓云旗鼓相当的对手！我与沓云坐在莲花峰山脚的飞角屋檐上，看着照彻山河的月中天，留一抹污云乱，忽然我看见一颗流星陨落，知道人间又有一条生命消失。

　　下起了雨！我们不是坐在勾瓦屋檐上，而是踱步在山脚下灯光微弱的屋里，顶上夜雨下得很大，清风一吹檐角悬挂着的铜铃"叮当"地响，淅淅沥沥的雨声！闪电之后，我已隐身。暗夜里的不速之客——昔影随风而至，站在我们的面前，说："沓云，天暗下来，你就是亮！恭喜你的星宿由明变暗，如今又亮起来了！"

　　沓云亮出八卦掌，大声说："既已划分界限，非此即彼。这里并不欢迎你，因为你是来自黑暗的魔！"昔影小声"嘘"一下，灯被吹灭，说："沓云，蝙蝠的耳朵尖，小心走漏消息！"接着又大声说："只有鹏王才是我们遭遇的高手！为何要有仙魔之争呢？"

　　沓云收回八卦掌，问："鹏王动静如何？"昔影回答："目前还不清楚！一向与仙族势不两立！"沓云借用老祖的古镜看见了一些经过：犬夜叉出现在镜面上，恭敬地将假的紫电剑交给鹏王。鹏王目光凶狠地说："犬夜叉，你居然抢了一把假剑给我？我要杀死你，让你看不见明天的太阳！"

　　犬夜叉滚出鹏王府，投奔不老山魔宫。黑煞头上有一对棱角，

现出印堂上的红色血印，上前用金措刀只一刀杀死犬夜叉，夺命追魂只在一瞬间，它又多了一只修炼的厉鬼！说："我要用你的污血来祭月，让满月永远无法升起！"

沓云看过古镜，起身询问："你认为黑煞也会死吗？"昔影只说一句话："不，他就是传说中的'不死人'！"接着又透露一个消息："青袍老祖在鹏城出事了！"然后张开翅膀消失在无边黑夜。

暮云低，朔风卷酒旗。片刻，抬头又见檐前雨，落下点点。

我即刻赶往风月山庄，众仙友果然在那里。檀烧抱着一罐酒，从木楼梯上踱步走下来，等候我多时了。寒暄之后，开门见山，姬神疑问："龙不是会遁形吗？怎么可能被抓住呢？"

太朴子说："因为龙脉被发现，它们无处遁形。而干这一切的都是鹏王！"清弄说："五百条小龙被囚在鹏城王府的双峰池里！青袍老祖早已赶赴鹏城！"于是我们出发，我吟道："驭剑飞行度云霄，乡音渺渺。漏断迢迢，法眼自当见纤毫。玉扇倾城人间笑，帘钩遥遥。洞箫悄悄，梦里寒花隔春潮。"

鹏城混迹着许多高手，或怀揣金玉，或利器在胸，大多神出鬼没，深藏不露。城里的市面整齐，运通四方，铁匠铺子的吆喝声此起彼伏，楼台上语笑嫣然，街道上车水马龙，两旁酒肆林立，旗风高卷，真的非常繁华热闹。传说古代各个行业的技艺都是神仙传给人的，人又都可以在各行各业中修炼成仙。早上来了一个卖艺的人在这里做表演，周围站满了好奇的观众。卖艺人站在台上，用刀砍掉自己的头，然后他喊道："头来——头来。"头在空中溜了一圈又自动飞回到他的颈上，成为原来的样子。

这时候，姬神装扮成算命先生打着白布招牌恰好从此路过，说：

"雕虫小技，不足为奇。"卖艺人听见了非常生气，走过来一下子抓住算命先生的衣襟，口出恶言，并且把算命先生的白布招牌给撕烂了。姬神说："君子动口不动手！"并且请求卖艺人重新演示一番刚才的把戏。卖艺人站在场地中央，又重新将自己的头砍下来，算命先生将手一招，飞来一只白鹤，衔住卖艺人的头颅飞走了。

"雕虫小技！"这时候出来一位气功大师，掉头而去。我与沓云在街上撞见了这个气功大师，两人都怪对方挡了自己的路，一言不合，各不相让，开始出手斗法。气功大师使出圆光罩，刀枪不入；我运功指尖，用一阳指隔空点气功大师的中庭穴破之。

"你有什么能耐尽管使出来！也好让我开开眼界。"

"休得放肆！"气功大师手里是一根龙头拐杖，他将龙头拐杖向天上扔去，霎时乌云密布，闪电不断，仿佛要下倾盆大雨。人们抬头看见云端出现一条身形巨大的龙，腾挪着一对龙爪，口中喷雾，若隐若现，都感到非常害怕。

我知道是虚幻，冷笑道："你想要发大水淹城么？岂有此理！"我褪下道袍铺满上方天空，暴雨被遮住，随后我将手里的青霜神剑也往天上扔去，片刻云端掉下一颗龙头。围观的人都感到惊恐，说："剑客闯祸了，上天会惩罚的！"

我置之一笑，收回天上的青霜神剑，用手在龙头上拍了三下，龙头又变成了木头拐杖，只是仅有龙头，杖身不知去哪了。人们都明白是在变戏法，一哄而散；气功大师摇身一变，原来是青袍老祖的化身，他拍着我的肩膀，微笑着说："东君，你的法力又进步了！"

风月山庄，我与沓云、姬神、太朴子，还有檀烧、清弄、玉颜仙子等几位仙友在此聚会，檀烧奉献上好酒"状元红"，在柜台边说："东君，你在街上撞见的那个老祖是假的！"其实我早就一眼看出气功大师是鹏王假扮的，那龙头拐杖也是假的。由此推断，我说："那青袍老祖一定出了事！那我们直捣鹏城，救出老祖！"

清弄忘了给我们斟酒，喊道："快看！古镜飞过来了！"我们都抬头看大门外，果然有一面飞盘直射我们这里而来，而云端之上出现一位身穿银色铠甲的战神，他的护心镜闪闪发光，落地一看是啸月降世，果然风度超凡，他说："我奉命前来帮助你们！"

我伸手轻轻接过古镜，放在大家的面前问："这面古镜从何而来？"啸月说："好像从鹏王府飞过来的！"我们用古镜一查看，发现老祖被困在鹏王府的密室里。经过商议。趁鹏王飞去仙界，我与众仙友去鹏王府里营救青袍老祖和五百条小龙！当鹏王回去后，王府里双峰池里的五百条小龙全部都飞走了，青袍老祖被我与道友们用隐身术潜入密室，破解了里面机关给救出来了。凡是有光的地方，古镜都能显示出来。我们用古镜查看了青袍老祖遇难的经过：

鹏王府的密室里，青袍老祖手持龙头拐杖仰望窗外星空，获取满天星象信息，说："北斗移位，满天星光惨淡！"鹏王说："世事多变，可叹夜长梦多！"老祖说："鹏王，你已经得到人间的供奉，为何还要捉住华山池中的五百条小龙呢？"鹏王解释道："难怪老祖会问罪王府，原来是为此而来！我捉华山池中的五百条小龙是为了助我修炼，吸收它们的灵力。"

老祖说："岂可如此？"鹏王说："我可以释放五百条小龙，你是否愿意为我铲除不老山魔宫？"老祖说："鹏王，为何要铲除不老山魔宫？"鹏王说："因为魔族想联合仙族消灭我！"老祖说："我来正有此意！但是你要先放了五百条小龙！"鹏王说："可以。不过要请老祖在这里多待一会儿!"

风月山庄，众仙友再次相聚，算得上是庆功之举。名花与美酒，哪一个让人更迷，哪一个让人更痴？青袍老祖拄着龙头拐杖说："众仙救出了华山池中的五百条小龙，我总算安心了!"大家都知道鹏王是仙魔两界都惧怕的高手，是命数也是劫数!

9. 明珠之战

我一个人在莲花峰的"醉仙居"抚琴，浮云翩跹苍松初放声，唯留悠悠清泉流，水阔云低望几遍？古琴五音入脏，调频人体生理，角音入肝脏属木，徵音入心脏属火，宫音入脾脏属土，商音入肺脏属金，羽音入肾脏属水。我吟道："人去也，人去竹西处。烟波一点渺风云，剑起沧澜飞白鹭。结庐在江湖。"琴案前的流水荡漾出我无尘的心事，石壁上有剑，舞乱了逝去的流年，人也，仙也，不知道自己是梦？是幻？我告诉杳云说："今晚正是太白遨游之期。李白是个人而已，当他达到天人合一的境界，就是手执拂尘的太白金星。"

我内心想守住的是永恒的山峰，挽留不住的却是满城的蝴蝶，飞舞翩翩。杳云此番必然有事，不知从哪里夺回"宝塔明珠"交给我，说："师傅，我找回了青木塔的'宝塔明珠'!"我问："你是怎么得到'宝塔明珠'的？"杳云说："师傅，我是用仙物'虚迷幻境'跟昔影交换的!"我发现黑暗的不老山魔宫有闪亮，应该就是"宝塔明珠"发出的!而杳云换回的"宝塔明珠"不能发亮，应该

是假的！

沓云知道上当了，说："我去不老山魔宫盗取'宝塔明珠'，义不容辞！"随即飞身去不老山魔宫盗取"宝塔明珠"，一无所获，反而被黑煞发现后追袭至风月山庄，差点魂飞魄散……

随后，风月山庄被雷击了！

忽然，天上黑影闭日，漂浮的云彩都看不见了，众仙急忙用结界遮挡；片刻，空中出现天魔黑煞不可一世的扰乱气场，叫嚣说："道高一尺，魔高一丈！"仙魔之井无人镇守，蝙蝠盖地而来！

大步上前。众仙使出排山倒海的力量道："黑煞，今天要与你决一死战！"随即而到的是手持古镜的青袍老祖，天地风云再起！

黑煞大笑，说："你们看看上面，还有几成法力？"

众仙使出法器，临阵以待。我与玉颜仙子生死与共，肩负仙界重要法器——紫电青霜！黑煞施展"盖世魔功"来势凶猛，无法抵挡！我的"回元神功"几乎失去法力，只能被动作战！我昏沉欲睡，急忙念动口诀："月破黑影，大地明白！奉天敕令，风火雷电，斩！"

紧接着天上日出半边，众仙命悬一线。黑煞心中有尘三界窄，口里喊道："地狱鬼使，上！"千百只索命的厉鬼扑上来，被金木水火土五行阵法给困住。青袍老祖将龙头拐杖扔上天去，说："人外有人，天外有天。为何扰乱天界？"黑煞眼里燃起怒火，说："因为我的地位！"

往下一看，风月山庄扬起了滚滚尘埃，落满了残甲和利器！群仙已乱，姬神与太朴子立在一朵浮云之上分辨方位！天魔黑煞见自己被赤须龙缠住，不得不张开翅膀飞身逃走！转瞬间，日月合辉，蝙蝠合作一群在天边散去！黑煞遭众仙追击进入不老山万蝠洞，洞口重新被气墙封印！

　　众仙又度过一劫，从而风云平息！日月当空照，天上宫阙祥云飞绕，一切楼阁归于安宁和睦。仙界找回了宝塔明珠，照彻整个青木塔。人间升起了孔明灯，重新安置在玉宇之间，大放光彩！我又回归逍遥自在的生活，在浮云中洒脱地吟道：

　　　　几度轮回几度忧，伤心碧落处处留。
　　　　一年春化成秋碧，不见森林在何处。
　　　　太白绣口吐清绝，银河倒挂一壶酒。
　　　　仙鹤飞去不可追，白日相思出洞天。
　　　　树下对弈三两盘，泉水叮咚响山涧。
　　　　踏破红尘任来去，欢天喜地把发梳。
　　　　扶摇万里东海路，相对昆仑浴仙湖。
　　　　罗衫飘忽白云边，十步回头背神剑。
　　　　行满三千有造化，落红成阵谁葬花？
　　　　月明鹤背一支箫，夜行十里任遨游。

风尘二

引子：飞越伴云眠一觉，仙游十里共双桥。

水调一曲人不知，两两相望上玉霄。

仿佛我接到天庭的指令要我下凡界，神仙每遇小劫大难或灵气耗尽之时，通过投胎转世到凡界，用来保持元灵不灭。但是投胎对神仙来说也有风险，所以能不投胎就尽量不投胎。当然也有带着使命下凡投胎的，比如辅佐紫微星下凡治世，另当别论。

可是遇到难关了！下凡要喝忘魂水，否则我们会泄露仙界的重要机密。天规不容我多想，盘腿而坐。光华环绕，司法大仙已经将我的重要记忆封印，告诉我取得下凡界两个月的许可，然后宣布："沓云下界！"

"喝吧——下凡去后心里装着天地，人世间的是是非非，争争斗斗，功名利禄，升降荣辱，一切的一切，都不会遮住你的慧眼。"东君师傅说不为我践行，但还是踏一朵祥云赶来了。他安慰我说："沓云，又该让你下界了，你命中注定轮回历劫，皆因尘缘太重，还在五行之中。此去正值乱世，平定天下，凡事小心为上。另外，喝下这碗忘魂水吧？"众仙友都赶来降仙台送我，其中有伴云来说："沓云，请先行一步！"玉颜仙子的侍女桑烟站在降仙台的一旁，她知道"天上一日，凡间一年"，为我开解："下凡去的时间也不过几个月而已，忘魂水的药力会慢慢失效，记忆是被唤醒的！"

1. 坠落人间

我姓周名沓云，早年住在道罗溪山涧的小木屋里，旁边是清泉，潺潺流淌。从小我最渴望的就是修炼，可是我的法力已无，不记得前身之事，但是我的道心还是在的，向往山峰古观。稍大我居住在莲花峰山脚下，我不知道这座山有多大，只知道这座山可以容纳一座城，传说峰顶有一"醉仙居"为神仙居所，终年云霞笼罩，仙鹤出没，无路可通，非我等凡人能够上去。一次我偶尔在虹湖边玩耍，来了两个穿道袍的人，一个自称"太朴子"，一个自称"姬神"，太朴子给我开了法眼，说能看见仙和鬼；姬神送我一颗珠子说："这颗珠子你吞下去，可以保你形体不朽，超凡脱俗！"我果真服下，顿时气聚丹田，从此百病不侵。

我八岁那年，在风月山庄遇上一奇人。此人言："陆地无房屋，水上无船舶。早晨在乡村，晚上在城市。"我不知道遇上了贬期已满的雷公，有幸他来我家探望，与我在轩窗下同卧，我发表感慨："真想到云里去看星星！"梦中，天上忽然降下一道绳梯，我拾级而上，睁眼已在云中，抬头星星就在眼前，嵌在天空，忽而我觉得一身软绵绵好似坐在船上发晕，脚下无底。我站在鹊桥上凝望远处，夜台

上挂着勺斗，我用手去摘取星辰，大的如坛无法摇动，小的似杯可以摘到，就顺手摘了一颗小的，藏入袖内。我拨开云往下望，银河渺茫无际，城池如豆，忽然有两条龙吞云吐雾而来，龙尾一甩，啪——啪响声很大。雷公对我说："这些都是雨工和龙神。"我喜欢风伯云童，有些害怕龙神，急忙寻着云梯往下爬，忽然我手一滑就直接往下掉，紧接着我就被雷公驱云降落了。

> 银汉弄纤云，暗度伴云端。飞星正传恨，佳期如水凉。
> 六龙回高标，雨落倾宝盆。忍顾鹊桥路，牵牛与织女。
> 非雾无觅处，惠光夜半时。摘星来照明，托梦续香烟。

一觉醒来，我发现屋里闪闪发亮，起床来同卧的人已经不见，发亮的是桌子上那个像石头的东西，正是我在梦中摘取下来的。我想以后用它来照明，不料它一眨眼飞了，我追出门去就不见了。随即我发现桌子上放着一袭青衫，穿上能够身形如风，一跃千里。

伴云来是我的隔墙邻居，我们的座右铭曰："高一步立身，退一步处世。"我喜欢站在轩外的风口横吹玉笛，树上的桃花瓣纷纷落下，整齐地排成一个"一"字。夜里睡觉我们偶尔同榻，一起看轩窗外流萤飞舞，真是浪漫！我们十几岁参加乡试考中秀才，成年后参加会试科考未成功，主考官认为我们才疏学浅，写的文章让人一眼洞穿，于是不予录用，因此我们的才名被埋没，后见狼烟四起，我们断绝进取功名之念，转而上莲花峰修仙。

> 片瓦西风夜如昨，知是山庄第几座。

陌上斜坠金步摇，檐角坐看芙蓉朵。

瑶台有梦伴云来，轩窗无雨青衫落。

一样闲愁分几许，欲上莲峰飞鹤多。

上山下山，朝朝暮暮而已。我们到了一个水塘，心里感觉很奇异，怎么先前我们到过这里却没有发现这方水塘呢？水塘上方的岩石上刻着"清波水鉴"四个字，空荡荡的一方水塘宛如一面镜子，波澜不惊。一瞬间，我在方塘看见一位年轻俊朗的神仙，长得跟自己有些相仿，只是梳妆打扮不是一样，他端坐在吹台弹琴，举止高雅，望之蔚然脱俗，旁边还有一位面容娇俏的女子在风中翩翩起舞。

这时候姬神与太朴子又出现了，做着手势，说："我们的法力太弱，不能呈现最清晰的画面，你们只能看到一些碎片水景。"伴云来问："水鉴上的男子是谁？怎么很像沓云兄？"

"不错！那就是他的师傅——东君上仙。"姬神一语道破。

"传说中的鹤神？"我们都感觉到不可思议。我又问："旁边的那位女子是谁？"

"是蓬莱的玉颜仙子。"此后，姬神与太朴子常来教我们仙术。

一次，我正在辛勤采花，忽然天上乌云密布，下起大雨来，半空中闪电不断，雷声隆隆作响，仿佛雷公在追打着什么？快看，一红一白的两只狐拼命地在陌上逃窜，朝我这边来了，一眨眼躲在我背后的花荫处。我脱下青衫给两只狐遮住，不露丝毫破绽。雷公在天上向地面到处收索，在空中徘徊了半个时辰后，打了几个响雷，然后拨云离去。等我来收拾青衫，却发现红白二狐早就不见了。

这天夜里，我在榻上入睡，梦见天上身披羽翼的雷公站在云端上对我说："沓云，多年不见，你还认得我吗？"我想起来小时候在风月山庄遇到的奇人，说："认得，你就是带我上天摘星星的雷公啊！"雷公说："正是，被你摘到的那颗小星是你的本命星。今天我奉西王母之命，追击红白二狐，却不料被你藏起来了！"我吃惊地说："原来你全发现了！西王母为什么要命你追打红白二狐呢？"雷公解释说："红白二狐本是天仙，因为不守天规，盗走了西王母梳妆台上的昊天古镜逃下凡间，故而被通缉！"我说："原来如此！西王母犯不着为了一面镜子而小题大做呀！"我一睁眼天就亮了，雷公消失不见了。

一晚，我看见一颗火星拖着很长的红色尾巴划过夜空，以为是什么灾星降临，不知道是昔影下凡界来了。这一个月圆之夜我不得安身，被不知是哪里来的红狐、白狐在树林里以风速追击。幸亏伴云来为我施放烟幕弹，让我有了片刻的躲避之机，可是烟雾散去，我们还是被逮个正着。

红狐怒不可息，对我说："快说！西王母的昊天古镜在哪里？"

我茫然不知所措，如坠云深："你们认错人了！我不知道什么古镜。"白狐在一旁追问："难道东君没有把古镜交给你吗？快拿出来免我们的雷霆之祸？"这时候树林冒起火焰。雷公身披羽翼浮在空中，手执雷具，一出招就把红白二狐用雷电给笼罩住，眼看红白二狐就要挣扎丧命。我们自身难保，还向雷公求情："不知何方神圣，请手下留情！"

"我乃雷公，奉王母之命追缉红白二狐，闲杂人等即刻离开！"忽然我转入红白二狐布下的结界，雷公怕误伤我收回了雷电。红白二狐得以解脱，想一走了之，红狐说："雷公是天上的执法神，我们快走!"白狐回头说:"姐姐,我想起来了,是他在陌上脱下青衫救了我们!"我不由得问:"你们究竟是谁?"红狐说:"我叫檀烧,她叫清弄。我们有缘在'风月山庄'再会!"说完,她们就消失了。

又是一个夜里,我听见了远处的洞箫的声音不绝于耳,踱步出门,寻声而去,望见吹洞箫的人身穿白色罗衣,坐在莲花峰山脚的飞角灭黑瓦檐之上,望着满天星斗,吹了整整的一夜箫,箫声没有人听得懂,只是除了我。想必每逢寂寞时,他都在吹奏那一支伏魔碧玉箫,低沉的声音往往只能在梦里向我传来。

我心里思索:难道他就是我梦中神秘的吹箫之人?有一种似曾相识的感觉,难道是伴云来?只是他在大夜晚坐在飞檐之上对着天狼星吹曲子,会不会搅得别人不得安睡?

伴云来说:"灾难到来,唯恐天地变色啊!"沉默一会儿,待他的情绪平静下来。我也坐在檐角上,说:"你莫非知道是谁在捣鬼?"

伴云来叹道:"罢了!我只知道魔星降世,劫数将至啊!"

2. 度化凡心

烦恼几回望流云,转眼间雨下容颜成憔悴。我去金陵游玩,沿途欣赏风景,船行到秦淮河上,粉香深处闪光晕,舍不得即刻前行,河面上往来画舫很多,停下的也不少。我忽然发现对面一只画舫上坐着一位二十来岁的女子,在低头绣鞋子,面容娇俏,长得很像我在"清波水鉴"看到的玉颜仙子,只是穿着打扮不一样。我偷看她很久，她似乎没有发觉，就朗声吟道：

> 瑶台一梦别枕边，流水潇湘在眼前。
>
> 夜月轻弹紫塞曲，未许仙钗飞清怨。

女子抬头斜视了我一眼，又继续在鞋子上绣花。我从衣兜里取出一锭银子抛过去，落在女子的裙子上，女子捡起银锭扔向岸边。我又将腰间的玉佩扔过去，女子没有理会，也不言语，悄悄用脚尖将玉佩遮住，生怕露出丝毫痕迹。我见到船解开缆绳开走了，心里无限失落，就连岸上那一锭银子也没有心思去捡回来了。

无奈之下，我坐船离去。薄日洒下浅白的光晕，这幢水边的小木屋在粉色中升起暮霭，软榻之上，我也感受到地上的湿气，于是将轩窗打开好通风。我倒拿书卷，心不在焉于字里行间，是谁嫣然一笑，尘风花香穿过了珠帘？原来是自己的幻觉。行思坐想，眼前都是船上姑娘的轻衫丽影，挥之不去。

一天晚上，我梦见到一家门庭空旷，看见门内有稀疏的竹篱，以为里面是亭园，径直走进去，院里有一株芭蕉，旁边有藤架，挂着许多葫芦。我再走几步，看见两株石榴树，又往里走，见北面三间房屋，双门关闭着。南边有间小房，红月季遮掩窗户。探身一望，见晾衣架当门，挂着彩裙在上面，知道是女子闺房，连忙退却；但是里面已经知晓，有人跑出来看我，她原来是船上的那位姑娘，待字闺中。我喜出望外，说："不期再次相遇呀！"忽然一阵打雷闪电，才知道是在做梦。我相信与姑娘还有缘相见，保守秘密，担心对人说了，会破坏这个好梦。

过了不久，我再次坐船经过金陵秦淮河。我在码头下了船，租了匹马，牵着马信步去游山玩水，误入一座江村，沿途景象仿佛生平在哪里见过。林间大道铺满落叶，踩上去继续往前走渐次明亮起来，我站在有一家门口，望见里面的葫芦架，忽然想起和梦境里面一模一样。我惊喜不已，把马绳系在树上，飞快地走了进去，房屋也有那么多间。梦既然得道验证，便不再怀疑，径直奔向南边的小房，船上的女子果然在里面。她远远地看见了我，吓得起身，用门遮挡住自己，大声呵斥："哪里来的陌生人？"我说："你不记得送你玉佩的人了吗？"接着我倾诉自己的相思之苦。女子开了门，说："果真如此，足见你的真心。因为玉佩还在，我料想钟情的人一定会出现。我们立誓定下终身，你姑且回去，请媒人来下聘礼，估计没有不成功的。"我仓促走出来，女子远远地对我呼叫："我姓王，名叫桑烟。"

来日我请来了伴云来做媒人。这时候，桑烟从里边的闺房走出来，给我沏茶之后说："如果我告诉你，我是海邦女子，你还会爱我吗？如果我要你跟我去海邦生活，你也愿意吗？""世界之大，何处不可以安身立命？"可是我心上一乱，难以决定。伴云来见我不回答，面露难色，就从旁说："情何轻矣！还是放弃吧！"

"境由心生，切勿乱想。"我还是困于情，可是事情忽变，差不多是当头一瓢冷水，我怎么面对这样一个问题？要等别人下逐客令吗？我离开王家院，也只是呆痴地迈出了脚步。谁知我前脚才出门，后面就有求婚者登门了。

鞭炮喧天，王桑烟坐着花轿出嫁了。我的爱情理想破碎了，真的是悲从中生，痛苦不已！我倚着轩窗不出一言，心思念如水，漫过眉间的隐痛，泪滴滴清凉，浮于水中央，梦境微漾，寂寞摇晃。

见我难过，伴云来告诉说："沓云兄，姬神和太朴子两位上仙已度我成仙，桑烟是玉颜仙子的侍女下凡来点化你的！她嫁人是一出戏，当然她不会跟你成亲，她说的海邦指的是蓬莱！"

我心里一阵难过，原谅我是一介凡人。可是我已经爱上了王桑烟，她却又是仙女，怎么办呢？伴云来说："可以效仿牛郎的办法。"

春寒料峭，日上三竿早。我按照伴云来说的，来到莲花峰脚下的虹湖边，只见波光粼粼，鱼儿漫游，仿佛有衣袂翩翩的仙子，在黛绿的山水间盈盈灵动……在这醉人的山光水色中，几个仙女手持羽扇从天而降，飘然入湖游泳。仙女们婀娜多姿的情态，让我看呆了，我轻轻地走到仙女们放衣服的地方，把粉红色的衣裙收藏起来，然后吟道：

> 七夕遥见天阶渺，牛郎织女渡鹊桥。
>
> 河汉飞星水清浅，万户乞巧共今宵。

当她们觉悟到是我在吟诗的时候，都含羞地奔到湖边，穿衣着裙，摇起羽扇飞上天去。可是桑烟怎么也找不到自己的衣裙，只得又回到湖水中。这时我走出花丛，桑烟说："搅乱了的湖水，人走了会宁静，芦笙应该为人间的爱情而歌唱，如果我搅乱了你的心思，那我走了你就会安静了。请还我的衣裙羽扇，让我回天去吧？"

我把衣裳还给她，说："我们男耕女织，相亲相爱，不好吗？屋里红床绣被，花衣罗帐，竹椅珠帘，香烟缭绕，生活会幸福美满。"

王桑烟用仙术将衣裙眨眼间穿上，说："你看那天上的银河鹊桥有多美，还想着成家立业吗？"

我只好听之任之，拱手作罢。其实我想远离尘烟，带她直奔红霞上青天，那里有玉宇天池，口语很轻的是琼楼群仙，纷纷踏波向我送哀弦，又有人唱道：

前世心牵，今生相见。冥冥山谷，种下情结。羽化登仙，守候在这人间，等你的出现。等多久，梦多久，一天天，一年年，就算穿越了黑夜白昼，也要追寻天长地久。谁说神仙不重情？一桥横跨世隔两端，追你到三界尽头，此生此世不放手。

手中的长剑映绿相偎的眉眼，被风吹过的佩兰留念着从前。残留发的温柔，恍如轮回的梦，感觉你在怀中，回首不见已是一千年，忘了尘世的变迁。容颜未变你倒映在湖面，换此生无怨。

3. 拜见上仙

我的追求是修炼之道，所以渴望成仙。太朴子说："你要成仙可以，但是要知道仙的生存法则是'隐'。你是大罗神仙转世，你的师傅就藏在莲花峰的眠云洞府内闭关修炼。"

伴云来提醒我说："莲花峰有一方能知道过去未来的'清波水鉴'。"我仿佛记起了前世的很多事情，可是我又转念一想：今生之事尚且不记得，我又如何能够记起前世之事呢？况且李白寻仙访道，还不知道自己是太白金星呢?

眠云洞里面忽然有人说:"进来吧！洞口有金光结界,我打开就是了！"结界被打开,我们直入洞中。光晕四射,见有一位修为很高的成年神仙在打坐,他说:"我是东君,感谢诸位仙友请来沓云。"然后,用手一指,墙壁下燃起了紫色火焰,四周都亮起来！

太朴子说:"沓云,快见过东君吧?"我连忙行礼,说:"东君上仙,我叫你师傅吧?"东君说:"沓云,你的经历我是完全清楚啊！往后在你身边出现的或鬼或人,也可能会是非仙非魔,你要小心应付！早日成仙吧? 天堂没有黑夜。我这里有一具仙骨,现在就赐予你体内,助你脱胎换骨！"

姬神说:"沓云,不俗即仙骨,加之你有命珠护身,祝贺你已经是半仙之体了！"接着东君对我说:"切记,一旦你的百会穴不通,你的天人感应就会消失！"说完,他起身对太朴子说:"往后切要保护沓云,唯恐昔影加害于他。"

太朴子点头说: "东君,请放心就是！"临行,东君嘱咐我:"切勿胡思乱想！"然后,他让青虹护送我回来。东君上仙还送给我一本《纯阳神功》,里面讲述的是道家的内功心法,乃是修仙的云梯,我十分感激。"纯阳神功"需要太阳之光能,心无杂念,不能受到外界的影响。我每天早晚都打坐,刻苦修炼,盘腿而坐,总结了修炼的心得,口中念念有词:

百日情种是仙基

芦芽过江要仔细

九转中田文武火

七步一收上黄庭

修仙容易悟道难

分明仔细静中观

纯精一点龙虎抱

阳光三现照泥垣

某夜子时，我梦见东君对我说："天生异相，明晚会出现天狗吃月食，你的本命星很可能会暗淡无光，或是像流星一样坠落。你需去寻找一位有缘人，也就是你命中的至亲至爱，做一对红尘眷侣，方可阴阳合一，扭转乾坤，救度世人。"

随之我将这个梦告诉了伴云来，说："我所追求的是道，是上善若水的境界，要忘记七情六欲，一念不生在心间。如今却要谈及男女之情，如何是好？"

伴云来不觉一笑，说："何不随缘？"次日，我与伴云来两袖清风，又飞落于虹湖练剑。剑光一片起白鹭，一衣带水点茅庐。剑已收，有个女子出现在了船头，一袭绿衣拖柔水，鸣玉佩而望长天，眼露微芒……

我定睛一看，发现船上的女子是桑烟，于是我向着朝阳，一路香风蹁跹，桃红柳绿，燕舞莺歌不断在眼前出现，御剑飞身上去，问道："桑烟，你原来是仙子？"王秋容回答："不是。我是仙女王秋容，桑烟是我的侍女。"我知道凡心一动落仙班，就不是仙了！随后，我问："你跟东君上仙到底是什么关系？"王秋容回答："沓云，我们是仙友，你应该知道神仙不能谈情。你不能胡思乱想，否则会

4. 沓云失踪

障内的琪花瑶草，争相斗艳，不会凋谢，只有常开不败。一朵云岫，桑烟赶来莲花峰告诉说："东君上仙，沓云擅离职守，不在昆仑山天池！不知道是去了哪里？"东君掐指推算，说："他早已下凡界跟众生一起历劫，我也不知所踪啊！"

鹏城里面炉火沸腾的铁匠铺子一夜之间全部都成了当铺。大门灯笼高挂，东君成了鹏王府的一个不速之客。鹏王问东君的名字也不回答，只是说："我是山野之人，叫我'东君'就可以了！"东君的来历，鹏王猜到了几分，说："东君云游四方，不想会造访至此，今日一见，果然不凡。"我说："你我皆为羽类，不必介怀。"

两人分宾主坐下，有侍女献上普洱茶，东君谢绝喝茶，说："想请鹏王去我的住所'醉仙居'走一趟？"从背上拔出紫电剑放大，让鹏王坐在剑上，只觉耳畔风声响起，唯恐从空中掉下去，幸好一盏茶的时光剑就停下来了，山间一声长唳，引来千鹤云集，东君说："到了。"鹏王呼吸一口气，然后见到了高耸的莲花峰，真可谓翠壁千仞，此峰之上迎客苍松之下有一"醉仙居"，白云出岫而环绕，果然不类人的居所。中央吊起一个圆顶的纱帐，风轻轻一吹，现出案台一方，上面有一张宣纸，写有一首诗《采莲花梦游》：

云水共参禅，琴心来无端。梦里西上莲花山，千里迢迢一云寒。登高闻鹤唳，清波照影去又还。下有渌水，上有山峦，此身飞上云端，不须叹！

后人不见太白峰，我今携琴长追随。棹动抚玄发，听我鸣绿绮。飞盖发狂吟，羞煞白丁流。抽刀断石镜，乘槎谈东瀛？连朝语不休，万事卜水流。渺渺青冥荡天地，问我岂能不动情？信手采云萼，骖龙而上游玉清。

鹏王发现紫电剑，赞道："真是一把上古神剑！少说也有三千斤，想不到此剑还可以随意变化大小．只是不知道可否一观此剑的威力？"东君说："此剑已由玉颜仙子掌管，我借来查验而已！"将剑拔出，口念万剑诀，一晃为十，十晃为百，百晃为千，直插向一座飞来山峰，电光闪处，山峰顿时化为玉碎，坠入远处的虹湖之中，形成一座美丽的仙灵岛。鹏王大开眼界，惊奇不已，感叹："湖中的水碧蓝纯净，仙气充足，只是不能与昆仑山的天池相比罢了！"东君说："是啊，难道鹏王去过天池，那里有我的徒儿沓云把守啊？"鹏王说："我不曾去天池。你的徒儿沓云去了不老山魔宫！"东君说："何以知之？"鹏王夸口说："天上的一根羽毛都难以逃脱我的法眼！"鹏王目光回到案台，信手拔了两下案上的琴弦，琴弦叮咚——地响，响声很沉闷。东君说："在下为鹏王弹一曲《洞天春晓》吧？"说完，运功指尖弹起琴来，声音穿透帘幕直达九重云霄。

弹完曲子，东君走到屋后，用一只杯子在山岩上承接上面滴下来的水，等了半天，才盛满了一杯端过来，水色淡碧，并无杂质。东君说："感谢你移驾到此，无以为报，特意敬献一杯水给你喝。"

鹏王接过水杯，喝了一小口，感觉冰凉，就没有再喝下去，倒在了地上。忽然，山洞传来一阵鹤唳，有远客造访相邀。东君请鹏王稍待，前去迎接。鹏王走到屋后，发现一个"眠云洞府"，洞府里面珠光闪烁，长满灵芝，有大有小，颜色有紫有红，鹏王悄悄从丹台下边玉液池一旁的壁上摘了一株紫色的镇山灵芝，放入怀里，怕被东君回来后发现，急忙寻找隐僻的山路，独自飞身离开。鹏王不知道东君给的那杯水是瑶池圣水，倒在地上实在是太可惜了。

东君浮在山谷上空，放眼一看，原来是檀烧和清弄，不知所为何事。清弄说："东君上仙，朝天门有异象，众仙都很担忧！"东君有先见之明，说："果然如此。我在天上按月巡游之时已经洞悉了朝天门的情况！"

檀烧说："东君，多谢你在西王母那里为我姐妹二人求情，免去我们雷霆之祸！"东君说："不要谢我，应该感谢王母开恩！你们可知道徒儿沓云去了哪里？"檀烧说："不老山魔宫。"

星之不至，黑暗的不老山魔宫，众影瞳瞳。昔影化作美男子坐在魔法王座上吞烟吐雾，说："风月山庄一战，黑煞被封印在万蝠洞，从此这座魔宫就是我的了！犬夜叉也被我复活了！谁敢不服从我的指令，谁就得死！"

底下大殿上火冒三丈。身穿披挂的小鬼小妖们群起乱舞，纷纷趋附说："魔主降世，法力无边！"我上前说："昔影，把师傅交给我的'虚迷幻境'还给我？"昔影笑道："沓云，把你的青衫用来作交换？"我心里舍不得，说："此仙物是老祖送给我的，怎可交换？"昔影手一挥，"虚迷幻境"飞了过来，笑道："沓云，你已经是金甲神了，还要那青衫做什么？"我接过"虚迷幻境"，交出青衫，说：

"多谢奉还!"我一走,小鬼小妖都睁着闪闪的眼睛现出本来面目。犬夜叉上前说:"魔主,这里可是我们的迷魂宫,怎么放那小子回去?"

昔影变成沓云,穿上青衫,来到凤鸣山流芳斋,求见青袍老祖。青袍老祖袖里藏清风,熟知紫微斗数、风水知识、八卦命理,方才他给座下登仙弟子们讲道,昔影听见他说的一段话:"静中静非真静,动处静得来,才是情天之境界;乐处乐非真乐,苦中乐得来,才是心灵之正果。"

改头换面,是昔影的忽然出现打断了讲座。老祖说:"这一袭青衫是仙蚕炼成的法宝,我已经转送给你,切要珍惜!"假沓云当然知晓,说:"我去不老山魔宫被发现,于是以讨回'虚迷幻境'为名造访,真正目的是查看被昔影绑架的那些圣女!"青袍老祖说:"原来如此。"假沓云说:"老祖,不知道我还要在昆仑山天池守多久?"青袍老祖说:"天机不可泄露!"

流水下滩非有意,白云出岫本无心。曾几何时,饮一汪清波,青衫化作梦幻的翅膀,找寻沉睡的痴恋,摇曳着三世轮回的情愫。流光飞舞,斜阳在粉墙黛瓦上迷醉. 是谁弹琴三叠,令我魂飞朝朝?玉颜仙子站在"清波水鉴"旁边说:"试问苍天,凡界怎么一定要陷入庸俗呢?"东君上仙回答:"仙境也是造化出来的!"说完,用法术打开"清波水鉴",说:"红尘净土,芸芸众生。让我们看看沓云现在的情况吧!"玉颜仙子说: "世界之大,入此方寸,真是玄妙!"

东君又说:"沓云的千年情劫,恐怕难以度过,你可否圆了他的心愿,让他自己放下男女之情,从而随青虬飞登仙境?"玉颜仙子

说："好吧，我让侍女桑烟前去度化他吧！"

我上金陵游玩，路上看见鹤神庙就进去烧香，发现案台上有一套白衣裳，取来穿在身上，双手顿时变成翅膀，展翅飞上天空，成为一只白鹤。远处飞来一群同类，跟它们打个招呼。它们说："我们带你去蓬莱吧？"我于是就跟他们一起飞走了。飞过几座大山，纷纷落在了一个叫蓬莱的地方。这里天花乱坠，迷人之眼，玉宇澄清含仙气，丹山遥立唳飞鹤，亭台楼阁浮云霞，流水似瀑闪光华，苍松点岩石，棋子落仙菇，我对这里的景致，双眼望得发了呆，听说这里是仙境，远离红尘喧闹。土地公听说我来到了蓬莱都特意接见了我，说："远客。不期到此，有失远迎啊！"我久久感叹说："如今我由人类变幻成了鸟类，你们能够帮我变回去吗？"土地公说："只需要脱掉你身上的羽衣就可以还原了！"我果然脱掉羽衣，变成了人。土地公又问："可有同伴？"我说："孤孤单单，还没有找到伴侣。"土地公就给我引荐了一位叫桑烟的姑娘，看上去美丽极了。桑烟问我："可会作诗？"我于是点头，随口作了一首：

落入红尘人独立，空山长伴白云栖。

非关生来轻模样，遥向天阶献紫芝。

我与桑烟相亲相爱，养殖仙蚕，聊以度日。这里没有昼夜之分，也没有冬夏之别，纯白的仙气十分充足，我的呆样已经焕然一新。我也不知道在蓬莱住了多久，土地公忽然要我去送信，其实就是《清明上河图》，描绘的是宋朝京城灭亡十年前的凄惨景象，交给天庭派遣出来的灵官，说有天敌想"围城打援"。临行，桑烟嘱咐我：

"你的星宿不明，千万提防射手！"我让桑烟放心，一翅冲天，飞过群山峻岭，到了洞庭湖上空。此时月明半边天，银光四射，见到湖上停留着很多船只，有的船摇橹摇得哗哗地响，人影晃动，看得清清楚楚。我飞到一只龙船的桅杆上停留下来，冷不防一只飞箭向我射来，还来不及躲闪我就掉在了水里，接着就听见船上有人喊："我射中了！"我觉得身上很痛，醒来发现自己睡在鹤神庙的屋檐下，先前的经过就像做了一场梦。

5. 回归仙界

东君在莲花峰的眠云洞府里加紧修炼，经过百年筑基，意守下田，文武火候，胎元满足，采药过境，温养中田，直上黄庭，阳光三现之后，"回元大法"终于炼到第八级了，下面就是气聚泥丸，元神出窍，七步一收，太虚合体了。"太虚合体"就意味着修炼到了最高境界。东君专心打坐，避开繁务，闭关不出。半年之后青气冲开，内丹归位，"回元大法"终于大功告成了。

山门大开，从四面八方赶来千鹤云集。青袍老祖和众仙友都来祝贺东君修炼成功，请求交流力道，帮他恢复元气。东君登上洞府中的紫霄丹台，盘腿而坐，双眼微闭，众仙友环绕在玉液池下面打坐，纷纷运出五颜六色的力道，与他的力道交汇，运行大周天。真气在身上往复循环，呼吸与天气相通，众仙都亮出内丹，东君的内丹虽大，却只有青袍老祖的内丹一半大，在空中溜了一圈，众仙都各自收回内丹入体内。在这期间，东君与众仙友都有飘忽神游太虚之感，尽享修炼的快乐。

东君上仙盘腿打坐，传输给我五百年的功力！我有了成仙的基础，修炼起来自然更容易，待到"纯阳神功"炼到炉火纯青的时候，就能够成功归位了！我将"虚迷幻境"双手奉上，还给东君上仙验看。随后东君上仙大为开怀，告诫我说：

相由心生，心困于境。出世入世，只是立命。

为求安身，登山远眺。寻访高人，怎得其妙？

尘缘而已，莫失本性。真实自我，拨云天光。

我因为得到东君上仙的度化，名载仙籍，位列九宫品阶的上乘飞仙。我一袭青衫，横吹笛孔，祥云笼神州，感觉无限快乐。我召唤出无数的相思鸟儿，欲撼动情天！茫然回首，我才知道自己已入云梦仙乡，只有伴云来在身旁。我们乘风而上，笑傲烟霞，面对未来的劫数，以后能去的地方有凡间，天堂，龙宫，仙霖，地府。

仙銮真的壮阔美妙，虹光万道耀白昼，紫气千条滚宝殿，瑶池化水为云，飞绕楼阁出玉柱，游动丹墀闪星辉，广布天地洒成雨，风吹琼花升九重，果然别开生面，不同凡响。紫微星，天市星，彗星，八仙分灵，以及九曜等诸路神元，已经纷纷下凡界去了！我知道这些都是地位高的天神，负有使命分灵下凡，由于他们是具有高能量的人，投生到人间不是大官就是大师，甚至是帝王将相。

泰和午阳对我说："我送你一面令旗，可以呼风唤雨。"我收下令旗，随即赠诗一首：

银河游一遍，花容度等闲。挑灯众仙钗，还捧蟠桃献。

提篮下凡间，仙翁棋子闲。红樱破阵子，回梦上九天。

　　红尘中你追我逐，不去问，世间情为何物？脚下有一片云，牵挂就成了路，不计沉浮。真是相请不如偶遇，太白师尊正手持混元金斗，驾云而来。东君背着神剑，诚心告诉说："师尊，朝天门有异象，请尽早防范！"太白师尊说："我已经选定日期，安排人选，朝天门有异象是注定的天数，也是劫数！"

　　东君质疑："未雨先绸缪，可防天之变。难道太白师尊要袖手旁观吗？"太白师尊挽住东君的手臂，让他登上他脚下的祥云，两眼直视前方，说："东君，我们就一起去朝天门看看情况吧？"

　　东君会望气：紫气，帝王将相所临也；青气，神仙之所在也；黑气，或妖或魔所盘踞也。远处云端地势很高的朝天门上有红色光晕，被黑云侵袭，天地微微昏暗！太白师尊用法眼一看，说："朝天门果然笼罩着一团黑气，幸好有一颗将星在此镇守，暂不防事！"

　　东君询问："镇守朝天门的将星指的是谁？"太白师尊说："仙界统领——泰和午阳。紫电青霜两口宝剑，乃混沌之初的宝物，可以用来镇守朝天门！"东君说："我与玉颜仙子有此法器，足以对付黑气！"太白师尊阻止说："切不可轻举妄动！因为黑气有很大的来头，一旦动手会掀起不测之风云啊！"东君问："有何来头？"太白师尊一扫拂尘，说："黑气来自不老山魔宫！"

6. 巧设妙计

东君等待着替天行道，与老祖在法宝葫芦里面设酒对饮，穿空飞行，对外面的情形一目了然！飞呀，飞呀，法宝葫芦飞到了黑暗的不老山魔宫，他们发现通红的火焰和遍地的墓碑。魔鬼们捆绑着圣洁的女子指手画脚，忽然纷纷潜入地下。这时候夜行的蝙蝠注意到他们，连忙向昔影发出声波讯号，他们不得不离开这极阴之地，一路向着升起的明月飞走！

一阵闪电，葫芦颠簸。东君说："我们险些落入魔爪，多亏了这法宝葫芦！"青袍老祖驾驭着前方，告诉说："昔影就是想利用那些被绑架的圣女引我们去送死！"东君说："如今我们怎么营救那些落难的圣女？"外面刮风下雨，雷声隆隆大作。青袍老祖饮酒说："仙界假传消息说鹏王攻破朝天门，昔影必然上当！"东君心领神会说："此计甚妙！"随后禀告太白师尊依计行事。

飞流直下三千尺，问剑太阴升苍松。

云浮平生一场梦，此山不老未有风。

眼前游龙戏凤，银河波浪滚滚，真的是斑斓生辉，五光十色。

望之，叹之。还是做神仙好！太白师尊站在云台上浏览天书，不觉笔底有烟霞，自我陶醉。忽然有无数火星带着杀气，冲天而来！

原来是昔影和犬夜叉，身后还带领着持刃的黑旗兵！

太白师尊手持混元金斗，呵斥："你们是怎么通过朝天门的？"

昔影手持魔镜，得意地说："别说一个朝天门，三界没有我到不了的地方！"云台陷入黑暗，犬夜叉步步上前进攻。一瞬间星灯盏盏亮起来，太白师尊把拂尘一指，刀山将魔兽困住，刀刀见血！

太白师尊见上空出现天仙宝鉴照住来犯之敌，喊一声："天罗地网！"随即云台被啸月带领天兵神将围得水泄不通，黑旗兵大半都葬身在上古神器之下！昔影印堂发暗，魔气冲天，说："停！仙族若是有诚心，我们联手对付高手鹏王吧？"啸月止住刀兵，说："鹏王乃一世英豪，与仙界秋毫无犯！你从仙魔之井来偷袭仙界，算什么东西？"

层层黑云动荡，透出罪恶滔天的杀气。泰和午阳带领着三千飞天将组七重杀阵，已经严阵以待。泰和午阳手握红樱尖枪，盛气十足地说："昔影，我身后有三千飞天将，你敢一较高下吗？"

"有何不敢？"昔影练成了盖世魔功，有恃无恐，因为见云台戒备森严，看来鹏王攻破朝天门是假情报，既然偷袭不成反而损失惨重，急忙带群魔逃走！

众神仙随着天仙宝鉴追击昔影到阴森的不老山魔宫，那里黑暗得伸手不见五指，鬼魅都消失不见，只是听见了绝望的哭泣声，救出了那些被捆绑的圣洁女子，捣毁了昔影的魔法王座，随后听到万蝠洞魔咒响起，赶紧撤离……谁知道众神仙走来绕去还是回到原地，根本到处是死路，没有出路！众神仙逐渐处于昏迷状态，纷纷盘腿打坐，我急忙带动仙友们一起念咒："乾元亨利贞。"

忽然吹起阵阵阴风，似战马怒吼，喊杀快电，一扫卷地而过。

镜子里面长出很多魔爪伸长来抓扯众神仙，只见众仙挥剑斩断一只又长一只，怎么也斩不尽。看不见光亮，众神仙皆感恐惧。片刻传来昔影催命的叫声："这里可是我的地盘，不相信你们能活着走出这座迷宫？"沓云桑烟沉着镇定，喊道："紫电青霜，开路！"紫电青霜两柄剑冲出黑顶，形成一个天窗。众神仙引火烧魔宫，然后带着落难圣女飞升起来，一起随着两柄剑离开……

姬神站在思过崖的飞流瀑布之上，望着在浮云中穿梭时空而去的仙鹤，不由得负琴而叹："人间正道是沧桑！"

朝天门守卫庄严，列阵以待敢扰我仙界者！我们救圣女逃出了不老山魔宫，等于仙界侥幸胜过了魔界，仙班为之举办酒宴歌舞升平，我的心情舒坦了许多。不老山魔众都化作了蝙蝠，向着黑暗四处逃散……

东君上仙站在炼丹石畔，背着青霜剑，感觉身负重任，望着鹤唳九天翱翔不断，境界更加开阔了。一个缘字诀，让他不由回忆起往日与玉颜仙子相处的场景，一袭素纱拭泪看舞剑成双，世道上聚散无常，浅醉云为霓裳，飞奔高高在上的天堂。

太白师尊在云台上启口说："东君，我知道你追求的是混元正果，达到修仙至高的境界，飞登太虚！你可以与姬神太朴子一起前往太虚境界，大开天门，接引后来之人！"三仙都异口同声地回答："小仙愿往！"东君乘青虹随风而去太虚境界，穿梭在浮云萦绕的天空中洒脱地吟道：

绕花门前垂双环，愿结刘海比翼飞。

鹤唳苍松升白日，穿针走线入红尘。

绿水波澜开斗伞，浓墨淡彩停丹青。

月照耶溪竹喧处，银环叮铛秋黛光。

气贯长虹剑如练，越女争锋棹歌响。

两袖清风霓为衣，追随鸾尾上九天。

此情相思却相怨，西当太白鸟飞还。

琴声三叠云影张，翠带牵风舞未央。

纤云织罢金鱼纹，清河水浅开屏羽。

山有木兮美人迟，无边太虚任遨游。

龙门阵

引子：晶帘伤心白，珊瑚门两丛。

　　　　不识少宫主，唤作小龙儿。

月光，在一面珊瑚镜上，串起我的冷热清泪，来照我枕边，清泪似的惆怅。月光，在一本哀情录里，聆听我的长短叹息，来为我翻开，叹息似的绝望……

记否？月明沧海托孤掌，鲛帕蓄泪始成珠。身无彩鳞翻波浪，心有灵犀通净瓶。那时的紫竹，点破了姻缘纸。龙梳，巧结了你的双喜环。

水晶帘卷着碣石，摇晃着空绿。我们不知道蓬莱有多遥远，相隔的山川更有几重？一天青辉浮光照入白团扇，青丝长多牵绊坐看水中月。似雾非雾似烟非烟，在我们眼前。

看，青鸟飞回来了。告诉它，留恋处，休迷人间最高花。

月光呀，从来都是意绵绵心有相思弦，指纤纤衷曲复牵连。月光呀，从来都是良宵苦短只恨风吹流苏让人徘徊，多聚散，照亮半边天……

1. 水宫秘密

十五共看月儿圆，飞奔霞宫句未裁。

福海半梦鱼须金，瑶池微见碧玉钗。

浮云本应飞山岭，沉钟只须对阳台。

天阶一别远难唤，更有潮音翻浪来。

　　南海龙宫一片幽深景致，玳瑁作梁，鱼鳞为瓦，四壁透亮，宫门珠帘低垂，两边的台阁都是对称的，珊瑚树一株一株的，暗红色的枝丫互相交错，都有两米高以上，使人眼花缭乱，目不暇接。南海龙王，龟臣相站在灵虚殿的珊瑚镜前面仔细观察，据珊瑚镜上面显示，南海的梦幻水晶因为某种原因散落在观音山的化龙潭里，与一个在潭里游泳的灵娃结为一体，灵娃被村姑抱走，抚养长大，这个故事成为一个永恒的秘密。

　　龙王说："只有这个灵娃化龙归海，南海龙宫才会继续存在，繁衍龙子龙孙，安享天庭册封。"龟臣相说："是啊，因此我们寻找梦幻水晶尤其重要，深海如果没有水晶就会消失。"

　　龙王问："这个灵娃有多大了？"龟臣相说："七八岁。等他满十八岁，他体内的水晶就会变成龙珠，就可以修炼成龙了。"龙王说："这个灵娃就是我们选中的未来之龙。此事关系重大，切不可以泄露出去！"

龟臣相说："知道。其实情况比我们预料的还要复杂，趁天庭百忙之际，昊天界的镇妖塔逃出一只千年妖物，气势迫人，有如皇者，打伤镇塔星妃，向凡间肆意而去！它也想夺取龙珠，变成真龙！"

龙王说："塔妖既然敢来，应该不会虚张声势！"龟臣相说："龙王也应该早做安排，以防不测！"龙王说："那我即刻派十几个虾兵蟹将去暗中保护那个灵娃！"龟臣相说："是！"

观音山脚下有一个村庄叫"幸福村"，居住着几百口人，这里水网密布，人们都靠打鱼为生。然而这里的文化氛围很浓，相传至今，每一对将要拜堂成亲的新人都要在街道上剪一副对联，如果小两口剪到的上下联能够合在一起，那么就可以名正言顺地举行婚礼，进入洞房。我是村庄里的小神童，"招财"和"进宝"两个小胖子都是我的手下，因为我是拜认给菩萨的，他们都叫我——"观保"。我住在"温暖小筑"，门前就是一个渡口，停泊着我家的渔船，整天荡来晃去，招财进宝的水性好，就躺在旁边的水里睡觉。

每逢元宵佳节，村庄里面都会很热闹地舞龙灯。招财和进宝一起放鞭炮，一边问："观保，何以为龙？"我坐在门槛上，一语道破："吐火，万家点灯。喷水，布雨行云。卷风，草木逢迎。头上长犄角，身躯腾四足。不见轿顶群龙蟠，飞旋而上缠玉柱。上能升天，下可遁地。藏有一珠，运行千里。晶帘碣石，以归沧海。有朝一日，龙战在野。"

村姑在船上收拾渔网，说："泉儿，我对你可是望子成龙啊！"

我说出心里话："娘亲，我想专心读书，可是我放不下自己的身世？"村姑走进门说："你是我拜过庙里的送子观音后，从化龙潭捡回来的，我不是早就告诉你了吗？每个人都是来这人间投胎转世的，人生短暂，天道轮回，何必问这么多？"

我终于放下了一切，说："我是龙的传人！"

一天，我们正在岸上晒网。忽然听到有人喊："水怪来了！"成群结队的水怪来自四面八方，眼露凶光，见人就咬死！河里的很多渔船都被水怪掀翻了！人们在水里挣扎，却又不敢上岸。有的水怪爬到了人家的屋瓦上去了，居高临下，到处找灵娃！根据水怪们说："灵娃的头上有两只龙角。"

我的头上不是有两只还没有长成形的龙角吗？招财和进宝连忙给我戴上帽子，谁也不能发现我的龙角。

村姑被水怪扔进河里去了！招财进宝从水里打捞起她的尸体！

我用撑船的竹竿去刺杀水怪，结果被水怪抢去竹竿揭掉了我的帽子，现出了头上的两只龙角。水怪纷纷围过来捉我！情势紧急，谁知我被水里冒出来的十几个虾兵蟹将保护在里面，幸免于难。

翻波滚浪，巨大的乌龟载着一位头戴珠宝，披着淡黄色披风的娇小美女出现在水面上，她施展凌波微步，飞上渔船，身上一点也没有被水打湿。她一边掷水雷，一边放大声喊道："哪吒来了……哪吒来了……"

水怪头目听说哪吒来了，吓得带着水怪们急忙逃跑了。

我清点一下数目，发现战死了四个虾兵，还剩下八个虾兵和四个蟹将遁入水中消失了。村庄里由几百人减少为一百人，家家有殇，损失惨重。

村姑被水怪害死了！招财和进宝望着村姑的尸体，一起哀悼！我伤心欲绝，泪空垂，向谁诉？叮咚声，月渐入，昨日回忆梦里哭！接着大家安葬了村姑，做了水陆道场超度她的亡魂！几天下来，我根本吃不下饭，是那位好心的姑娘给我银两让我尽孝，她说自己叫"心然"，与我还有缘再见。大家都来安慰我，要我勇敢地活下去！

后来的几天很平静，没有水怪出没了！心然姑娘送给村庄几箱水雷，用来保护这里的人们。我们听心然姑娘说："水怪最怕哪吒，见了就逃跑！"大家都知道水怪不会善罢甘休，还会再来的。于是，家家大门上都要贴上一幅"哪吒闹海"，以防水怪。我不由对哪吒心生崇拜，随即作诗一首：

> 三坛海会有大神，包罗万千显英雄。
>
> 日绕龙鳞识圣旨，上天入地笑开颜。
>
> 清风万缕混天绫，足踏一对风火轮。
>
> 三头六臂舞缨枪，乾坤圈飞陷敌阵。
>
> 四海八荒皆闻名，百战百胜永太平！

我听心然姑娘说水怪盘踞在龙门石窟，专伤人命，还要吃鱼！不管那里有多危险，我一定要去为娘亲报仇！此去凶多吉少，我留下信函说是去龙门了，带着祖传的闪电鳞刀和几箱水雷，划船与招财和进宝离开人们的视线消失了。

2. 龙门斗妖

朦胧江心渚，清辉笼小筑。横江雾，何期走上天涯路？我们的船儿在水上漂，两桨过三桥，沿岸家家尽枕河。风波阻，拂缩衣，零落花无数。月缺映水中，相望两模糊。招财和进宝边摇边问我："观保，去龙门怎么走啊？"

我灵机一动，说："现在正有数不清的鲤鱼赶往龙门呢！我们的船只须跟着鲤鱼走就可以了。"招财和进宝问："鲤鱼跃过龙门，真的能够变成龙吗？"我充满信心说："那还用问！跳过龙门是很难的，需要天助啊！"招财问："龙门到底有多神奇？"进宝说："传说天上的银河是从龙门经过呢！"

我讲解说："你们不知道吧？相传古时候，那里的镇水神兽被水怪挖出，天上下雨一个多月，酿成了水灾，百姓流离失所，苦不堪言，后来龙族治理水患，建造了龙门，千百年以来风雨不摧，雷电不倒。"

招财和进宝说："可惜都被妖怪霸占了！我们去夺回宝地！"

"快看！"我们吃了些干粮，喝了些清水，正准备继续航行，忽然看见天上飞过一条白龙，速度很快，一眨眼就不见了！

引凤过洛水，长箫横碧天。

上云伴我行，飞鹊绕星晴。

跳跃龙门乱，滚动画盘泪。

长骑鲤鱼去，徒留琴高名。

对于有准备的鲤鱼精来说，天赐的机会是有的，要看自己的运气。龟臣相亲自来到龙门参加这次盛会，严格把关。红的，黄的，还有各种颜色的鲤鱼得到了河伯的批准，一条接一条赶来争先恐后地运足全身的力气跃龙门，可是都纷纷地被点额而回，成不了龙，还得赶回去见河伯，鲤鱼们感到羞愧不已。

河伯来到龟臣相身边，用手指远处的我说："龟臣相，你看，那里有一个小龙人！"龟臣相手持锦卷说："那是个灵娃，叫泉儿。你要好好保护他！"河伯说："属下遵命。"话未说完，只见一条一条的鲤鱼未跳过龙门，被早就守候在龙门以内的塔妖张开血盆大口给吞食了！

忽然从水里冒出来一群水怪，尖牙利齿地说："龟臣相，我们要取你身上的龟板！"龟臣相喊道；"护卫安在？"水里顿时冒出来数百记护卫，排兵布阵迎敌！浪花滔天，好一阵厮杀场面！

这时候，我与招财进宝驾船到了龙门，忽然看见波涛起伏处有一很高的水柱升起，知道是云端有龙吸水，忽然塔妖上窜与吸水白龙恶斗，卷起阵阵血浪，看上去白龙好像斗不过，时而沉入水底，时而露出江面，浪潮汹涌，一浪高过一浪，仿佛颠簸得要沉船。我说："光天化日之下，岂容妖孽作恶？"招财进宝用水雷掷去，击之不中，在水中爆炸。我急忙念动口诀，闪电鳞刀在空中入定，看准目标，一刀就中塔妖的要害之处，顷刻塔妖沉入水底。白龙浮在水面点额示意，顷刻潜入水底，波浪终于平息。

龟臣相在岸边喊道："三太子，跟我回南海去吧？"不料白龙冲天直上，盘旋几圈，不知去向！

河伯喊道："头插珊瑚钗的是塔妖！"塔妖立即拔掉珊瑚钗，扔进水里。河伯喊道："披长发的是塔妖！"塔妖立即挽起长发，用丝帕包裹。塔妖受伤了，被水怪们簇拥着逃跑了！我收回了闪电鳞刀，放在身上。

招财进宝投水雷，炸死了很多惊慌失措的水怪！

流年误，花期促，残花尽落伤心处，何处有欢呼？刚才在龙门得救的鲤鱼精还没有走，纷纷都来向我点额致谢！龟臣相说："塔妖会很快复原，你是杀不死它的。别说普通的兵器奈何不了它，就算是龙宫最厉害的法宝也拿它没办法！"

我说："那我们尽可能知道它的弱点，掌握它的特征。"

河伯说："塔妖住在龙门石窟的诛杀殿，处处戒备，易守难攻！它来去就好似烟雾一样，难以对付。更何况它有法宝如意和诛仙幡，我们从长计议吧！"

我说："我救下的白龙消失了，它究竟是何方神圣呢？"

龟臣相说："他是北海龙宫的三太子。"

河伯是个有心人，见我们的渔船又旧又破，行驶的速度很慢，因为年久失修，船舱还有点漏水，就送给我们一艘珍贵的莲船，说："莲船虽然可以自由地缩小和放大，但是有一定的限度，只能够坐三个人。"我与招财进宝上了莲船，表示很是感谢。

珊瑚织罢金鱼纹，一夜龙门有火烧。

我是梦中折红桂，来仪双凤口中衔。

舒长袖，望广寒宫阙人倚树。待到风波住，夜半梦醒失归途。想那日我在龙门救了白龙一命，有朝一日白龙必然会向我报恩；相反，说不定哪天塔妖一定会找我报仇！招财进宝说："观保，你已经大仇得报，我们回去吧？"我说："不行！我们必须彻底消灭这些妖怪，因为它们会再危害人间的！"

招财进宝说："你不走，我们也不走！我们一定血战到底！"

夜色凉如水，天阶繁星点点，仿佛在为我们照亮前程，我们哪儿都不去，就在船舱里面过夜。招财进宝指着夜空说："龙门上空有两颗星星在交班换岗，会不会是我们两个的本命星啊？"

我说："天知地知，你们知道，我知道就行了！"招财看着我的耳朵，问："观保，你的耳朵怎么这么红啊？"进宝很有经验地说："一定是有谁在念你吧？"我猜了一下，说："是幸福村里的人们在念我吧！"招财进宝说："也许是吧！"

这时候天微微亮了，水面上来了几艘渔船，原来是幸福村的人们给我们送吃的来了，可是船上只有几个鸭蛋，煎饼，还有点红藕，稀粥，等等。我们一边吃，一边汇报了杀妖怪的成绩，好让村里的人们安心。可是她们说："幸福村已经被妖怪毁灭了，寸草不生，就剩下这几艘又破又烂的渔船了。"

忽然我们看见天上打雷闪电，黑沉沉的万顷碧波上出现了塔妖，还有很多水怪，龙三太子带领虾兵蟹将正处于一场下饺子的混战：

空中显灵会仙师，蓬莱叩见落棋子。青玉案前点天将，一万水族尽从兵。

上洞湘笛碧落来，各显神通战龙门。扇翻清风舞蛮腰，龙鞭卷雪击黑轮。

旗动八面突红樱，碧波一一开铁莲。水声浮影闭白月，锦瑟拨弦带星来。

广袖排空扫妖氛，葫芦放焰火烧云。鹤奔电驰急如雨，五行阵开刀枪鸣。

铁网一夜困龙石，高枕珊瑚未有枝。今日幽光自可胜，飞剑驭气上黄潮。

龙三太子与水怪头目各显能耐，大战起来。一个黑衣凯甲，使的是追魂夺命枪，枪枪刺向下盘足，神嚎鬼也哭；一个白袍金甲，使的是乾坤青光剑，招招扫向顶上花，天地出造化。他们在水里你来我往，凶恶相斗，正面看是老鱼翻波，侧面望是浪里白条，大战三百回合又三百回合，难决高下。水怪休逞幽暗之能，太子能借日月之光，使出浑身的本领不相上下，搅得四海里的龙宫倒了几米高的珊瑚树，垂落了悬挂在门上的水晶帘，龙床摇，龙椅晃，龙祖龙孙也都不得安宁，龟丞相，虾兵蟹将齐心慌。

终于，两败俱伤！青山不改，绿水长流，我们后会有期！龙坠落于地，必然雨下不止。龙三太子挣扎着鼓足最后的能量，飞腾而起，在空中一个掉头径直回南海龙宫疗伤去了！

幸福村来的几艘渔船也被水怪袭击，沉入水中看不见了！

塔妖站在龙门上手持法宝诛仙幡，指挥作战！我的闪电鳞刀刚一出手就被它的法宝如意给收服了！保护我的十几个虾兵蟹将都被水怪杀死了！我被塔妖抓走，招财进宝急忙去通风报信！

我被带到龙门石窟，衣服也被撕烂了，只剩下一件红肚兜。塔妖张开阴阳眼，说："水晶还没有变成龙珠，暂且不杀他！把他关进我的瓶子里去吧！"

水怪头目说："不妥，会饿死他的。还是绑在诛杀殿的柱子上好些。"我喊道："快放了我！我可不是好惹的，就算是哪吒也把我当作座上宾！"塔妖说："泉儿，你以为我这儿是招客之地呀？你现在就是我的阶下囚，赶快带下去！"水怪们立即动手，推推拉拉地把我带下去，用绳索将我绑在诛杀殿的柱子上。真是有泪暗抛终无言，孤单一人难诉！

塔妖大笑说："只要有了龙珠，我就能修炼成真龙。到那时，不但能呼风唤雨，还能夺取南海星城，进一步拿下龙宫！"水怪头目说："为了避免夜长梦多，何不把那水晶吃下去？"塔妖说："不行！我会被水晶封住的，只有龙珠才能成就我的万年修炼！"

河伯得知我被妖怪抓走了，十分心疼。他带招财进宝一起进入龙门石窟，前来营救我脱险。他们小心谨慎地来到诛杀殿的通道，里面有很多水沼池和机关，水怪们在那里把守。河伯熟悉里面的地形，轻易地破了机关，杀死看守的水怪，到达大殿。他们终于趁塔妖睡熟，盗取了闪电鳞刀，砍掉绳索将我救出！

塔妖醒来，发现了沼池里水怪们的尸体，而我已经逃走了，大殿的柱子下面是被砍断的绳索，不由得大怒，施法说："如意如意，按我心意，快快显灵，弄一阵风把那个灵娃吹到海里去淹死吧！"

3. 召唤水族

将赋花间露，须臾一生春水妒。河伯递给我一封文书，我收到了龙王发出的水族召唤令！据说凡是水族轮回转世的人都会收到这个水族召唤令。

鲤鱼精赶来报信说："河伯被塔妖和水怪害死了！你收到的召唤

令是假的，塔妖想声东击西！"我说："我还信以为真呢！"鲤鱼精说："塔妖和水怪在半路布下了口袋，正等着你们砖进去呢！"

招财进宝说："我们真该用水雷炸死那个假河伯！"我对鲤鱼精说："你留下来，帮我们驾莲船吧？"鲤鱼精说："好啊！"鲤鱼驾着我们的莲船航行，碧纱帐中无人抚瑶琴，招财进宝都吹起螺号来了，绿云笼罩浪花九尺高，谁卷珠帘忆往事？往事卷起东风付。前行，前行，向着远方前进！

> 相见薛涛笺，银浪翻西帘。鲤鱼驾莲船，割得秋波色。
>
> 黛螺鸣长空，不记五洲侯。月明蜃楼没，鲛人泣泪珠。
>
> 经年失消息，嫁女如水覆。东床痴若云，空抱龙石枕。
>
> 负我殷勤鸟，锦瑟无弦柱。愁看地与天，海誓已惘然。

水路翻波滚浪，清风徐徐而吹。鲤鱼精停下驾船，慢慢地靠了岸，回头对我们说："我们都斗不过塔妖和水怪，去海岛请心然姑娘来对付它们吧？"

我答应说："正好。我很想念心然呢！"

魂一世情归何处？担离别，空诉寻觅苦，唯将平生误。我的推算之力太弱，又担心世事无常，去请求算命先生测字。我想自己不是准备出海吗？于是写了一个"海"字。算命先生说："此字需天人驾驭，否则反遭其殃。劝君回头是岸。"我摇头说："我此去是吉是凶？"算命先生说："我精通相术，看你命中无功名之份，犯天络地网，但是带有仙缘。"我半信半疑，问："世上岂有神仙哉？"言下之意，神仙应该居住在天上。算命先生说："心中藏自在，人人是神仙。"

忽然来了一阵狂风，我睁不开眼睛，只觉得耳畔呼呼地响起，心里有些害怕和好奇，忍不住说一声："菩萨保佑。"顿时跌落在海里，不由大呼："救命！"无人来救，身体并不见下沉，有一层软绵绵的东西浮着自己，用手一摸发现是渔网。旁边有一条莲船，船上有几个人在惊呼："网到了一个人！"一起用力将我拉上了船。船上有五个仆人，都是些奇装异服的打扮。我说出感激救命之恩，随后问这些人，得知这里的海岛上居住着一些非凡的仙人，鲜有外人来搅扰。

灵鸟翩舞，轻盈地在前面引路。我放眼望去，见到岸上桃花盛开，缤纷满地，但是如今时值初冬，我感到诧异。听那里的人说："这里夏天没有大暑，冬天没有大寒，四季如春，花开没有一定的间期。"有仆人在前面带路，我跟着往前走，只见一门朝北，松竹掩映，我进去问："你们久居在此，以什么为生计？"仆人说："岛上生长着许多奇花异草，都是些天然的药材，我们日常研制一些丹药去大陆贩卖。"

忽然，隔壁楼台上传来弹琵琶的声音，里面还夹杂着少女的欢笑声。我欣喜不已，求琴一把，用纤巧的手指弹起来，与隔壁楼台的琵琶声相和，时而高亢，时而低沉，像是诉说相思，又像是倾吐离愁。片刻，一阵笑声如铃，走出来一位闺阁少女，脸如杏子，穿着梨色丝裙，一眼给人留一抹楚楚深情，原来是心然姑娘。我对心然思慕已久，今有幸见到其人，觉得她两眼亮晶晶的，不觉有点情绪激动，说："久别重逢，一切可好？"心然说："劳你挂念，一切安好如初。"命人给我端来燕窝粥和甜点，说："远来是客，随意吃点东西。"我边吃边问："你刚才弹的是什么曲子?"心然回答："是我新创作的曲子'临安初雨',你认为好听吗?"我点头,赞赏不已,问："可以学吗?"心然说："我先演唱一遍,然后把这首曲子的五线谱给你看,你可以记录下来。"如此我一直欢沁到深夜,方才由丫鬟引路,去客房休息。里面红烛高照,我躺在榻上可见窥见轩窗外的明月,抬头看见丫鬟还立在烛旁,我说："不用灭灯,我习惯点灯而眠。"丫鬟关门轻脚而去。

一别深宫海角远,满眼尽是繁花树。我在岛上住了三天,这里仙气缭绕,让人神清忘俗,面貌焕然一新。心然已经知道了我的来意,答应与之同行,铲除妖怪。心然换上了装备,带上了云璈法器,与我坐在巨龟背上,一起去龙门决战!我们向岸上频频回首,感叹穿越千年轮回主,知音觅何处?绣口唱断暗香逐,满目尽是伤心物。

心然说："我不食人间烟火,葫芦里有一些八卦炉里炼就的仙丹,我们用来代替粮食吧,说不定还会让你功力大增呢!"我吃下一粒仙丹,感觉比大米好吃多了,恐怕营养成分有过之而无不及。

惊!肆涌暗云。雨骤风疾,力挽狂澜残阳立!

浪花袭击,大战在即!心然用云璈法器轻轻一拨,弦弦掩映水生起,声声唱尽逐细流,水怪们都开始天旋地转起来!但是对塔妖丝毫都不起作用!

龙门黑云弥漫,水面上结成了厚冰,瞬间下起碗大的冰雹。心然撑开结界,踩上了一艘黑船,谁知道黑船是塔妖变化出来的,心然急忙飞天而上又被诛仙幡卷起,感觉浑身似火燃烧!心然念一声:"变。"变出一把剪刀,剪破诛仙幡!塔妖变作一条恶蛟飞来吞吃我们,心然急忙变作一只金凤飞啄蛟睛。塔妖变出一把巨大的黄伞不停地旋转来收服我们，心然口吐三昧真火将黄伞燃烧！心然念一声"变"，变出一张金丝网盖向塔妖，塔妖急忙变成一条鱼潜入水底逃亡！

我念动口诀，用闪电鳞刀追杀水怪头目！招财和进宝在船上摇旗呐喊，连忙往水里投水雷，炸得稀里哗啦，水怪们一塌糊涂！

塔妖跑得快，头也不回地躲灾躲难，它的法宝如意掉在了水里。

我捞起了法宝如意，问："你这么厉害，到底是什么来历呢？"

心然说："你听我给你讲个故事吧？我原是天宫的一名仙女，天宫大战，掉下来一片水晶，众神仙死伤无数，我受伤下坠，幸好被哪吒用一朵九品红莲托起升天，后来我被王母娘娘追究责任，贬下凡界。"

我说："原来你是天人！可惜又让塔妖逃跑了！"

4. 梦游当真

龙三太子回到南海龙宫疗伤，他在蓝田玉床上躺了三天三夜才醒来，是南海龙王给他口里含了一颗安魂丹，用炼石胶帮他连接筋骨，所以睡了这么久。龙三太子醒来第一件事就是派鱼肚将军找我，送给我一颗避水珠，邀请我游海底龙宫。我随鱼肚将军一起进入珠子里面，见到海底奇珍异石，鱼虾遨游，一炷香的工夫避水珠就带着我们到了珊瑚丛。由虾兵引路，分开水路前行。这里让我感觉很熟悉，波光晃荡，浮出这么一座海上之城，真是价值非凡。我们登上层层叠叠的楼阁，站在明如玉的栏杆边，借着蔚蓝色的月光，看见海市上人头攒动，都是来做买卖的商贾，除了有很多头包方帕的鲛人，还有很多鱼头，虾头的水族成员，大多长相奇特，不类人世。龟丞相把我们领到一所水殿里，说："这里是南海星城，请先在这里等一等。"十几个虾兵仪仗队走过来问："你是南海观保吗？"我回答："正是。"虾兵全部跪下，说："恭迎星主光临！"

片刻之后，我们从南海星城的密道来到南海龙宫。我见这房间很宽敞，就问道："这是什么地方？"龟丞相回答说："这是灵虚殿。"殿内的柱子是青玉白玉雕成的，龙椅是蓝田玉做的，门楣是用水晶雕刻的，一切陈设，好得都没法用语言形容。众龙女在水晶帘外，观看外来稀客，指指点点，笑声融融，我欲上前问话，她们却四散而去，倏忽不见，犹如游鱼一般，见之甚为惊异。我们在灵虚殿等了好久，也没见龙王来。忽然金钟玉鼓之声响彻深宫，又闻阵阵仙乐自远而近，宫门大开，一个身披紫衣，头戴王冠的人走了进来，就听到一声巨响，接着就见有一条绿龙，长有千尺开外，两只眼睛亮如闪电，全身鳞甲如火，平地腾空而起，就在这龙腾跃之时，千雷万霆，缠绕在它身旁。我吓得直往后退，龙三太子亲自搀扶住我，说："贵客不要害怕，这是父龙王知道了这件事，不停时刻地去了。"我问："你们说的是什么事？"龟丞相说："不久之前，龙鞭被塔妖用隐身术盗走，献给了哪吒。"龙三太子转而又说："父王去的时候一怒而去，所以这样。"说着命人摆酒席。

我们在座上等了很久，不觉过去几个时辰，杯中还是空的。龙三太子给我斟酒，说："但饮无妨。"长须绿髯的南海龙王终于回来了，我连忙起身给龙王行礼。龙王说："贵客，不要拘礼，请入座。"

坐下陪着我喝了几杯酒。南海龙王说："我拿回了龙鞭，问题总算解决了！"接着龙王讲述去处理事情的经过："今天辰时我从灵虚殿出发，已时到了太子宫，午时与哪吒展开了激战，未时回到这里。我还手持青玉简到九天灵霄殿告知玉皇大帝，得知了事情的真相。原来塔妖是镇压在天王宝塔的塔精，只要满一千年它就会彻底化掉，想不到它会破塔而出，自称天王为父，哪吒为兄，天王哪吒都十分恼火，想不出好办法收拾它！"龟臣相问："这次损失了多少生命？"南海龙王回答："两万水族。"龟臣相又问："伤害庄稼了吗？"南海龙王回答："八百里。"龟丞相说："龙王，切勿动怒，否则，以后南海龙宫又要永无宁日了！"

酒席间，殿下奏乐，声音和谐，有如祥风庆云。仙女列队，轮番翩跃起舞，有散花部，有祝酒部，有讴歌部，有卷帘部，或跳"钱塘飞霆"，或跳"洞庭和风"，其乐融融，不觉又有半个时辰过去了。南海龙王说："泉儿，等你体内的水晶变成龙珠，你就可以化龙归海，来到我南海龙宫了。"我恍然大悟，说："难怪妖怪要抓我，原来真的是想夺取水晶啊。我现在不是已经来到龙宫了吗？为什么要等我化龙啊？"南海龙王哈哈大笑说："泉儿，你现在是在自己的梦里啊！不然怎么能够来到水底世界呢？"龙三太子在旁边说："父王所说，乃是实情。"我惊讶不已，大吃满桌盛宴。龙王雅兴大发，赐予薛涛笺，说："泉儿，可否为我龙宫留下墨宝？"我于是在薛涛笺上作了十首《海市诗》，以表感谢：

海市出明月，城墙漾波光。千灯照碧云，菱藕夜来仓。

船泊连东吴，碧瓦识风向。珊瑚千百丛，四壁透光亮。

珠帘微卷起，玳瑁可作梁。鳞甲闪水底，人影伴炉香。

楼阁添光彩，商贾贯四方。虾兵频往来，物品多花样。

碣石飞海雾，终日长思量。水阔凭鱼跃，天高任鸟翔。

水晶亮深宫，举目着新妆。镜开在案台，相思满云乡。

绡帕留泪水，鲛人捧珠光。岩石伤心白，朱砂点额上。

栏杆明如玉，所思在天窗。连城店铺立，价值非凡响。

贝壳鸣音乐，闹市有喧扬。十步一行人，各佩璎珞晃。

所购是春色，此地买不到。世上别洞府，海里有宝藏。

酒宴已毕，我感谢不尽龙王的盛情款待，告别海底龙宫。南海龙王送我一套龙宫的衣服，说穿在身上可以防水，又因为我曾经搭救龙三太子的事以百宝箱相赠，里面什么珍珠，贝壳，鱼须金，鲛人珠等等，数之不尽。我进入避水珠之中，旋转分水，看见海底里有很多平生未见的奇珍水族，还有千奇百怪的石头，忽然又看见漂浮的水母群，它们忙忙碌碌，好似在绿波中翩翩起舞，我于是好奇地问："这些水母在做什么呢？"龙三太子回答："它们在生产新水晶。"四周都是波涛，高耸如墙壁，霎时海水豁然分裂，出现一条水路，我直达陆地。

5. 封印成功

闹旱灾了，几个月不见下雨，地里的庄稼都快要枯萎了，只怕今年是颗粒无收，这年头让人怎么活啊？幸福村里的河流都快要干涸了，鱼虾都渴死了，再也没有人打鱼晒网了。我想尽了办法，挖了很多口井都没有出地下水，用什么办法可以换来水源呢？我取出龙王赐给我的百宝箱里面的宝物，换来银两，盖了一座金碧辉煌的龙王庙，请求龙王下雨。百姓们纷纷跪在地上，喊："龙王，快下雨啊！"

水晶宫里，碧影沉沉摇曳珠帘幕，有银盔虾兵把守门户。珊瑚礁，鲛娟池，青藻带氤氲着海底世界。

龟臣相摇头说："龙王，干旱的地方太宽，水源不够用啊！"

龙王坐在龙椅上说："是啊，由于缺少水晶，深海水源蒸发很快！但是天庭有旨为了庄稼还得下雨，我去打几个喷嚏就行了！"

龟臣相说："那只好等待水母继续生产新的水晶，至少还要三百天啊。还有一件要紧事，盘踞在龙门石窟的水怪需要趁早剿灭，否则会殃及南海星城与龙宫的安宁啊！"

龙三太子说："请父王给我一万水师，即可前去剿灭水怪！"

龙王说："好！我们分头行动！"

龙三太子穿上平步登云靴，披上锁子银甲战衣，拿上乾坤青光剑，点了数十名鱼肚护卫，着百名巡潮将军，带领手持利器的一万水师，威风八面，浩浩荡荡地从水路出发，直奔龙门而去。霎时间，鏖战开始，斩首水怪猝不及防，不战自乱。龙三太子的水师一下子有入无人之境，掌控全盘，旗开得胜，只用两个时辰就剿灭了盘踞在龙门石窟的全部水怪，杀得它们东奔西走，片甲不留！

塔妖乃虚而不实之体，会幻化出任何形状，扰乱天地！杀不死，也捉不住它，它不受天界地界的约束！值得庆幸的是它已经没有法宝了，因为诛仙幡已经被心然剪破，如意已经落在了我们手里。

塔妖口里念秘诀："如意如意，快快显灵，到我手上，听我号令！"顿时，法宝如意又到了它的手上。

我急忙说："糟了，塔妖得到法宝，又要做法了！"

龟臣相说："唯一的办法是把塔妖封印在水晶里面！"

我吐出体内的水晶，放在手掌上，看上去纯而无色，又好似带有淡淡幽蓝，体积虽小，不觉十分沉重。大家一起运功，用数道颜色不一的法力将水晶打入塔妖体内，塔妖终于被水晶封印在龙门石窟，不能再施展变化了！

真是善有善报，恶有恶报！不是不报，时候未到！

龙王在天上行云布雨，大地久旱逢甘露。可是雨水下得太大，我捐钱盖的龙王庙被大水冲击了，人们都笑道："大水冲了龙王庙，自己人不认识自己人。"从此，人间风调雨顺，幸福村有我和招财进宝在，重新兴旺起来！

龙王说："泉儿，你失去水晶等于失去龙珠，就不能化成龙了。"

我考虑再三，说："为了拯救苍生，我情愿这么做！请龙王见谅，南海少了我这颗龙珠没有大碍！"

龙王说："泉儿，你原来就是龙族之子，是南海星城的主人啊！"

这时候我望见一位女子一脸娟秀，发髻上系着两根丝带，穿一件绫罗衫，真的是长得天姿国色，原来天花乱坠，是心然从天而降！我说："我已经喜欢上你了，怎么办呢？"

心然摇身一变，竟然是哪吒在世，说："你看，我足踏杰出的风火轮！我不就是哪吒吗？天界走脱了塔妖，其实我是奉命下界捉妖的！请原谅我瞒了你这么久？"我说："惭愧！常言道'画龙点睛'，我就差这两点。是你点化了我，让我看清了一切相皆是虚幻，万法修心，乃为真实！"

心然招来云朵，用小手掌带走水晶说："人间有善愿，必然会天门大开；我们是星坛的两颗星，终将汇合在一起。从哪里来，回哪里去。我应该回去了！"我目送心然离去，高兴地吟诗一首：

珠帘凝碧伤心石，相思月光满珊瑚。

浪花翻开般若台，宝镜照看沉鱼妆。

箱底藏有锁子甲，后殿空无放彩针。

朝天登上云霄去，四海升平把歌唱。

神　坛

引子：流水无涯字里边，关上不愁见紫电。

　　闲采云萼一朝起，女床霜里斗婵娟。

　　一把如虹剑到底埋藏着怎样惊人的秘密呢？原来这把剑是天神夙玉和菁华用来劈开封山镇压幽冥怪物的神器！当年夙玉和菁华临死时用如虹剑将山劈开，然后把法宝葫芦里装的幽冥怪物——甲亢镇压在山底。这座山重新合拢，被唤作封山，能够凭借五行之力，布施法雨，成就周天道场，后人建起了封山神庙，供奉两位天神。原以为一千年之后，法宝葫芦里的怪物必然被化解，不料的是如虹剑被拔出，怪物逃出了封印，从此作祸人间，暗无天日……

　　我无意中来到封山神庙，听到清虚老人讲起了这个故事……

　　三百年前自从如虹剑被历南星从封山拔出，造成山崩地裂，雨水下注，山泉涌出，形成了烟波几万重的造化湖，蔚为景观。

　　物识主人！这把剑的下落，已经成为众目的交集。

　　话说如今的人间大地是昼夜难分，变化莫测！相信只要夙玉和菁华重生就能解决灾难！

1. 南星守城

谁家儿郎，朱驹踏城门？

正是男儿驰骋时，羡煞红颜！饮马大江边，却听见阵阵琵琶轻弹，风吹云易散。我身穿黄金软甲，驾着五彩祥云，是将你带上岸的英雄。一往无前，我们出现在王城的城楼下，旌旗飘扬，城楼的上方刻着"汝南"两个鎏金大字，容纳着五湖归心，也是众矢之的。一脚跨下了枣红马，带刀的守卫管我叫"王"，纷纷单膝下跪，右手捧心。

百姓们众口一词："看我们的王多俊俏，而且风华正茂；旁边的那位好像是仙女，楚楚一抹腰，不肯上花轿。"

我要你随我进城，做我的王妃；可是倾城，你说自己就是个乡下丫头，何必要高居楼阁殿堂？我没有勉强你，因为重重楼阁，浩浩殿堂对我来说也是一个束缚自由的牢笼。

尘土飞天，马蹄滚滚，与你分道扬镳而去……

王宫里我独自徘徊，青玉案上，八百里加急快报连绵不断。狼烟起，十万火急，烽火边城。我也知道戎装待命，战鼓擂，可是王者令不发，安得阵脚稳如山？

按捺住由之堂印泥，我考虑再三。

这锦绣江山都不是我想象，我只能守土一方，为了汝南郡，或者是为了全天下。此刻，宫女都被我放出宫去了，谁来为我焚一炷香？可笑的是，千万人仰慕我是封建之王，对我来说也不过是轮回一场。

星辰寥落，并非我四面树敌。仁者为王，共炼神器；笑作鸟语有谁回应？

城里的锻造点已经炉火纯青，却铸不出阻止战争的剑！东宴将军是我手下的一员战神，所向披靡，其实最多也只是我棋盘上的一颗棋子，难攻下半城烟沙！

水村山廓，芸芸众生，市井相连。

状元塔，一耸千年！

吃喝嫖赌，蔚然成风；我为何还要去担心城墙有多厚？或许我斩下敌骑，不是为了国家，而是为了她。花倾城，如花一样——倾动整座城池的人。最初见到她是在阳春三月，她在招亲会的舞台上跳"天女散花"，我就认定了她。此刻，我不知道天边那是彤云，还是火焰？我只知道，为了她，驰骋战马；得了天下，却弃了她。

断鸿声里，落日楼头。五马行春，去寻花问柳。别去管，云来客栈为谁旗帜当风？

游人，游人，招摇逛市，出城门。

人，最大的缺陷是身体的无能；武功，高不过庙宇的钟！做人要有机锋，否则如何驾驭群臣？我只是对一个女人服软。

我纵有七略之才，问鼎天下，也吻不了九霄之上的一场落花，何况是倾城的一身轻纱？那是水灵灵的枝丫，翘着粉瑞的颜色。是不是你我倾心相许，就少去了许多兵荒马乱？你就像陌上桑里的罗敷，让行人驻足；而我就是执戟挥刀，万马追随的英雄。

可是你叫我——王；我不是你的那个良人，在斗室之中翻书写字幅。有什么关系呢？你的名字就已经注定，跟我一样被困在城中，所以你叫倾城，你要倾尽整座城池，等到王城的姓氏都改写，琴声何来？铁甲安在？你要留下那千古最美的一个笑容。

两旁桃花夹道，仿佛在举行盛大的欢迎仪式。驾——快马扬鞭，长剑划落了纷纷花瓣。倾城，这一次，我要与你对坐小轩里，把酒话桑田。"停——停，"是否会有倾城相望殷勤？一缕青丝柔绕指，鬓上彩云斜插成花，袅袅娜娜，站在井旁的农舍屋檐下。

曰——策马。侧脸，蛾眉杏眼，那不是倾城却是谁？倾城，跪在地上，双手捧心，说："我的王，我等着你策马来。"我下了马，把倾城抱上了我的马背，然后一起在燕郊飞快驰骋，越过瓦窑，我们去了春暖花开的河边，倾城终于挣脱我的怀抱。

我下了马，说："相见，我只是为了与你相见，放下了案牍上的烦恼。只要你跟我在一起，朝夕相伴，我为你断了览云楼，拆了神印殿，让鸡毛蒜皮统统都投入火焰。"

"王——美人与江山两不相侵，那才是最好的结局。我不要富丽堂皇的基业毁于一旦，只要你的一丝怜悯，就已经足够。"倾城说完，头上有纱巾缓缓落下。

"倾城，我爱，发自心底的爱；就像千年前的箭，射中了爱神的心间。"我抱紧了她，感觉到她的身体丝丝颤抖。倾城再次挣脱我的怀抱，说："王，我不是尽君一日欢的女子；迎娶，我要的是迎娶。可是我的身份低微，迎娶我你会得罪满城的权贵，还有在你之上的君王。"

我笑了，说："权力，炙手可热，我不要；活着，只为换你倾城一笑。"倾城，你终于躺在我的怀里，分明就是一位天使，头戴鸢尾；百鸟蹁跹，我们在桃花树底下纵情缠绵……

七星岗的旗下，哀鸿遍野，仿佛还有刀剑斜插在地面。没有前呼后拥，我无比自在。终老林泉，却不是我的所愿。我喃喃念叨："倾城，等我打败了狼主，我会带你去塞外牧马，看西天晚霞。"

"不，我哪里也不想去，只想守着这一片桃花林。看片片桃花，开时平淡，落时悠然。"倾城背对着我，手心是花，裙幅上也是花。放眼望去，倾城惊觉，说："王，你看那湖面上的戏水鸳鸯，多像我们的爱情神话！"

"是啊！"我想起司仲劝阻我说："王，来历不知，倾城可能是妖女，切不可娶！"可是我曾经用照妖镜照射过倾城，她是仙女，毫发无损……

带刀侍者沐风赶来，单跪在地，向我禀报："王，漠北战事告急；请即刻入城主事！"

"起驾——打马回宫，你在前面开路。"我匆匆起身上马，拂落满头的花絮，顾不上多看倾城一眼。

"王，我是你的女人，请不要让我失望！"倾城泪眼盈盈，送我的马蹄踏过了杨柳坝，哨卡以及浮桥，一路向前急驰。王城，也只是一座固若金汤的城池。城门无火，凝碧池中有鱼。

飞马快似流星，经过斗诗亭，宫门一扇一扇为我敞开。

"沐风，速传司仲丞相在大殿议事。"我匆匆踩下了马鞍，口里一声喊。

"诺。"沐风转身不见；我的脚步向前，猩红色披风拂下了肩。

"王，漠北战事紧，前线全军阵亡；请吾王厚葬阵亡将士！"司仲早已捷足先登，守候在神印大殿。

金色龙椅上，王者威严。威严的不过是表面，我的心在滴血，口气也低了三分："全军将士英勇就义，名垂青史，理应厚葬；无奈将士们的剑挡不住金戈铁马，王城也挡不住大漠的风沙。"

"自古征战楼兰几人回？吾王只有图强，无须哀伤。"司仲进言，忠言并不逆耳。何时才能把栈道变成走廊？瞬间，我拔出了自己的宝剑，决定开启器甲库，说："看来只有请赤寓的东宴将军出马，领南北苑的士兵前去御敌了！"

司仲领命而去。我说："慢，安置好伤兵，让他们卸甲归田。"

兵马未动，粮仓先开。如何收拾旧河山？我不说大话，空话。仰望鹰击长空，我等待着凯旋之音。

"莫将拔刀所向，为王杀，为王夺天下！"东宴单跪在地，接过了我赐予的真武宝刀，端举在胸前。

"东宴将军，王为你饯行，愿你马到成功！"百姓们纷纷献上水酒，表现军民鱼水一家亲。

我对着即将出征的十万将士举起了酒杯，说："热血青年，奋勇向前。炎黄子孙，一脉相连。"

"仰望苍穹，我等效忠。"东宴饮下了水酒，立下军令状，上马口喝："出发！"。

旗风浩荡，杀向楼兰。

司仲与我登上七重宝塔，并肩看天地浩大。别人都夸我高大，挺拔，一脸英气，像一尊武神坛的神！

司仲说："王，其实你就是一尊神，执掌江山的神。"

我摇头，我只是阅马乘风客，敢扰我边界者，杀无赦！问："司仲，你认为东宴会旗开得胜吗？"

司仲沉默片刻，说："王，我在观天台为东宴占卜过，可是没有占出结果；吉人自有天相，我只有祈祷。"

好一个司仲，仰知天文，俯查地理，中晓人和，明阴阳，懂八卦，晓奇门，知遁甲；运筹帷幄之中，决胜千里之外！如今却说出这样的话？我六神无主，说："东宴就是银河孤星，碧血映长空。"

放眼，谁在城下作画，描一幅山水人家？我纵马而去，是倾城。她说："浮云千载，唯忆君颜。"我将倾城抱上了我的马背，一路在楼牌下奔驰，问："倾城，你认为王城最美妙的东西是什么？"

倾城望着过往的百货铺说："王城最美妙的是战鼓的声音和王的字。"哒哒，枝头的落花似坠楼的美人，一下子砸疼了我的马背。仰头，离鞍下马，我在担上给倾城买一朵花；可是倾城却不要，指着饰品店娇嗔说："女孩儿，要自己买花戴。"

红绳结发梢，多惹人爱。我的脸微露笑颜，说："只好等到花开时节再相见"。告别，我送倾城一匹红鬃马儿。

天快黑了。我拔出宝剑，说："我剑指向什么地方，土瓦就要盖到什么地方！"可是面对强大的敌人，这一切都是虚谈，根本就不堪一击。前方战事失利，我用飞鸽传书召东宴将军班师回朝，守卫王城。

厅堂生辉，牡丹花绘映在墙壁。谁的脚步和雨闻？踏乱了地上的红毯，染了落尘几颗？"原来是王。"两人起立，迎接我的不期而至。

"青梅酒已煮好，同饮一杯如何？"梨花椅子上，我见他们两人如日月对望。我酌情饮下一杯，味道一点不亚于汾酒坊的佳酿。

"王，听说你派沐风在城外设有兵马，是否有弃城打算？"东宴挎刀而立，振振有词。司仲解释说："名不正，言不顺，王不会弃城出逃；埋下暗旗，不过是镇压杀气而已。"

"文韬武略，非王莫属。"东宴满饮一盅酒，复又坐下谈话。

窗上双花剪影，有探子来报："狼主带领二十万大军破天水关，夺紫塞，就在十里外的平阳川扎营，王城处于被攻击的范围！"

举目，众皆失色。

水，银瓶迸破兵未退，战鼓擂，令旗回不回！

水，势不可挡断石碑，立马住，一喝见神龟！

水，魂飞九霄落头盔，望长空，星辰摇欲坠！

黑云压城，金甲向日。我历南星一定要扭转乾坤！因为我是龙之魂，大地之魄！趁敌军立足未稳，东西营加以攻击！

"土崩瓦解的，绝不是王城！"想斗就来吧，我要让不知死的车前卒变成我的马后炮！旗风浩荡，尽是肃杀之气来袭。我预感怡民居将成为一片火葬场，谁还记得谁的模样？人要衣装，还有谁会开设什么丝绸庄？

马上就会兵临城下，请历史见证这一幅铠甲！我不得已要拔取封山的如虹剑，与狼主一决高下！因为王城有被灭亡的危险！

倾城，如果打完这一仗我还活着，我就去祭祀烈士陵，然后来迎娶你，做我的王妃。你说过："王者归来，待我长发及腰，我就嫁给你……"

狼烟战场上，残兵弃甲。车轮滚滚而来，风烟四处散开。

万马奔腾，一泻千里。拔刀所向，血溅满地，无法阻挡铁骑如流……

东宴殉战，世道变得更乱。乱，乱，乱。谁还在咏春茶肆袖手旁观？却不看兵囤的战士已经聚集如山！

我们躲避在驻防站。箭矢在城墙上漫天飞舞，竟然遮蔽了早晨的日出。黑暗，谁也出不了头。满捧劫灰，是谁在哭？城外厮杀，血溅了白纱和芍药圃的花。小桥策马，我们看一天易冷烟霞。望着天上出现的五彩云！我是王，眼里没有黑白之分，只有好坏之别！

司仲拄青木杖而立，说："王，黑云会降临给你吗？只有白云才会保护你啊！"我却沉默不说一句话；拔出如虹剑砍向箭垛旁的金属标兵，竟然一分为二！

司仲面无表情，建议："王，情势紧迫，何不向朝廷求援？"

我摇头，绝望地说："内忧外患，华夏大帝要对付外敌，如何顾得了这边陲之郡？况且，远水救不了近火！"心里可以想象的是，整个华夏，王室血脉如断流。

兵戎恐相见！快登楼看，谁在莫非王土上跳篝火舞？

我们登上城楼，看一颗流星飒沓，沉默得不说一句话。我忽然想起东宴，他是个将军，也是个男人，记得他说："不是不敢爱，是这个世道人太坏。"原来他也有儿女情长，只是他把宝贵的生命都献给了王图霸业。

杀气腾腾！雪白的刀山火海，片片战甲都熬红了眼。

马已出厩，嘶鸣不断。英明神武的王，覆了天下也罢，始终不过一场繁华，风流无假，一纸倾塌。只是我的王，白衣铠甲，倾覆了天下。城破，还不动声色地饮茶。

木具阁已起火，珠宝行的珍藏被洗劫一空。接着两强遭遇，突如其来的厮杀，如潮水般涌向王旗下！

寒剑鸣奔雷，长枪出城壕。

杀！杀！杀！沐风为我身先倒下，勤卫所与顺风镖局冲出数不清的刀锋！士卒，杀开一条血路又被封住；冠缨的敌人纷纷挡住我的脚步。百无一用，翻书院里还有哪个学子在翻书？

好一把漂亮的如虹剑！好一招飞快地"回风流雪"！四面包围，几个回合下来，扫得利刃满地落，人头掉下一大片，群起，狼主丢了钢鞭，却将金戈架在我的肩；最紧要的一击，司仲的青木杖想来他一个顶上开花，却被乱箭射死在墙上。

我的如虹剑再快也挡不住飞来的箭，万箭穿心，也注定了我的死亡。死亡？万马齐喑的舞台，失去了人性的夜幕。血染江山的画，怎敌你眉间一粒朱砂？

让我再看最后一眼，倾城？早已不知去向……

我等红莲重生，血脉相向！

2. 悬壶堂口

王昭在亲切呼唤，说："公子，快醒醒！"

我躺在镶金床上，张眼望着窗台上瓷瓶里的芦荟，说："小昭，我做梦了，梦见自己成了汝南王，率众守卫王城，有几个陌生人，叫沐风，东宴，司仲，跟随我！不得已，我拔出了封山的如虹剑！最后，我们都战死了……对了，小昭，你就是我梦里的沐风啊，李掌柜是司仲，那天到门上讨酒喝的流浪汉就是东宴啊！"

王昭说："公子，那已经是三百年前的古城往事了！"

这一座城池，风卷不起。热血歌颂的神州大地一片苍茫，云出岫飞绕天堂在上，催人幻想。而我一袭青衫，手持一支笛子，吹彻九霄花雨，落了满肩的芳香！放眼千里，远处山峦迂回起伏，溪流潺潺，惹得闺阁楼台上琴声幽幽不断，公园里桃花的羽翼已经渐渐丰满，映红了我的脸庞。

"啊！又是一年春天来到！"

回春堂药铺前杏花正开，悬壶自在。可谓是门庭若市，整日里来来往往的人川流不息。我打马掠过花开的平原上，看见斜飞的双燕掠过了城北的盘谷，剪不断东风，却让猩红的旗幡不断地招展，偶尔在池塘边折下一条细长的柳枝，目送远处渡船起航，别人都见我是衣袂飘飘的少年郎，都叫我"公子"——汝南城周家的公子。

我的名字叫雨辰。是下雨天出生的，时间是辰时。那天出现了空中彩虹，云端垂下一副对联，"夜明如昼，四季回春"，一把剑从天而降！

于是我以剑为伴，云游四方；以口动人，气定神闲。

李掌柜常说："回春堂如果在汝南城数第二，那就没有敢数第一的！"我的父亲周玉屏治家有方，理财得道，开创了回春堂的济世基业。我是年轻气盛的少主人，悬壶救命是我的本事，宿命宗书注定我要传承香火！

我渴望写好文章，成为钦点状元，可是我理想落空，屡试落第。我想开了，不要七品府衙，也不要八抬红轿，只要丫头的一个回眸，在漫天琼花中倾情一笑。于是，我经常一个人坐在状元塔上，饮酒解闷，别人还以为我是要跳塔呢！

"公子，坐这么高有危险！快下来吧！"

丫头叫林陌朵，与我竹林定情在先，据她说原是大户人家的小姐，不幸家道没落，于是在我家药铺长相厮守，照顾造福一方的生意。我送她的那一枚玉佩，上面有着李掌柜的吉言和丫头的青春，以及那些经久不灭的誓言。我坐在高耸的状元塔之上，看风情人世的冷暖苍凉，眼里是碧水的浩渺，有着万里江山的遥远。

"丫头，凭我的御剑术，飞几十米高算得了什么？"我从状元塔上御剑飞下来，然后纵身一跃落地。我多想抱着丫头飞向天际，到达远离忧伤的彼岸？彼岸花开，纯洁着无瑕，开时平淡，落时悠然，照见了彼此最美的心房。我御剑离开花落之地，将丫头带上了状元塔，高高在上俯瞰全城，不为离别伤感，只为相聚欢唱，不记流年蹉跎，恋着如水的时光。

"雨辰，如今我们住在药铺的后庭里并不是长久之计。览云楼是全城最高的楼房，共有七层，希望你能够买下来！"丫头终于亲口叫我的名字，充满期望地看着我。那是因为我要求她在人前叫我"公子"，在人后叫我的名字。

我惭愧地说："是啊！需要九千九百九十九两银子。我有不少江湖朋友，可是钱财之事不好开口。"

"雨辰，我虽然会一些小法术，可是却不能点石成金；唯一的办法是做好经营，积累资金。"

我点头答应，忽然提起往事说："父亲在的时候答应给我约婚，可是媒人四处张扬并催婚我却并不认识女方，众口一词对我很不利！"其实即便所有人不复存在，丫头依然是我眼中最明艳的花朵，如同我背上这把行走天下的剑，始终不离不弃。

陌朵不以为然地说："真是乱点鸳鸯！那女子叫什么名字？"

我舒了一口气，目光划过她的脸庞，说："我已经请辞了！那女子叫作息相依，据说她还为此哭了一场，她出生名门望族，不幸家父好赌，只得将览云楼出售偿还高利贷。"

回春堂后面的庭院挂起青纱帷帐，搭有四方游廊，悬着彩灯，环绕中间是碧水池，有喷泉假山，露天承雨，红色鲤鱼游戏于其中自得其乐。青丝如云，诗为衣裳，我经常会待到明月盈室如霜，挥舞狼毫，且留下几行字，流传，或者回忆纠缠。丫头会看我的纸稿，夸说："公子，是上品诗词！"

白日依山尽，门前的两盏灯笼已经盛开了祥和的朦胧红。流浪汉抱着一口真武宝刀，再次光顾，说："在下柳敬亭，当阳人士，颠沛流离，来到贵地只为讨一碗汾酒喝，不知主人允否？"李掌柜招呼说："我叫李邦庆，在回春堂做掌柜已经三年多了。上次就感觉与你似曾相识，却说不上来！"

我连忙请柳敬亭入后庭客厅稍坐，里面陈设有四扇云母屏风迎客。我感慨万分，向大家提出去山海食府吃一顿大餐的想法。李掌柜敲着铁算盘，精打细算地说："堂主招待大家去山海食府吃一桌山珍海味至少要花二两银子，足够去粮仓门市买三百斤米面了！"

"不去就不去吧！"我并不喜欢铺张浪费，只是希望能让大家都过上锦衣玉食的生活！我吩咐道："往后敬亭就为回春堂干力气活吧？工资一个月五十两白银，按时发放。眼下，我在清溪乡下约定几处农户种'田七'已经采收，敬亭和小昭随我去一趟，小昭负责划清单，找李掌柜支钱，敬亭把货物用辇车搬运回来！"

柳敬亭抱拳，说："甘愿效力！"

道路上梨花朵朵，前程渐渐漫长。我要带上我的丫头，很容易地将她抱上我的青骢马，驰过烟雨三月的城郭，驰过所有的风情人世，然后马蹄哒哒地穿行在清溪乡下。此时柳色的莹瑞，桃花的嫣红，让我们在马背上一览无余，两袖奔放，一路向前方，我的如虹剑不小心碰伤了季节的伤口，零落了一春的花事如流钱。

行走在紫陌桑田，春色不经拂过我们的脸，度过几许春天。雨后新草绿浅浅，马蹄踏草最怡然。回望满城的蝴蝶翩翩，一场梅子黄时的雨，仿佛扇底摇出的香，让我至今难忘。

停留在清溪乡下，我们采购"田七"忙碌了一整天，不觉夜色朦胧，"星驿酒馆"旗帜当风，灯盏通红。帘幔高卷，我们四人欢聚一桌，一起落红入碗饮轻狂，甚是欢畅，都夸赞说："酒家，这里的酒真香！"席间，我们听酒保说有几个小孩被狂犬咬伤，家人哭泣却草草了事。我告诉大家说："这些小孩会得狂犬病！病毒要潜伏十年以后才发作，患者会性情大变，见不得光，乱咬人！"

王昭说："十里外的野狼谷有狼毒花，可以解救狂犬病！"

我们决定前去采狼毒花，其实路程不算很远，过了七星岗，就是野狼谷。今晚有月亮，我们趁夜出发！不能骑马去怕惊动狼群，也不能御剑飞行因为夜晚看不清地面上的路，怕撞上前方的山岭！只好徒步去野狼谷，大家担心会很危险。

大步流星，我们很快接近野狼谷，听到有说话的声音，就埋伏在边上偷看。一位衣装艳丽动人的美貌女子冷冷地说："狼妖，如果不是我给你提供情报，你能打败历南星吗？"狼妖说："倾城，是他太自负，以为凭一把剑就能击退我的二十万大军！"

倾城冷笑说："可是最终你的麾下都染上了甲亢病，死得片甲不留！"狼妖说："如今过去那么久，何必旧事重提呢？"倾城气急说："你答应我不杀南星，只杀他的臣民，可是你没有守承诺！"随即施出红白练一招"翻波滚浪"攻击狼妖！狼妖退后两步，使出钢鞭猛抽，如风刮般迎战！

两人打得难解难分，眼见倾城落败。我忽然碰掉一块石头发出响声，被打斗的两人发觉，随即停止打斗，狼妖长啸一声，片刻有狼群向我们冲来，我们四人足底生风，急忙跑到一个低洼地带，很快就被狼群包围在里面，无法脱身！一只恶狼向我们扑过来，王昭用十方杵挡住进攻！敬亭拔出真武宝刀厮杀数不清的狼！我的如虹剑坐镇中央迎战！

杀得遍地都是狼，让人胆战心惊！忽然出现一股神秘的力量，狼群和我们都被定住，动弹不得！一位穿着青色宽袍的青年出现，脸上透出绝世风华，他说："我的'时间轴'又发挥作用了！"随后，他解下腰带上的电筒，将狼群全部杀死！然后扭转时间轴，释放我们！他说："我乃蜀山剑客——顾若惜。天上跟随我的是猎鹰飞雪。"

我舒了一口气，问："你是剑客，为何不带剑？"

顾若惜豪情万丈地说："我的剑乃天剑，不杀庸俗之辈！我的时间轴能让时间静止，可以让一座城停下运转不能动！"

天亮了！归去兮，梦不真，情难枕，话难圆。我们一夜没合眼，将采到的狼毒花给那几个受伤的小孩服下，然后回城。鲜衣怒马，路上免不了相遇离分，总是朵朵花开过了吧？顾若惜已经不辞而别。而我知道，孤单一人，如何倾尽天下？希望终有一日能跟他在一起，

让马蹄踏碎这不堪的世道！

穿越栀子花的叫卖声，白昼未央，大道上熙熙攘攘。我站在汝南城下，北风猎猎地吹响天衣，敬亭，小昭，陌朵就站在我的背后，紧紧跟随！我感觉时间如流水迢迢，英雄一世，落拓一时！生又何欢，死有何惧？皆往矣，数风流人物，历史成败过眼前：

王城，千年不倒；断墙，铭记了谁的号角？我又看见抱信柱外，雪里高山。仿佛，一切的风物都在等待王者归来。枣红马，仙术袍，征战天下……

3. 前世今生

城南的竹雾山有一"天然居"是避暑的地方，休闲之人在这里举办了"玲珑棋社"，甚为可观。清虚老人经常邀请我去那里下围棋，他总是以隐者自居，还告诉我说什么"所谓的隐士就是出现在你的面前，你却不知道我是谁。"看来他还是尘中客。这里的风景非同一般，值得我用诗来描述：

烟袅八卦炉，松迎下棋客。

泉水流山涧，煮酒说南柯。

清虚老人与我对坐在大理石桌两端下围棋，桌上的两盏银盅已经斟满清茶，我们开怀品尝，设如无人之境。我们每次都是三盘定胜负，并无红尘杂声搅扰棋局。清虚老人说："有了通讯仪，鸽子就活不下去了；有了车轮，马就活不下去了；有了刀枪，人就活不下去了。"

我辩驳，说："不，鸽子可以成为鹧鸪。所谓物尽其用，又从何说起呢？"清虚老人欣慰地说："啊！看来是我老朽了，还是你悟性高明。"随后告诉我："当年历南星发现竹雾山有金石，就命人遍种茂竹，布下五里迷雾，不让人发现这里有金矿，使其成为永恒的秘密。"

我不由疑问："此举所为何故？"清虚老人说："不必多说，以后你自然知晓！"我再问："你是得道之人，不知住在何处？"清虚老人回答："我住在瑶山重阳宫。那里无路可通，有时你想来，我会让小白龙来接你！"我很惊奇，猜想说："哦，住的是宫殿。看来你是个地位很高的仙家？"

清虚老人笑着说："非也。我乃天神夙玉和菁华的师傅。"我想起以前他讲的故事，说："夙玉不是已经死了吗？"清虚老人说："夙玉死了。他的神魂转世为南星，而你是南星的继承人。"

我改口叫他师傅，询问："谁是菁华的转世？"清虚师傅说："你们都是来自青玉霄，迟早会相遇的。他的手里握着时间轴，腰带上系着电筒，天上跟着一只猎鹰。"我心头一喜，原来是他，在野狼谷遇到的侠客——顾若惜。

迷雾竹林里，我在回来的路上拾到一幅画。这画上的是哪家姑娘，长得真是美若天仙！听见空中有一个很飘逸的声音在跟我说话："你在林中拾到一幅画，上面画的女子就是我。"

我徘徊着问："你是谁？"女子说："你把眼睛蒙上，我就可以

出来了；因为我不想让世俗的眼睛看见我绝尘的容貌。"

我果真解下腰带把眼睛蒙上，可是我天生印堂有天眼，将她看得清清楚楚，她是倾城。倾城说："你已经死过很多遍了，每一次都是痛苦不堪！我却一直看着。我没死，那是因为我是花妖。"

我好奇地问："什么花？"倾城说："曼陀罗。"我解下蒙眼的腰带，说："还有呢？"倾城立即隐身，说："狼主也没有死！因为你是人，而他是狼妖！"

我问："你是何居心？"倾城说："南星，我爱你并不是因为你是王！我要你只属于我！"我表明自己的心境，说："我心里装的只有林陌朵，而不是你！"倾城无力回天地说："你是竹子君，虚心向上冲云霄；而她就是喇叭花，只会为你摇旗呐喊！"我了解陌朵，说："不，她是一个守口如瓶的女子。"倾城无望地说："我要弄得你一贫如洗，让那丫头无枝可依！"

一个月朗星稀的夜晚，陌朵照样给屋里点上灯盏和炉香，然后我就靠轩窗而卧。半夜里雪白的帷帐下，父亲周玉屏给我托梦说："我的红木床下有一个地洞，里面藏有一罐黄金足有三百两。我在生的时候没有给你们买好房子住，如今你用这罐黄金把览云楼买下来吧！"醒来，我找到了那罐黄金，欣喜若狂！

第二天，回春堂一如既往地经营，忽然有官差闯入，大叫："回春堂的人听着：有人举报你们在药柜里藏有毒药——狼毒花，我们立即搜查！"李掌柜连忙挺身而出，应对事变。片刻，官差从药柜里搜出狼毒花，随后把我带到衙门公堂。立即升堂，堂下敬亭出言冲撞，官令拍惊堂木，喝道："先将犯人杖打二十！"衙役行刑，结果被陌朵施法术板子都落在了官令身上，官令急忙停刑并宣判："回春堂藏有毒药狼毒花，证据确凿，立即查封！堂主周雨辰关押听候发落！"

桃花盛开匣锁青丝短，纵有门庭满眼荒凉。回春堂被封了。我被关押了。造成这些麻烦都是倾城使的伎俩，相信陌朵跟她早已在暗中大打出手！

每天都是陌朵来给我送饭，牢房里尽是蚊虫和臭气。王昭带了一群病人在衙门前喧闹，制造讨伐声势！等到第三天，终于官令升堂审我，我句句如实回答，最后官令宣判说："回春堂堂主周雨辰乃一介书生，不懂药性，予以免罪！但是需要处罚三百两黄金，才可以释放，重开回春堂！"

那一罐黄金没了，我终于重获自由。

我一个人行走在迷雾竹林里，是为了晨起练剑，渴望剑术得到提升，一御千里。前方紫川日出时节又逢朝霞，我看见了天上的猎鹰展翅飞旋，仿佛在捕捉什么？莫道山行早，想不到更有早行人，顾若惜的背影若隐若现，他口里喃喃说："行走江湖为情困，待我归来，燕子呢喃，仿佛还认识我？"我大步飞足向前，故意惊动他。顾若惜转身，说："原来你就是周雨辰，我早就想找你算账了！"

"若惜，所谓何事？"

"我没有后悔救你，但是也没有想过放你一马！"

话已至此，狭路相逢必有一试。我与顾若惜用意念隔空比武，追风逐影，光晕环绕气场，或上或下，拳打脚踢，在竹雾林站了整整一个时辰，未分出胜负。忽然，陌朵惊慌失措地出现，说："公子，我在丝绸庄买布料，不幸被狼妖发现，我不能去回春堂，只好把它引到这里来了！碰巧遇见你们，赶快离开吧。"

我望见陌朵花容失色，心疼不已，接着用空手捉住风狂打来的钢鞭，用力拔河！狼妖看见我一愣，说："历南星，你居然还活着？"

我不以为是，说："历南星已经成为过去，我现在是周雨辰！"

陌朵招架说："别跟他手下留情，他跟妖女倾城是一伙的。"

顾若惜放弃与我隔空比试，联手对付追赶而来的狼妖！钢鞭被挣脱，我拔出如虹剑！终于，我们三人联手迎战打败了凶狠的狼妖，还让他身负重伤逃之夭夭！

顾若惜若有所指地说："息相依是我多年的恋人，为何要让她许配给你？"我现在才明白是怎么回事，说："我也是云里雾里，不得而知！"

陌朵上前解释："顾大侠，你错怪周公子了，因为我才是周公子的未婚妻！"顾若惜爽朗一笑，说："看来是一场误会，请多原谅！"说完，乘风而去，转眼消失在我的视线里。不知道那一个锦绣江湖，是否构筑着彼此的人生？快马匆匆，飘零种种，他驰出宿命的轮回，驰向西风古道的晚霞，是否命运这张蓝天白云的地图，就这样被手工勾勒出这个季节的离殇？

真恨不得砍掉这一片竹林，因为这些竹林让我看不见若惜远去的背影！南去孤鹰，托付碧天。丫头，为我拂去肩头发上的霜，依我一襟的寒凉。

我们相约一起去参观城北的"水晶宫"，半路上看见"斗诗亭"很热闹，站满了儒雅书生与潇洒士子，都等着大显能耐让众目关注，陌朵对我说："公子，新一届斗诗大赛开始了！你也去露两手吧？"

"正有此意！"我果真挤进去，提笔在画壁上署名题了一首诗：

山边流烟手难书，凤鸣一朝落苍梧。

传来刀剑未觉晓，遥见霜里思江湖。

底下芸芸众人品头论足，各有高低，见地不同凡响。

七天之后，我在回春堂里忙着清查药单，然后一边打扫药橱，药库里无论是千年人参，天山雪莲，冬虫夏草，红景天，海马，灵芝等等应有尽有。我除了临床处方之外，还自制了周氏回春丸，服之可以养颜益寿。

陌朵兴高采烈地跑进来说："公子，斗诗大赛你夺魁了！奖品是一枝金笔！"我拿到金笔，用药称打量足有一两重，说："好啊，这奖品不轻啊！"

陌朵在我耳边悄悄说："顾若惜在街头卖艺让路人捧场，实在有些丢蜀山的人！"我反驳说："靠本事赚钱不丢人！其实他卖艺是为了筹钱给息相依家里偿还高利贷！"王昭提供消息，说："顾若惜住宿在城里的云来客栈！有一个漂亮的女子经常前往探看！"陌朵说："是息相依，他们真是天造地设的两个人！"

我踱步出门，说："我该去看看他了！"

雨初霁，花瓣落，出岫的云有几朵过眼前？

我们坐在高耸的状元塔上，俯视全城。且看那亭台楼阁，交映生辉，四方豪杰鱼贯而入，白马嘶嘶，财富汇聚的天堂洒满金色阳光，依依杨柳垂落在幽幽碧水之上。顾若惜回忆说："谁知道，那水绿丛中还有她的目光？错过了马蹄哒哒，谁来与我相见？依然是蝶舞翩翩，她穿一袭雪白的衣裳在后园。"

我关心地问："你又在想念息相依，是吗？"

顾若惜点头，说："是的！以前我一个人什么也不想，身在蜀山，总是手持时间轴，让猎鹰飞雪从天空降下来停在上面，聆听我的吩咐。"

我是话逢知己千句少，说："暗了韶华，乱了流年，此刻我只能甘于困顿，悬壶一方。比不上你，多么自由不羁！"顾若惜忽然执我之手，说："弹指烟花，白驹过隙，人生的好景总是不长。无尽轮回，只为与你重逢。"

我看着满城过往的花轿，说："纵横云霄，挥剑去，只为一世风华安天下！"

果然，我们相谈盛欢。

城里街道上满是哭声，冥钱飘飘，纸人纸马跟着玄都观的道士走！街上老妪传言："城中相继有十几个闺阁少女遇害，有的还是大户人家的小姐，不知是何缘由？"有的人说："官差在城南的竹雾林里发现她们的尸体都是衣不蔽体，面容枯槁，指甲发灰，原来是被吸了元气！"有的人说："怕是出了妖怪吧？"有的人说："那赶紧请玄都观的道士来收妖捉怪啊！"

我们一行想赶去查探。我御剑而飞，口念："天地无极，快如疾风。起！"一剑独行青山坳，迢迢神州大地任我们自在逍遥！顾若惜乘猎鹰随着进入竹雾林……天一黑，竹雾林就变得妖气冲天，还有十几把红伞在空中移动，玄都观的道士说："是十几个少女的鬼魂在飘荡！"

我们告诉说："附近有狼妖出没，请加以防范！"道士说："我们早就知道了！狼妖就藏在玄都观后面的溶洞里，可否由你们代劳抓捕？"我们说："为何你们不出马？"道士解释说："玄都观后面的溶洞，道士不能入内，因为那是玄都观的禁地！"

我让敬亭，小昭把守洞口，亲自与顾若惜进洞抓狼妖！可是我们在深不可测的溶洞里面没有发现狼妖，就听见外面喊："捉住了！"原来狼妖的藏身之地被倾城出卖了，狼妖被玄都观道士抓了个现成。

众人掌着火把。我仔细查验了那些少女尸体，秉持公正说："狼妖是被冤枉的，那十几个少女都是患最为严重的甲亢病瞬间致死！"

"带上来吧！"原来狼妖已经被玄都观道士套上封印了。道士使出阴阳火令，请少女鬼魂点灯认真凶！少女们的鬼魂皆灭灯，摇头否认是狼妖所为！

狼妖被释放，驱离出境。

4. 造访仙宫

几番烟雨度青山，梦断神灵好遗憾。我站在与顾若惜前日立誓的结拜碑前，见花落成冢，大风吹拂着衣裳哗哗作响。忽然，小白龙两爪腾挪从天而来，原来它是奉清虚师傅之命前来接我去瑶山重阳宫做客！

我仰头问道："瑶山重阳宫离此远不远啊？"

小白龙说："不远！请随我去吧？"

我乘上小白龙，感觉耳畔风呼啸，看见青山幽谷白鹤翩翩，真让人浮想联翩，出来一趟想不到会是这样的别开生面！山涧飞瀑，壑楼林立。九音奏响于天空，霞光闪烁在瓦脊。吊桥连浦头之雄势，落日照福地之璀璨。绣柱朝玉宇，彩檐拱苍穹。忽上忽下，我在小白龙背上匍匐！

小白龙落地说："下吧——"

朱红门口有两位道童迎客，我报上名号，请求见清虚师傅。道童说："客人，清虚宫主正召集群真在大殿议事，他早有交代我们侍奉你！请随我们到羽阁稍做休息？"我点头说："客随主便！"进入羽阁坐在凉椅上，环顾壁画，品茶休息。许久不见人来，我就起身步入楼梯，慢慢登上重阳宫金顶，推开西窗，整座汝南城尽收眼底！果然别有境界，我心旷神怡，吟诗道：

红尘飞晚霞，明月出瑶山。

星辰隔银河，鹊桥架姻缘。

彩虹挂穹庐，黄泉过客栈。

伤心在碧落，仙凡一梦断。

忽然听到有老人跟我说话，回头一看是清虚师傅，他手执拂尘，神清气爽，果然是仙风道骨，与众不同。清虚师傅用手指着前面说："你看，青松峰下有白龙潭，向阳峰建有八角宝塔！青松峰与向阳峰之间有一架自生桥，已跨越千载，两峰皆由山神掌管！"

我望之两峰甚是喜爱，说："山有志向，尽归道门。"

清虚师傅带我升空离开重阳宫，来到一颗苍松之下，盘腿打坐，庄严说："道门的标志是八卦，切记！"

我也盘腿坐下，望着出岫白云说："徒儿谨记！"

清虚师傅放出光圈，开始教我修炼之法，说："你与顾若惜往后跟我一起修炼，不出半年，定能化作烟雾，遨游天地。"

我飞快地学习速成之修炼法，说："好啊，真是求之不得！"

半晌之后，我已然学有所成。清虚师傅说："羽阁就是你的栖身之所，剑阁就归顾若惜居住吧！"

我心里浮现出陌朵的样子，难过地说："师傅，我还要回汝南城去！因为我放不下身边的几个人，也不能放弃回春堂。"

清虚师傅派小白龙送我离去，嘱咐我说："回春堂你早就该丢了！凡人生命短暂，而你们要登上神坛，重返青玉霄，就必须去封山灭怪，掌握天机！"

飞越瑶山，小白龙载我奔驰向前。浮云朵朵化作伤心雨，洒落神州大地，霎时天色放晴，空中出现两道彩虹横跨人间，真是难得一见之美景！我看见下面就是竹雾山。不知道是怎么回事，陌朵跪在地上，面前是一位雍容华贵的女神，四周站着铠甲雪白的天将。我急忙请小白龙落地，跑过去抱着陌朵，问："丫头，是怎么回事？"

陌朵说："公子千般珍重！我来自天宫，现在许飞琼上仙要带我回去了！"我握住陌朵的手，泪流不止。绝不放她走！许飞琼站在云端，训斥说："庆云，你违反天规，私下凡界，还不快快随我回天宫去？"

陌朵原来叫"庆云"，是天上神女，难怪她会法术。只见她被许飞琼带回天宫！宇宙之大，何处共我俩容生？"天地无极，快如疾风。起！"我乘上小白龙一腾千里拼命追赶，渐渐远去了丫头的两袖寒凉，在不经意的地方，泊着我们共度的时光被绝望从地平线上拉长！

"追——"我请求小白龙带我追赶渐渐远去的陌朵。两个时辰过去了，前面的陌朵早就不见踪影了！小白龙不愿再白费力气，于是我请求说："带我去瑶山吧？看看清虚师傅有没有办法？"

我们奔赴瑶山重阳宫，去向清虚师傅求助！我们到了，抬头看见迎客檐下的牌匾上题有"道法自然"四个大字。朱红门口，两位道童看见我，拱手说："贵客怎么又回来了？"迎我进门，将香茗侍奉。我急切地问："清虚师傅何在？我有要事！"

道童说："清虚宫主已出境去东胜神洲云游，不在瑶山！他给你留下一方竹简。"随后把竹简交给我，我看见竹简上面有一首诗：

清风吹断羽衣梦，雨打后庭水池开。

轻言洞中能度化，侍女自从天宫来。

我瞬间猜到清虚师傅早已知道陌朵上天之事，但是想不明白这首诗是什么意思？于是想留在这里等候，问："清虚师傅什么时候回来？"道童拂袖，说："也许要半年吧！恕不远送！"我送小白龙回到青松峰下的白龙潭，然后御剑离去，刹那间，惊起青阶几层叶。

不见碧落，我在尘世行走五百年。往后没有了陌朵陪伴在身边，一天好似一年。王城式微，仿佛是我一个人的幻想城池。思念的碧血染就桃花，听丝竹声沙哑。其他，都已不在话下。采薇胡不归？该上路了，无尽的小陌蜿蜒向前，簌簌细雨落在了苍茫的视线。

更多的时候我两眼望天，一往情深，是谁心不静，走侯在千年间轮回旋转？自你走后关不住人间的春色与落寞，依稀你坐在西楼慢挑针线，屏上是猩红的鸳鸯戏着绿水，为我绣的那个荷包一直藏在身上，闲时细细把玩，上面有你一针一针的坚持，病了我一春又一春的思念。

5. 南柯一梦

当轻风拂过我的发际，我才知道人生必得忧伤，是要历经沧桑。试问，失去了心中的她，人生何处是家？我关闭回春堂，入玄都观出家修道，皈依三清，凡尘众面皆极可以舍弃，包括小昭，敬亭，李掌柜。

我要修道成仙，顺利归位，与寂寞广寒的林陌朵团圆，她一定在等我长相厮守！据清虚师傅曾说："修道之人受自身的限制，一旦有恶念就会样貌随之改变，丑陋不堪！"我也知道相由心生，境随心转。思念是一种神圣的修行，屏蔽杂念，启发善因，结成善果。

道门度善，度仁，度情，度忠，度孝，度义，度智，度信。

道门戒色，戒杀，戒荤，戒赌，戒贪，戒妄，戒痴，戒谎。

春夏秋冬，每天早晨我都要起来练剑！"玩物丧志"是我的座右铭！剑光起，有飒飒天风飞扬，幽幽洞箫奏起。残花满地，是谁在争高下？花，一半是被剑扫落，一半是被内力震落。又是一个平地腾空，有一鹤冲天之势！

舞剑完毕，我发现地上有一朵曼陀罗花，枝干越长越高，花瓣张开，里面坐着冷艳绝尘的倾城。她忽然越长越大，越长越高，站在我面前，说："南星，这次我不是来害你！甲兀就要来了，你快走吧？"我完全不相信倾城的话，说："别骗我！你是另有目的吧？"

倾城见我置若罔闻，说："城里那十几个闺阁少女的尸体就是例子！"我一扫拂尘，说："请你离开！我们各行其道！"倾城流下一滴泪，瞬间消失不见。

玄都观是一所大型的官建道观，据老道士说："玄都观后面的溶洞很长，直通一个国度。"隐藏着这么大的秘密，难怪溶洞被玄都观视为禁地，任何道士不得入内。

盛夏之夜，月明星稀。我独自进入溶洞，想一探究竟！果然洞内有石钟乳，晴天丽日，别有世界，马轿数十里，行人不绝于途，景色繁华，前方朱门悬着金匾，上书"槐安国"。城门有两位使臣出来迎接，说："贵客，请这边走。"两名使臣礼数十分周到，我高兴不已，因为见到公告栏贴有招考的皇榜，于是也报名。

"终于考完了，可以交卷了。"考了三场，我的文章写得十分顺手，等到发榜之时，我高中第一名。紧接着国君进行金殿面试，国君见我长得很风神俊朗，又是满腹诗书才气，心里非常喜爱，说："甚合朕意。"就亲笔点我为今科状元，一时京城大街小巷传为美谈。我不想回玄都观了，早将道门的戒律忘得一干二净。

不久，国君御赐闻喜宴给各位中榜的考生，我也参加了宴会。四周乐器的声音响起，纤细而又绵长。众人举杯饮酒，酒过数巡，国君出了一个上联："才人慕玉叶。"在座的人都还在构思，没有想出下联来。我已胸有成竹，应声对道："君子爱金枝。"国君惊喜地说："金枝是我小女儿的名字，你怎么对得这么巧？难道不是缘分注定的吗？赶快传我的话给金枝公主，请她出来见这位君子。"

不一会儿，只听见环佩叮当，由远而近，兰麝的香气，越来越浓，原来是金枝公主到了。乍一看，她就是我家丫头陌朵嘛，看上去大约有十八九岁，美妙无比，举止大方得体，引得在场的目光都投向她。国君对我说："这就是小女金枝，常年待在深宫后园，很少出来。"金枝公主行礼后就告退了。我一见到她就心旌动摇，如木头一样坐在那里，丢了魂似的，别人给他斟酒我都没有发现，紧靠我坐着的人踩踏一脚，我又是惭愧，又是难为情。国君似乎看出了我的心思，说："小女与你倒是才貌相当，如果你不嫌弃我们是蚁族异类，可以让你们结为佳偶。"

"感谢天恩！"我在座位上听了，赶忙跪地拜谢。国君连忙叫侍官出席陪酒，自己去了内宫。酒至半酣，国君又出来了，宫女前来回报："公主已经梳妆停当。"不久，只见几个宫女簇拥着公主出来，头上罩着红色的绸缎头巾，迈着轻盈的步子，被扶上地毯与我交拜成亲。礼毕，宫女将我们送入洞房，有诗赞曰：

> 结爱非无缘，千里见地偏。
>
> 清白小公主，幽微大喜堂。
>
> 纸糊入洞房，花烛遇知己。
>
> 对镜理双鬓，红装拜海棠。

婚后，我们生活在金玉满堂的大房子里，夫妻感情十分美满，终日相亲相爱，寸步不离。公主说："天宫太寂寞了，趁许飞琼醉酒，我又下来了！"我常对公主说："丫头，久别重逢，真是叫我快乐无比，只是担心是一场幻梦。"说完又给公主贴黄画眉，涂脂抹粉，还用丝带去量公主的纤腰，公主都含笑不语。

不久，我被国君派往南柯郡任郡令。我勤政爱民，经常到属地内调查研究，检查部下的工作，各地的行政都非常廉洁有效，当地百姓大为称赞，说我是个好官。国君几次想把我调回京城升迁，当地百姓听说后，都纷纷涌上街头，挡住我的马车，强行挽留我在南柯继任。我为百姓的爱戴所感动，只好留下来，并上表国君说明情况。国君欣赏我的政绩，就赏给我许多金银财宝，以示奖励。

"将士们，杀啊！"有一年，从外界来了一个自称甲亢的怪物带领众多幽灵侵犯槐安国，槐安国的将士们奉命迎敌，不料几次厮杀都被敌人打得大败，还有很多将士染上了怪病，城池被大量的蓝色火球焚烧，很快臣民死伤数目上百万，整个槐安国到处都是哀号之声，昏天暗地，十分悲惨。

混乱中败报很快传到金銮殿，大臣在奏章上说："臣等鼓足勇气，冒着危险，亲往前方查看，发现敌人是一只多手多脚的怪物，盘踞在城外，张开血盆大口，所到之处城墙倒塌，高楼摧毁，真是千古未见的敌手，让人不寒而栗……"

国君震动，急忙召集文武官员们商议对策。大臣们听说前线战事屡屡失利，敌人逼近京城，一个个吓得面如土色，请求国君尽早迁都避难，以存国脉。国君看了大臣的样子，生气地说："你们平时养尊处优，享尽荣华，一旦国家有事，都成了没嘴的葫芦，胆小怯阵！"这时丞相想起了肩背如虹剑的我，于是向国君推荐。国君立刻下令，调我统率全国的精锐兵力与敌人作战。

"杀，绝不留活口！"我接到国君的命令，辞别金枝公主，立即统兵出征。在日光的照射下，我方兵将与敌交战几个回合都是险胜，只是天暗下来敌方的攻势就会令我们难以抵挡，抗战前线的兵将得了甲亢病，损失惨重！我发现甲亢畏光，晒阳光能治疗甲亢病，但有一定的难度，因为天上照下来的有光也有影！趁白天晴空丽日，我们继续英勇作战，我的如虹剑气吞山河，势如破竹，杀得幽灵们东躲西藏，只是甲亢的离火球很厉害，兵将们几乎被烧得片甲不留，我自己也险些丢了命。

接着妻子金枝公主因担忧过度，终日啼哭，也患重病死了，我得知后痛苦得要命，几不欲生。国君得知我战败的消息，感到非常失望，下令撤掉我的一切职务，贬为平民，遣送回乡。我想到自己一世英名毁于一旦，羞愤难当，大叫一声："啊！羞煞我也！"连忙寻找回玄都观的路，匆匆返回。

6. 大功告成

我因为犯了戒律，第二天早晨被玄都观逐出山门。十步一回头，罗衫飘忽白云边，我该何去何从？清虚师傅不是说："要登上神坛，就必须去封山灭怪吗？"我难道还不去封山看看情况如何？我御剑而起，口念："天地无极，快如疾风。起！"不出一炷香的工夫，我来到封山神庙。因为年久失修，封山神庙已经破旧尘封，结满白色蛛网，门旁依稀可以看清一副对联的潦草字迹："济贫只济英雄无用时，救苦还救善信有难劫。"

我是一介凡人，只能面对两位天神的墓碑顶礼膜拜！天光破影，吹笛何方？为了苍生，我只能侠骨前行，心怀天下！"好久不见顾若惜！那天上的飞鹰盘旋，难道是他来了吗？"果然是他。桃花笑尽春风难寻觅，何处离别何来相聚？隔天涯，只盼有相见期。顾若惜的长发在风中飞扬，透出清晰明朗的脸廓，缓缓开口说："雨辰兄，倾城知道林陌朵被抓到天宫去了，让我来宽慰你！"

我掌抚着封山神庙的门柱，谢绝倾城之意，愤然说："与她何干？她不落井下石就不错了！"顾若惜久经历练地说："切勿得罪倾城，因为等同于得罪狼妖！"我洒脱一笑，抬头望天说："我已不忧也不惧。没有了陌朵，我等同于白活！"

云出岫，雨溅落，彩虹横跨隔湖泊。清虚师傅手持拂尘，打坐在烟波万顷的造化湖神庙屋顶之上，望着水中央的封山，祥光满面地说："你们为我去天宫盗取法宝葫芦，我就能帮你们封山灭怪！"

事出有因，我们点头应允。顾若惜提出疑问："师傅，灭怪为何一定要选择封山？"清虚师傅居高临下地说："封山多玉石，实则玉山，所有信息直通灵霄，乃天然之道场也！"

我们还是担心，问："若是天宫守卫森严，我们回不来怎么办？"

清虚师傅说："谋事在人，成败在天！去吧，我会在重阳宫金顶等你们归来！"

"刷——"化作两道烟雾，我与顾若惜直奔九霄天宫而去！玉宇朱阙满飞将的浩然天宫瞬间风云在起，银河之水翻腾着无限波浪，九霄之上处于一场惊心动魄的混战：

黑云压顶惊地罗，立鹤放彩迎天雷。

青虬狂舞穿云霄，欲揽疏星渡河汉。

火轮飞杳突红樱，天王开伞招降魂。

石破天惊出日月，宝塔落成镇炮楼。

蓬河巨兵星旗动，神射紫电站南门。

放矢飞箭快如雨，天马行空出云阵。

银汉力士扶天柱，真火焚烧盖地衣。

龙车玉辇巡人间，飞焰朵朵化红莲。

我们趁乱越过无人把守的南天门，直奔寂寞天宫。银霜泻在十二曲阑干上，我们且行且止，发现这里很熟悉，几时宿命到过这样的地方？忽见天河变幻鹊桥已经搭好，牛郎与织女一年一度的相会是在今晚吧？前面两根汉白玉柱子，洞门梁上开着纱帐，飘逝着纤云，点点星灯高挂，我们继续往前走，见到庆云在天宫中从微卷的珠帘内出来，她对我说："不期在此相遇，你成仙了吗？"

我回答说："我没有成仙，但是跟从高人修炼了很久。你不是死了吗？"庆云解释说："我是脱了一个躯体，不然怎么瞒过别人，重返天宫？"顾若惜急不可待地说："我们是来盗取法宝葫芦的，切勿拖延时间！"庆云知道了我们来的目的，刻不容缓，事关重大，立即带我们去内殿辗转进入云烟缭绕的藏宝楼，帮我们盗取放在案台上的法宝葫芦。

我看见法宝葫芦放射着红光，感觉奇怪地问："怎么这座天宫没有守卫？"庆云说："守卫护送许飞琼宫主去离恨天了，因此这座天宫守卫空虚！"

我与顾若惜拿到法宝葫芦，正准备离开。忽然，天将二郎神手持三尖两刃刀带领众天丁闪身出现，二郎神呵斥道："何方妖孽？竟敢盗走葫芦，追！"我们遭到二郎神和天丁的追击！两股一白一青的烟雾划过天宫，直奔瑶山而去；后面紧跟着十几道颜色不一的烟雾，

穷追猛打!

"叽——"猎鹰飞雪划过长空为我们断后!众天将惧怕法宝葫芦不敢继续追击!两道烟雾冲过青松峰和向阳峰,直接逃回瑶山重阳宫,我们终于将法宝葫芦交给正站在金顶等候我们的清虚师傅,听候他的指示!

清虚师傅说:"你们快去汝南城,制止焚城大火!"

我们来不及请功,马上接受任务。两道烟雾划过天空,直奔汝南城!由于遭到甲亢偷放的离火球袭击,火冒三丈,汝南城最高的览云楼已经陷入火焰之中!风烟滚滚,城门失火殃及池鱼。街道上迎亲的花轿着了火,喇叭不吹了,队伍慌乱四散!我再一看,回春堂已经不复存在!小昭,敬亭,李掌柜都被困在满城大火之中!怎么办?远水救不了近火!我们忧心忡忡,一定要把损失降到最低点!顾若惜非常担心息相依的安危,可是眼下只能考虑全城人的生死,幸好息相依已经纵马出城去清溪乡下采花去了,不在览云楼中。

我催促说:"再不释放时间轴,整座汝南城就会化为灰烬!"我话还没有说完,顾若惜已经升上天空,向下面城池释放时间轴!

成功了!整座汝南城不能动了!火势被控制住了!等!等到天降大雨!顾若惜扭转时间轴,释放整座城市自由运动!雨水倾盆而落,大火被浇灭!汝南城恢复平静,我们舒了一口气。王昭,敬亭,李掌柜都来到我的面前,拱手说:"堂主,我们誓死追随!"

清虚师傅立在小白龙之上,说:"甲亢藏在南方冥山。你们此去务必收服甲亢,打赢冥山之战!"我们充当急先锋,杀奔向冥山。我们飞了很远,落地探查地理位置。我手掌里的罗盘指针一直定在这里,可以根据磁场肯定前面不远就是冥山,说:"这座冥山有反五行之力！冥山有引石，吸人魂魄，金山银山可以克制它！"

顾若惜说："这里磁场太强，何来金山银山？"我记得清虚师傅说："瑶山实是银山，竹雾山是金山，原名琼山。琼山与瑶山地脉相连，荣辱与共！当然土烧的陶瓷也可以对抗它的引力！"

普天法雨，战甲林立。我们都戴上面罩，预防甲亢侵袭内在！我拔出如虹剑，命小昭，敬亭，李掌柜："大敌当前，准备出击！"刹那间，十方杵，真武宝刀，青木杖都派上了用武之地！玄都观的众道士也赶来助阵，血战无数袭击而来的冥山幽灵！

甲亢出现！张牙舞爪，搅乱天地是怪物，胡作非为坏到底！顾若惜用电筒以电击之，不能奏效！我迎头一剑劈去，竟然只是让它变了一次形！

我急了，喊道："杀不死它，怎么办？"李掌柜从怀中摸出一面镜子，反射日光，对付甲亢！小昭，敬亭，没有智取，而是继续力敌甲亢！忽然，甲亢摆脱众人的进攻，把主要矛头指向我！它来势凶猛，我的守势被攻破，头盔也被揭掉了！

"危险！"倾城横空出现，用红白练施展"凌波九舞"挡在我的前面，与甲亢交战！只是几个回合下来，倾城哪里是甲亢的对手？她没有穿盔甲，瞬间被甲亢附体，化作一团黑雾消失在眼前！

"南星，永别了！"倾城为救我而死！狼妖又为倾城出战而死！

顾若惜正准备释放时间轴，不料甲亢使出无形之手夺走了时间轴，我们反而被时间轴定住！马上我们就只能等死！猎鹰飞雪从高空俯冲直下，与甲亢展开搏斗，尽力周旋！片刻，飞雪不幸被折了翅膀，跌落在地。

忽然，上空出现法宝葫芦！清虚师傅布下八卦阵将甲亢困住，然后用法宝葫芦发出强大威力在天空吸收甲亢之体！

"甲亢，造化湖的净化已经开始，你快服从吧！"

大功告成！玄都观的道士把无数幽灵给解决了。我们都自由了，如释重负，全身卸甲，凯歌而归。清虚师傅的口令，我们唯命是从。为了捍卫苍生，修道之人在所不辞！甲亢是丑恶的化身，被关进法宝葫芦永镇在封山之底！但愿这纯净的造化湖能洗清它的罪恶，直至它彻底消亡！

我为送别轻挥手，千古一泪洒城门。顾若惜与息相依两情相悦，带着猎鹰飞雪，乘着轻快的竹筏泛流清溪过逍遥生活去了！

天南地北路遥遥，谁在红尘笑？归去也，莫向梦中行，纵使乘风去万里，又是青山成行。杯空停，朝天阙，我痛快地唱道：

　　天涯何处觅知音？芳草凄，一肩飘零。泪如凝霜，分红袂，笛声残，落霞飞。烦恼几回望流云，转眼间容颜成憔悴。相濡以沫为情困，过江湖忘是与非。

　　山色近危栏，不见重阳，尘难断，流年换杯中酒满。且留一次相遇共春风，归去处烟雨朦胧。缘起又缘灭，终难写。青丝短，情字怎解？任人世来去，剑问苍天，此心依然不变。

崂山传

引子：传说有一晚唐年间白衣秀士周子棋，游崂山上清宫，日有所思，梦中得诗一首：

一饮酒壶百感来，玄霜捣尽落尘埃。

崂山便是神仙宫，何必崎岖上云台？

梦是对过往人事的回忆，还有对未来事情的一种预兆。

某夜，子棋待在书房里在温习功课，准备参加今科会试，想金榜题名，一朝平步青云入仕途。他关上门窗，用火将蜡烛点燃，放在书桌上，仔细翻书看，为了打发无聊情绪随便打坐练气。

忽然，桌上的蜡烛一下子熄灭了，子棋重新用火将蜡烛点燃，不一会儿，蜡烛又被吹灭了。子棋吃了一惊：自己已经将门窗关上，没有风吹进来，蜡烛怎么会熄灭呢？子棋正在诧异，忽然瞌睡来了，伏在书桌上睡去。梦里，门外传来一阵女子的哭泣声，时断时续，子棋的一缕魂魄飘然出门，发现墙角有一个白色衣裙的女子，便前去询问，她不回答，只是吟白丝带上写的一句诗：

山有木兮美人迟，无边太虚任遨游。

子棋带她进屋，女子自言是女鬼，已经在地下长眠三十年，因有前缘在，特来与子棋相见最后一面。谈了很久的身世，两人猜谜赋诗，赌书泼茶，还一起玩翻交线的游戏，相处得十分融洽，尤其谈到乐府诗两人算是兴趣相投，互为知己。不久两人就换了红装拜了堂成亲，又携手入了洞房，喝下交杯酒，见花烛高照，两人一起睡觉。两人正在枕上缠绵，忽然窗外传来一阵鸡鸣，女子起身张望窗外，身形转眼消失不见，只是叮嘱说："再见，三年之后你会登上崂山，而我会投胎转世到蓝桥驿。"等到子棋从梦里醒来，推窗发现几点星光闪烁，几点萤火绕荷塘而已，墙外是荒冢一堆，天只是微微有些发亮，梦中的情景记不得了，只是隐约记得那个女子说："我为你种下南国的红豆，踏乱横塘的凌波……"回过头，发现书桌上的蜡烛熄灭了又亮了。出现这么荒诞不经的事，难道这是人鬼情未了么？周子棋想：我是与她前世有缘吧？只是梦境尚且不记得，又如何记得前世的事情呢？

1. 观棋烂柯

据崂山太清宫的《登仙册》记载，有一个凡间人姓名叫周子棋离家出走，历经考验，看尽世态炎凉，最终笑傲烟霞，在九星照耀下的天水山峰争高低，悟道成仙，道号"正阳子"。相传他既不愿显身扬名，也不愿埋没在芸芸众生中苟且度日，虽然得失心重渴望成功，可又没有做出个什么济世的贡献出尘脱俗，仅仅只是个乡下的穷酸秀才，别人见他写有锦绣文章却经常闲庭迈步不务经济，还说什么"沾风俗难自在，闲扫帚叠高楼"，因此被称为"书呆子"，认为他爱做白日梦。

世人看中的多是功名利禄，却不知子棋是一位深藏不露的围棋高手，引得神仙驻足山巅三年，终日对弈，以至于观棋烂掉了斧柄。一次，来自崂山的道士李沧客与刘云间在梧桐树下青石上对弈，忽然天空飞来几只鸽子将满盘棋子弄乱，显然对弈不能继续下去了，谁知子棋上山砍柴作为旁观者，竟然凭着过目不忘的本事将棋局复原。两位道长对眼前这位樵夫十分惊奇，认为早晚必成仙家，于是刻意结交下棋，还经常下山传道。

一天夜晚，子棋留宿崂山道观下棋，纳凉，吃西瓜。此时，天阶的明月正凉如水.周子棋摇一把白羽扇看银河缥缈，闪亮着耀眼的繁星。传说，天亮前出现的大星是要掌管人间秩序的。天上星落，地上人亡，其实某些人都只是命运布下的棋子。

李沧客用拂尘指着星空说："天上那七颗聚在一处的是七仙女星，又叫作七姊妹星；西边那颗是参星，与商星一西一东，此出彼没，一白一赤，永不相见；中间那颗是岁星——东方朔是也。"子棋不解地问："那大诗人李白是什么星呢？是太白星吗？"刘云间躺在凉椅上，说："这可不好言说，因为有三颗星是很相似的：早晨出现在东方的那颗叫启明，傍晚出现在西方的那颗叫长庚，是颗昏星，这三颗星数太白最亮。"子棋又说："听人说'天上一颗星，地上一个人'，不知是否灵验？"刘云间没有回答，只是仰头吟道：

天上星，亮晶晶。

一闪一闪眨眼睛。

地上灯，放光明。

一盏一盏数不清。

　　周子棋住在崂山脚下"向晚房"，天生为人洒脱，与众不同，只为热衷科举考试，企图当官坐八抬大轿，却疏忽了一心修炼，官没有做成，反而被世俗的功名利禄迷惑了双眼。听崂山上的道士刘云间说："过尽千帆爱名利，逢场作戏莫相亲。"每次相亲都被别人嫌弃他家里穷，没有产业和地位，因此二十有五而未婚，形影相吊。又听李沧客说："世上莫说青春妙，到底庭花凋谢了。"于是吃了李沧客给的回春丸以求青春永驻，得遇佳人。他长年不出远门，侍奉堂上家母，有八宝粥先端给家母，家母种了几亩向日葵，每年收成还算可观。他生来瞧不起病夫，总是喜欢晨起练习两位道士教他的丹鼎气功，哀叹说："病者，离土近，离天远矣。"

　　不幸的是周子棋在油灯下读书日久渐渐患上眼疾，百步之外视之混浊不清，每日早出晚归，砍柴变得异常艰难，眼看就要无米下锅了，不由得忧心忡忡。一天，子棋发现经常下棋的梧桐树上写着"此地无银三百两"，随即掘地三尺，得银三百两。李沧客告诉他说："银子是黄云春埋在这里的。"子棋得到银子，去四处求医可是皆药治无效，情绪万分痛苦，恨不能坠崖而亡，可是家有老母，不能一死了之，转念一想，活着总比死了好，活着还可以下棋。

　　一天夜里，周子棋一身亚麻衣裳，靠纸窗而卧间，见灯影憧憧，几点星光，闻耳畔虫声唧唧，渐渐进入最佳梦境。梦中，天花乍现，阳光普照，白衣大士手持阳脂玉净瓶，从空中冉冉而降，子棋急忙跪倒在地。菩萨对周子棋说："周秀才，本座念你侍奉家母，任劳任怨，不离不弃，特为你治疗眼疾，成全你的孝心一片。"说完，菩萨走近子棋，用杨柳枝蘸取净瓶甘露，点入子棋的双眼。周子棋张开双眼，从梦中醒来见月明星稀，山中有异常放光，起床前去探视，原来是一个黄金做的聚宝盆，取回放进自己的橱柜里，方知梦境非虚，自己的视力已经今非昔比，可以一目千里，往后可以走寻宝之路，聚敛金银珠宝，不用上山砍柴了。

夜凉如水，玉盘高挂在天上穿梭浮云，城郊野外一片空旷，显得黑暗无边，凄美的流星划过了夜空。每当子棋看见别人的坟墓里陪葬有祖母绿，猫儿眼等宝物，绝不轻易放过，必然前去挖取，以遂其贪念。不出一月，聚宝盆里的翡翠，汉白玉，玛瑙，元宝，已经装得满满的，于是取出换取银钱，修缮崂山道观的上清宫，新添有天灵之阁、飞香之殿、澄真之堂、凝仙之亭等。

周子棋衣着雍容华贵，出入都有轿子接送，很讲究生活品位，遍筑芳园，美其名曰"修心养性"，园门有一副他写的对联："雨打梨花闭君子，铜锁高墙防小人。"他又是聘请名匠栽花，又是聘请名厨掌勺，一下子吃穿住行高人一等，不由得美名在外，大户人家争相把自己的女儿许配给他，他知道都是冲着他的聚宝盆而来结亲，于是皆严词拒绝。大户人家结亲不成，皆生诽谤，子棋难以对簿公堂，只好逆来顺受。更不幸的是那个叫黄云春的人在夜里盗走了他的聚宝盆成了财主，购买地基，广修高楼，连云而起，十里招摇，别人都夸"气派"，黄财主总是手里阔错，日出斗金，餐桌尽是山海有情之品，还从苏州购买回来十几个美女组成供自己闲时取乐的家庭乐班，早晚吹拉弹唱，歌舞升平，连自己的姓甚名谁都抛之九霄云外了。

一天中午，子棋像往常一样乘着轿子去山上下棋，因为除了崂山道士李沧客还未逢高手，很想与他对弈三百盘棋局以分胜负。子棋掀开轿子的窗帘，碰巧在西街上看见李沧客在地摊上卖狗皮膏药，随即邀请到府上做客，早晚赐教。招手走廊接客，玉屏风围好八仙桌，两人一起入宴席，热气腾腾的蒸菜一盘盘由仆人从月洞门端上来，还有丫鬟侍立斟酒。李沧客说："道离人并不远，楼虽高出平地。"两人相对饮酒五六巡，忽然天阴下起骤雨，满目凋零的荷塘里画盘跳珠，稀里哗啦。满桌残席，饮酒无法进行下去。子棋也知趣地说："天有星天辉煌，地无雨地荒凉。"

李沧客说："何不搭一个亭子？"随即取出一把伞变大，立在地上，状如红亭，上面还有"凌波亭"三个字。子棋说："道长使出的可不是一般的法术哦，只是不知道法力能维持多长时间？"李沧客说："半个时辰后，亭子即可还原成伞。"子棋忽然看见荷塘里红白参差，开满荷花，惊奇地说："现在是秋天，怎会有这么多荷花呢？"随即命仆人去采荷花。仆人划舟而去，眼看荷花在远方，划船过去却又不见，荷花又分明在近处，把船划来划去，终究未采到一朵荷花。子棋恍然大悟，满塘荷花不是真花，是李沧客施的幻术，叫障眼法。李沧客饮酒后倦卧荷盘之中，仿佛他是只有指头大小的一个人儿，说："一饱二醉，肚中量足矣！"片刻之后，只闻鼾声如雷。

常言道："客从远方来，举头见喜鹊。"孔夫子也说："有朋自远方来，不亦乐乎？"可是三天两头来的都是些穷亲戚，可怜兮兮地找周子棋借钱，而且都是有借无还，加之恶语相向。每日家里人不敷出，子棋真是"哑巴吃黄连，有苦说不出"，没有办法，只得继续去山上或是路口寻宝，可是宝物是世间的稀罕之物，不是谁想找就能找得到，要靠机缘。别人都知道周子棋是不劳而获，询问子棋的致富之道，周子棋隐讳地告诉别人："山有异宝山含秀。"此言一传十，十传百，于是去寻宝的人越来越多，酿成的结果不容乐观，不是养尊处优，就是好吃懒做。

红日西沉，山径蜿蜒向前，子棋看见那颗开满了花的梧桐树在迎风招展，这是一条通往崂山上清宫的路，彤云朵朵出岫仿佛在迎接谁，每隔两里路建设有一个亭子是专门为行路人躲雨提供的。

孔夫子云："三人行，必有我师焉。"子棋虚心向两位道士请教金玉良言。刘云间进言说："我看朋友为人正直，须提防五鬼小人。"子棋哭诉难以忍耐小人的纠缠，说："人心叵测，为了利益害人。"李沧客开解说："成大业者必然要学会宽容，从高处着眼人情世故。"

2. 星之酒井

夫子宫三圣也是子棋的棋友，相敬如宾，引围观者羡慕。子棋知道科举考试向来都是三圣说了算数，于是请教金榜题名之曲径。三圣说："科考只是门槛，进得去却不一定会做官。做官就是要会管理，而你乃闲散之人，还是一心修道吧？"子棋说："那你们所讲的学问不是没用吗？"三圣告诫说："我们讲的学问不是为了让学子升官发财，富贵荣华，而是实实在在地做人成贤入圣之道，学会处理各种人际关系，修身，齐家，治国，平天下。"子棋感叹说："三圣已经洞明世间人情世故，并非名利诱导与人。晚生听三圣一席话，胜读十年书。"

子棋虽然得到夫子宫三圣的教诲，每晚都点油灯在西窗下练习写文章，可是二十六岁去应试，还是未能考中，依旧落榜返回崂山脚下向晚房暂住，为了生计奔波。人生太短，经不起谈几次感情，可是与他有缘的人已经纷纷拂袖而去。他又因盗墓罪被官府拘捕，杖责二十，罚银数千两。子棋为筹罚银到处求借，可是昔日的亲戚和朋友全都躲避他。子棋悔恨不已，只好卖掉自己的园子，支付官府的罚金。

元宵佳节家家都在舞龙灯，而子棋却躲在后面墙的角落啃馒头充饥，哀叹说："人生恰似故园草，三贫三富不到老。"李沧客知道子棋的生活陷入窘困，于是回请子棋赴宴。子棋问："府上在何处？"李沧客说："去黄云春开的酒坊吧？"子棋不愿同去，被道士拉走，道士还说："你盗取黄云春的祖墓，盗来的财宝又被黄云春盗走，这是一报还一报！"子棋仰望满天星斗，说："话虽如此。我去饮酒可以，你必须为我出气！"

> 熏风凉袭袭，不眠思故卿。
> 此情成缱绻，遥见满天星。

黄云春非常贪杯，开了一家酒坊，远近闻名，生意还不错，他家院子的角落有一个葡萄架，上面挂满了一串串青翠欲滴的葡萄，伸手就可以摘到，葡萄架下面是一口井，平时用石磨盖上，里面装的全是陈年佳酿，旁边挂着酒旗写着"星之酒井"四个字。他一向爽朗好客，除了自己偶尔小酌外，还经常取井里的酒出来给客人喝。

这一晚，流萤飞舞，天气十分闷热，大家都出来纳凉，手里摇着扇子。黄云春的小女儿吵着要上摘星楼望星星，吵着吵着，一颗星星从天上飞过来，飞到酒井上空就不见了。半晌，外面有人在咚咚地敲院门。院门开了，进来一位道士和一位青年，说是刚从摘星楼下来，见到酒旗临风，酒坊门却关了，只好来家中买酒。

黄云春急忙起身，请子棋与道士一起吃夜宵，内人端上来两盘蒸菜，一壶美酒，还有一篮地瓜和一盆水晶葡萄。道士挑了一个好吃的水蜜桃，不客气地坐下，举杯痛饮，高谈阔论，说："贫道李沧客，追星而来！"看见姨伯的小女儿在剪小纸人，抱起小女儿，说："小姑娘，让我给你剪一个大月亮好吗？"小女孩很乖巧，说："我要十五的月亮，照在家国，照在边疆。"她把剪刀和白纸都给了道士。道士用白纸剪成一轮明月，悬挂在门梁上，渐渐地射出光来，四面雪墙明亮如同白昼，人的每一根头发都被照得清清楚楚。

大家都很惊讶，黄云春暗自称奇。道士用一根筷子扔到月中去，从里面出来一个飘飘欲仙的女子，落地不过一尺，渐渐长高，身披霓裳羽衣，不停地给大家斟酒。道士说："她是仙子呀，让她献舞。"女子果然踮起脚尖在空中起舞，初时皎皎处子，舞时翩翩惊鸿，在场的人都目瞪口呆。女子一边舞动，一边启口唱《玉满堂》：

昨夜风，桂堂东。上有青冥或可睹，帷卷长庚花想容。毫光微度绣银汉，魂飞云端女墙红，络纬传恨啼深宫。曾见星灯沉海底，画屏寂寞月明中。金烬暗灭情转薄，石榴红透心不通。

梦醒后，篝色浓。

舞毕，仙子还原成一根筷子，落到酒杯上了。过了一会儿，门梁上的月亮也随之暗淡下来，不过仍然可以给人照明，纤毫毕现。道士说："我这纸月亮毕竟不能与天上的皓月争辉啊。"小女孩问道士："叔叔，你能告诉我怎么分辨方向吗？因为我总是迷路。"道士说："天上北斗是由天枢、天璇、天玑、天权、玉衡、开阳、摇光七星组成，形状如勺子，斗柄春指向东，夏指向南，秋指向西，冬指向北。"

道士因酒后高兴，又说："我们来做一个交换，你给我一葫芦的酒，我就把这纸月亮送给令爱作纪念。"黄云春暗想：他就一只葫芦，没有贮藏酒的大器具，我这一井的酒量他也搬不去。于是答应交换，让道士自行装满酒。道士将葫芦用手摇一摇，说："感谢，酒装满了。"道士取出葫芦给大家斟酒，斟酒五六巡，葫芦里的酒该倒完了，可是总见酒从里面流出来，怎么也倒不干。道士悄悄在子棋耳边说："子棋，天将降大任于斯人也！"道士一走，黄云春搬开石磨，发现井里的酒已经干了。

这天夜里，子棋依旧点灯卧床，感叹秋蛾扑火的结果是谁也不愿看到的快乐。周子棋又梦见白衣大士降临，急忙拜见菩萨。只见白衣大士用杨柳枝一摇，子棋眼中的两滴甘露又挂到杨柳枝上，然后菩萨说："周秀才，你当洗心革面，重新做人，自然会有高人来度你。"随后，子棋就从梦里惊醒过来了，风来微凉，举目望远方，四周一片漆黑，勉强看得见窗外一轮明月，在浮云中穿梭，逐渐被一团黑影遮住，自己用手一摸，自己睡的檀木床没有了，还是一张梦里摇香的藤床纱帐，清辉笼罩着烛光。

周子棋戳开纸糊的窗户往外看，什么也没有发现，站起来披上衣裳等了很久，天微微亮了，由于视力模糊，勉强发现自己的楼房也没有了，钱财也没有了，还是原来的几间陋房，老母在堂上缝衣裳，悲白发。老母问："你回答我一个问题：今天大白夜有什么？"子棋摸到瓦片说："天黑了什么都看不见，只有窗啊！"老母说："窗外有向日葵和月季花啊！"

子棋走在街上，有不少人指手画脚，讥笑他怎么不坐轿子，是不是成穷光蛋了？子棋苦笑一下，莫衷一是。刘云间说："人生在世，遇人万千。要分清良缘，还是孽缘，要生活自在就要会断绝干扰，一心修行。"忽然听到街角有人在吆喝："卖'仙家豆腐'。"李沧客打趣说："人生有三苦：撑船，打铁，卖豆腐。"往后的日子里，为了求生计，子棋只得一边撑船渡人，一边照顾农桑。

"屋漏偏逢连夜雨，船破又遇打头风。"子棋的向晚房被天降冰雹给打漏雨水了，床上的被褥都淋湿了，弄得他无法安睡，起来点灯闷坐。人生总不能一帆风顺，他驾驶的载客木船被狂风刮破了帆，差点有去无回。别人都劝告子棋快点给漏屋盖灭黑新瓦，说："屋漏无瓦，何以为家？"又有人劝告他给木船换帆布，说："客船破帆，水上难还！"子棋知道别人都是关心自己，立即一一照办。

"人在家中坐，祸从天上落！"一个夏夜里，子棋上崂山下棋回来，忽然发现他的向晚房被天落火星烧毁，一条青龙来喷水，将大火熄灭，可是向晚房已经化成了劫灰，值得庆幸的是子棋在大火中救出了老母。从此周子棋一贫如洗，只得再上崂山砍柴，一边重建"向晚房"。子棋想到自己年晚未婚，郁郁不得志，屡次走到崂山道观的大门望而却步，道士出来邀请下棋，可是子棋背负家庭压力，连下棋的雅兴也没有了。因为生计所迫，子棋每天上山砍柴都带一壶水解渴，山中空气格外新鲜，让人呼吸舒畅，如此砍柴，一砍就是三年光阴蹉跎而过。

世间有灾星作乱，战火起苍茫，淹没了的是三纲五常，末世成殇，良缘二字葬送多少好儿郎？山黛远，烽火台重新冒起了烟，神仙不能置众生于不顾，袖手旁观。李沧客告诉子棋，他算到今年要闹饥荒。于是子棋在粮仓里存储一年的粮食，这一年就勉强度过去了。李沧客又说："大荒之后必有凶年。"刘云间也说："冬天打雷刀兵动。"子棋不知道凡间人还要经历多少劫难？而仙道在山林根在人间，修悟于山，避人祸千年。

3. 松涛雷响

嶂内忘忧草，林间解语花，流泉音谷底滑，胜若仙家。

一天大雨之后，周子棋行了很远的山路，碰巧看见在深山中一个清水潭上方的一块岩石上，盘腿打坐着一位童颜鹤发的高人，头戴斗笠，披着蓑衣，旁边竹影迢迢，飞流直下，青崖间还放着一匹白色毛驴。子棋不管不顾，吟诗一首：

饮水蓝桥思玉杵，多愁云英未相知。
乘槎碧海三山落，捣药聊用支机石。

高人请子棋对弈，笑着说道："想不到你写诗能未卜先知。我知道你出钱修缮崂山道观，实乃善心一片，特意来见你。今年你命里犯黑煞，毁房屋，但无妨，九星罩命中有青龙，能逢凶化吉。"子棋问："高人，黑煞是指什么啊？"高人说："黑煞星是日月的外围星，主厄运，破乾坤。"子棋又问："高人，你知道的这么多，高寿几何啊？"高人摆下棋局又说："每一棵大树都有自己的年轮，一圈一圈地缠绕。可我活了这么多年，却不记得自己有多少岁，因为我得过且过，不喜欢屈指度日。一直以来，我是一个单纯得没有烦恼的人，总是想明天有两种可能，一种是比今天更好，一种是比今天更坏，那我们有什么理由不过好今天呢？"子棋叹气说："我的志向不好说，曾经在我失魂落魄的时候，遇上一个叫三才的邪道姑，几次三番被骗去大笔钱财，被家母责骂，从那以后，我就不敢亲近道士了。"

子棋的话还没有说完，忽然来了一个身穿披挂的山神。山神不客气地叫道："白洞大仙，别以为手里有个葵花镜就整天在这里摆什么架子？"高人继续跟子棋下棋，并不看山神一眼，说："山神，你莫非不服气是吗？"山神说："白洞大仙，想要我服气，必须使出真功夫打赢我！"高人说："山神，我自然不屑与你这后辈过招！你一直自以为力大无穷，岂不是坐井观天？"又对子棋说："你不妨与山神比拼一下功力？"子棋连忙摆手说："高人，我不会武功，怎么能与他对掌啊？不敢！不敢！"高人笑着说："不用担心，我今天就帮你破他的大力金刚掌。"

忽然，茂盛的梧桐树枝抖动，花坠纷纷落满地都是，只见山神不待子棋反应过来，一掌运足十成的力道直接打来。眼前子棋就要挨掌，一命呜呼。谁知高人拍掌在子棋后背，迅速传输功力硬接了

山神一掌，山神被冲退十步之遥。山神不甘心认输，还要爱面子再比拼。山神说："白洞大仙新收的徒弟怎么这么窝囊，竟然要借助大仙的力量。"子棋想出一个化解之策，说："你换个时间，来跟我比下棋吧？"山神点头说："好。一言为定。"随即念动"风雷地动令"，悻悻地遁地而去。高人在后面大声喊道："山神，请你守住自己的镇山之宝，以防黑煞来犯！"

子棋请求高人指点迷津。高人让子棋盘腿坐下，给他打通任督二脉，说："秀才，我帮你打通了经脉，自然会使你面色红润，运行周天。你若是想白日飞升，那需要花工夫。你答应我每天来这山上砍一回柴，在清水潭里洗个澡，然后回去做一件善事，可大可小，或养马担盐，或救命放生，如此坚持三年，你的老母归西之后，就可以来跟我学法术，以求入道了。"周子棋连忙答应，洗完澡之后，发现自己的私心杂念变少了，身轻自在了许多。高人又说："'上善若水'为四字修道真言，切不可忘。"还教给子棋戴老花镜调理近视的办法，然后眼睛左转三十圈，右转三十圈，按摩承泣穴和后颈有胀痛感的穴位。

子棋回去以后，牢记高人之言，一点一滴付诸行动。三年之后，老母已经仙逝，子棋终于洁身自好，积善成果，两眼视力也恢复正常了。子棋再次上山寻访高人，想学长生仙术，脱离生老病死的轮回之苦。清水潭上方的岩石上冒起一朵白云，有腾云驾雾的高人说："天道无亲，恒与善人。子棋，你可以来跟我修道了。"

斗室之间，书柜林立，藏有云雾门，正一教，点苍派，星辰阁，青龙帮等武功秘籍。子棋开轩窗一扇，星飞河汉梦牵牛，他在凉榻上卧听窗外松涛阵阵，声如雷响，不知不觉，仿佛到了传说中崎岖难行的崂山上清宫。房间很宽敞，精致典雅，子棋看见墙壁上挂着吕祖捉鬼玄的图画，说："吕祖真是妙不可言，世人恐怕见面不识哦，只是不知作图者是在哪里见到过吕祖呢？"高人在旁边说："这些都是后人乱画的，吕祖在太虚顶修炼，是派有登仙弟子到人间替天行道。但是鬼玄是白洞大仙，手持法宝葵花镜，资历比吕祖还要老。"子棋说："画上的鬼玄很像高人啊！"高人说："眼力不错！崂山老祖——鬼玄正是我。"子棋说："李沧客和刘云间都是你的入室弟子了？"鬼玄点头，说："所言不差。他们的功力比你深厚，但是写诗远不及你。"

崂山是西王母传说最盛的地方，虽然很多故事都是文人雅士杜撰的，但是空穴不来风，很多传说皆有根有据，并非子虚乌有，造谣生事。子棋也相信传说，闲时写有"嫦娥""青鸟""灵犀"等等与西王母相关的诗句。

由于子棋的情根深重，正因为修道不容许有如此俗念，写诗才不得不用谜一样的笔法来构筑，"此梦由来十余年，却探崂山路未通"，由此引发别人的猜想与争议是无穷的，甚至有人劝他弃道还俗。更为隐秘的传言是，鬼玄祖师拍周子棋的肩膀，说："宫人官姬不可恋，世间女子也不可恋。而你是注定的天命宗师，应当心系全天下的安危！"子棋恍然觉悟，问："曾有女鬼如画与我深夜相会，是何因缘？"鬼玄祖师说："你命中有'鬼婚'，是何因缘，入梦便知？"子棋盘腿打坐，随即入梦：

相传早年，崇道之风盛行，整个人间，一时道观兴起，蔚为壮观，皇室子女也不免被送到道观清修。很多子弟赶上了这个好时机，趁自己年轻上崂山之东峰学道。当然子棋也是道徒之一，还有一定的名气和根基。但是事与愿违，爱情接踵而至。长乐公主李旭丹也带着侍女如画上崂山学道了，就住在西峰之灵观。

西峰和东峰，灵观和玄观，终日两两相望，情缘只在咫尺之间。

周子棋遇上长乐公主的侍女如画，只在阡陌最深处，他还来不及相约一场红尘的信仰就坠入情网，无法自拔。情，可谓一眼千年，倾心不变，想要修道成仙，除非鱼死网破。子棋还是抵不过身体内在的爱火，七情六欲让他几乎完全失去理智，用道家的话来说："一日破戒，万劫不复。"

子棋心中的爱已经表白："如画，我……永远的爱！"如画伤心地说："我也爱你，你能娶我吗？可是你不能。"子棋纵使有千年道行也难抵挡她的温柔销魂之术，何况，子棋还只是个刚入门的小道徒，对女人有着天生的相思情愫，对男女之事的向往更是如春草萌芽，欲罢不能，内心里的情欲比渴望成仙的想法还要强烈许多。

爱情的烟花，在瞬间绽放。仰望天空，色彩纷呈，浓烈。

"再见了，天亮后忘了我。"他们的私会，很快便被道观的人发现。爱情，在一场烟花释放之后，向他们昭示着凋谢的宿命。长乐公主李旭丹在山峰上修道成仙，后来成为百合宫主。而他们在短暂的相聚和欢愉之后，迎接他们的是一场永远的别离。子棋被驱逐下山，眺望高高的山峰，等待着石沉大海的音信。而如画则被遣返回宫，并被赐予三尺白绫，匆匆了断余生。

子棋从梦中醒来，感觉梦境太真实了使人不敢相信是真的。子棋看着鬼玄祖师说："原来我与如画有这么一段姻缘！她让我找到自己的从前。想不到古人生活在时间的前面，我们经历着无尽的轮回。"红光满面的鬼玄祖师说："那是你的前世经历。我只是在你入梦的时候，将你的记忆唤醒了而已。"以后的日子里，周子棋成了一个寂寞悲伤的人。鬼玄祖师说："如画已经投胎转世，你与她前缘未尽！"子棋忽然想起女鬼如画与他定下的蓝桥之约，只是如画才转世为人，记忆全无，还需再等十六年如画才到相亲之岁。子棋只好修道苦，苦修道，他甚至打算专研《道藏》，早已放弃科举仕途。鬼玄祖师说："去吧，我帮你召唤出护体青龙载你下山！你需要了结与如画的红尘姻缘，才能一心向道，正式拜在我崂山门下，将来位列仙班。"子棋只好作别鬼玄祖师下山，寻找如画在蓝桥的转世，应该快满十六年了，她正是待字闺中。

4. 饮水蓝桥

古人有云："出门看天色，进门看脸色。"来日子棋买舟还都，一路风餐露宿，好不辛苦。后来，子棋在路上经过传闻有蓝月升起的蓝桥驿。史料上记载中的蓝桥驿是古时蓝关古道的驿站，有不少远道行人。子棋口渴难耐，下马遇见一织麻老妪，登门行礼求饮：

"主人家，可否讨口水喝？"

"如画，快出来见客！"老妪呼女子如画出来，捧一瓯水浆与子棋饮之，甘如玉液。子棋饮完水，见如画姿容绝世，正是梦里见过的女子，心动不已，因谓欲娶此女，说："若得如画朝夕与共，不复有求。"

老妪有难言之隐，告诉说："小女如画生来命里犯黑煞，不幸被

影子夺去了光明，两只眼睛都瞎了，昨日有崂山神仙赐予仙药一刀圭，须用百合仙宫李旭丹的玉杵捣碎才可服用，而且只有百日的限期。郎君欲娶如画，须要有恩情才可以成夫妻，求婚就先付出！"子棋心生怜悯，当即答应，说："百日之内，我当以玉杵为聘礼，并且亲手为她捣药。"并立下诗作为誓言：

千金觅玉杵，殷勤手自将。

如画若有意，披衣月照床。

爱，是一种付出，不惜一切地帮助，就算是赴汤蹈火也在所不辞，有人明白这个道理就是真爱，至死不渝。子棋为救心上人如画，不避艰辛，一路乘着青龙扶风直上，山峦起伏，沿途经过黑云大雨，万仞山峰，直奔传说中的百合仙宫，求见仙女李旭丹。途中又是越岭座座，又是度水迢迢，路途十分遥远，还遭遇了种种磨难，没有放弃，日夜兼程，终于在预定的限期内进入天界的风眼口，青冥浩荡，日月霞光万丈上九重，终于看见碧落飞仙，仿佛回到混沌之初，不同于人世间风景。然后，子棋在大罗境界找到了百合仙宫的大门，看见里面空空而已，只有李旭丹束发盘腿坐在百合花坛中正在修炼上乘秘法。

子棋叩拜李旭丹说："旭丹仙子，崂山弟子周子棋有礼，为救如画生命，特来求取仙子所用的玉杵，万望答应？"李旭丹髻挽巫山一段云，裙拖六幅潇湘水，起身而立，神态端详，缓缓说："你的来意我已知晓。婚姻不过是月老的红绳作弄罢了，你是修道之人，已有根基，为何还要有凡俗之念呢？"子棋解释说："既然有月老牵线之说，人间怎会有梁山伯与祝英台的两情相隔呢？如画与我有缘，怎能割舍？"李旭丹脸上露出一个笑容，故意说："如果得病的是另外一个凡间女子，你也会千辛万苦地赶来求取玉杵吗？"子棋肯定地说："为了救人，子棋身为道门弟子，在所不辞！"李旭丹进一步试探说："如果我坚决不借呢？"子棋下跪说："那我就长跪不起！"李旭丹委屈地说："其实不是我不借。昨夜百合仙宫遭劫，我受了内伤，白玉杵乃是我的一件防身法宝，被黑煞打断了！"子棋说："那我们把白玉杵重新生起来？"李旭丹点头说："你拿去重铸吧！这根白玉杵伴随我多年，是我的法宝，它就在殿内的圆柱后面，据说只有崂山的八卦炼丹炉才可以将它重铸！"

子棋仔细搜索，果然在圆柱后面拾到了断为两截的白玉杵。李旭丹接着说："黑煞将我用邪术囚禁在这百合花坛里，七天之后就要把我嫁给凡夫俗子。你可否救我出来逃生？"子棋着急地说："我还不会法术，怎么救呢？"李旭丹说："你只要在百合花坛下面挖个地洞，我就可以出来了。"子棋急忙听从吩咐寻来工具挖地洞，没用多久就把李旭丹救出来了。终于，李旭丹被子棋的真情感动，说："感谢你！我原以为世间男子都是薄情寡信的，想不到还有你一个痴情的人存在。"

子棋得到玉杵，欣喜万分。然后，叩谢百合仙子李旭丹之恩情，誓言永生不忘！李旭丹驾云一朵，启口说："去吧，为了你的爱情，去解救她吧！恕不远送。"子棋应允，转身离开百合仙宫，乘青龙而归去崂山上清宫，花了整整七七四十九日，终于在八卦炼丹炉里将白玉杵重铸出来。

果然在百日之内，子棋顺利地返回蓝桥，恭敬地将白玉杵送给

老妪作聘礼，并且亲手为如画捣药数日，给她服下崂山神仙赐予的仙药，她的眼病终于治疗好了，视力比以往有过之而无不及了。子棋担心自己年长许多，向如画求婚，如画会不会拒绝。在老妪的鼓励下，子棋考虑再三，还是开口求婚了，果然被如画拒绝。子棋说："姻缘天定。有缘人不是都找到了'囍'字的另一半吗，你为何还要等下去呢?"如画含羞不语，只是低头抚弄袖带，眼里满是愿意的神情，说："我先前拒绝你，是为了试探你的真心。请不要介怀。"于是，他们张灯结彩，拜堂成亲，迎来送往，许多如画的好姐妹都来祝贺，有的解佩相赠，有的持瓶来送，她们一个个出尘脱俗，情深谊长。

听说子棋与如画新婚之喜，大摆筵席，鞭炮声响云端，满堂祝福，红烛摇曳了盖头鸳鸯，洞房幽深已经准备停当。李沧客和刘云间都来登门道贺，说："我们看见红鸾星动，喜气冲天，果然你的婚姻就来了。"还有夫子宫三圣也带着贵重的礼品来了，因为三圣曾经慕名与子棋对弈数次，乃是忘年之交的棋友。

崂山脚下向晚房里子棋与亲朋好友欢聚一起，十分热闹。婚礼的主持宣布喊："一拜天地。二拜高堂。夫妻交拜。送入洞房。"洞房花烛之夜，窗户和墙壁都贴上了"囍"字，新婚其实是有情人久别重聚，夫妻相处其乐融融。子棋斯文有礼地揭下如画的红盖头，共饮一盏交杯酒，还小心地询问："如画，你是否甘心情愿地嫁给我?"如画含羞点头说："其实我只想理云鬓，描双眉，画腮红，点朱砂，披一袭红色嫁衣，做一个最幸福的新娘，如飞蛾般义无反顾扑向你的怀抱!"子棋起身，取出藏在抽屉里已有十六年光景的白丝带，仔细地问："你还记得丝带上写的这一句诗吗?"如画接过白丝带，看见上面字迹娟秀的一句诗："山有木兮美人迟，无边太虚任遨游。"子棋说："我这是物归原主。"如画摇头说："我好像在哪里见过，可是恍如隔世，已经想不起来了。"

5. 万壑清风

子棋的棋艺出神入化，玄门众人皆有所闻，纷纷相邀对弈皆败下阵来，于是奔走相告，成为远近之佳话，更有人敬之风度若神明。一日在山上茂盛的梧桐树下，鬼玄祖师两袖清风而来，亲自与子棋进行对弈。鬼玄祖师说："李沧客曾经向你服输，说明你是下棋高手，群山之中已不多见。"随即拿着一颗棋子用牙齿咬碎，算是让晚辈一颗棋子。一场对弈下来，子棋连输三局，说："祖师，你的棋艺非同常人，晚辈甘拜下风。"鬼祖师玄说："你落棋子在守而不在攻，自然就失去了先机。"子棋趁此机会问："晚生想请教一下运气如何？"鬼玄祖师说："气运，好人的身体就是风水宝地。行正善业，气场会越来越好，明朗，仙风道骨。人行邪道，浑浊，渐而昏头转向，死路。这些涉及共业，好好修行吧？"

子棋向鬼玄祖师敬献了一杯茶。此时，山神赶来与子棋比下棋，还要下赌注。子棋问："赌什么？"山神说："就赌你的'向晚房'，怎么样？"子棋起身，正要严词拒绝山神。忽见鬼玄祖师拿起棋盘上的一枚棋子，说："山神自诩力大无穷，我看你连这一枚棋子都扛不动！"说完，将棋子扔给山神。山神接过棋子，棋子瞬间变大，山神

用肩扛棋子，发觉棋子非常的沉重，把他整个人压向地面，立足之地渐渐往下沉，一会儿半个身体都被棋子压在了地下，连喊："白洞大仙饶命！"鬼玄祖师用手指一点，棋子又变小变轻，放了山神一马。山神起身，不敢再向子棋挑战，灰溜溜地驾云跑了。

某日，白洞大仙鬼玄匆匆起身，对子棋说："今天是重阳佳节，夫子宫三圣下帖子请我去夜明台赴宴，只好就此别过。"子棋收拾棋盘，将棋子放入棋盒之中，然后问："祖师，那我待在山上，还是下山去呢？"鬼玄祖师吩咐说："你虽然有青龙护体，但是还是不要涉足红尘险地，就待在崂山学道吧！"子棋点头回答："弟子遵命！"鬼玄祖师骑在毛驴上随即腾云驾雾而去，片刻不见踪迹。

鎏金大门洞开，鬼玄祖师赶到大殿的时候已经晚了，不由望而叹之：夫子宫被血洗，一夜间火焰冲天，三圣下落不明。鬼玄祖师急忙念咒语，把山神召唤出来。山神说："启禀大仙，是黑煞在顷刻之间毁灭了整座夫子宫！"鬼玄祖师掐指推算，说："天上影盘闭月，今晚正是黑煞星现世，我得赶紧通知崂山弟子加紧防范！"然后用葵花镜查看，说："糟了，三圣被霹雳武士困在传说有飞龙缠柱的轿子顶了！"山神气愤地说："轿子顶是我的辖地，我怎么能置之不理！"鬼玄祖师说："你加速前去解救三圣，我即刻用千里传音通知李沧客和刘云间去助你一臂之力！"

夜明台，凄凉风透悄无声息，暗藏杀机。原来黑煞处心积虑埋伏在这里，就等待鬼玄祖师到来，然后自投罗网。恰好，子棋乘青龙从崂山赶来告诉鬼玄祖师，说："祖师，李沧客和刘云间已经去往轿子顶。临行，他们吩咐我来接祖师回崂山。"

黑煞忽然降临夜明台上，还带着凶恶的三尸鬼，眼前就有一场惊心动魄的鏖战！鬼玄祖师大声喊："子棋，快让你的护体青龙飞到轿子顶去救回三圣！你赶快退下去搬救兵！"然后登上夜明台向前斥责说："黑煞，你屡次大开杀戒挑衅我白道正教，今日就要让你自食恶果！"黑煞大笑，说："我本无戒，何来大开杀戒？"

战斗气场太大，波及夜明台的四周一里之内，胆小的望风而逃。子棋难以上前，只好遣走护体青龙，飞上岩石，打坐作壁上观，且当为鬼玄祖师压阵。子棋用手一摸，衣兜有一支烟花炮筒，随即点燃烟花炮筒向崂山道观发出求救的信号。剧烈的恶斗已经开始，天色一片漆黑却有明月升起。黑煞使出一招"狂雷天旋"与鬼玄祖师的"万剑归宗"对抗，结果浑身被刺杀千疮百孔，于是立即变身成一片巨石来挡飞剑。三尸鬼扑了上来，有的在地下抓，有的在背后偷袭，都会隐身，防不胜防。鬼玄祖师摇身一变，变成一把铁锤来砸黑煞巨石。巨石倒地，黑煞立即变成一副皮囊来收铁锤。此时，见到空中的烟花炮信号，众多崂山弟子赶来助战，各自施放兵器，直攻黑煞命门。

天上黑云动荡，人人发昏。鬼玄祖师吩咐崂山弟子说："众弟子退出内围，一定要保存实力！"黑煞坐在夜明台中央的轮盘上升空喊道："星座九子，速来助战！"九子现世，崂山弟子被九股势力瓦解，纷纷倒地身亡，幸存的只有十几个，都已经身负重伤，但是还留有余力再战。鬼玄祖师使出一招"天落棋布"用法宝棋子将黑煞九子镇住，一直压下地狱火山！三尸鬼被崂山弟子杀死。黑煞身负重伤，因为寡不敌众，一溜烟地逃走。

葵花镜在天空追踪黑煞，鬼玄祖师与崂山道士们追到飞燕楼黑煞就不见了。鬼玄祖师说："葵花镜照在这里不动，说明黑煞就藏在这里。"众多崂山弟子立即把飞燕楼包围起来，想让黑煞插翅难飞。子棋说："这里是黄云春家的飞燕楼，黑煞肯定会躲在里面再施变化。"飞燕楼里面的人哭声喊天往外跑，仿佛逃出个煮人的大蒸笼，个个惊慌失措。

黑煞杀人灭口，变化成了黄云春的小女儿，假装乖巧地从闺房走出庭院来，怀里还抱着一只花猫。鬼玄祖师用葵花镜一照，黑煞立即现出原形。崂山弟子们立即联手刺杀"小女儿"，谁知黑煞又进入小花猫体内。崂山弟子们用"天罗地网"将小花猫困住，然后准备释放灭绝之火，彻底消灭黑煞。忽然，黑煞又离开小花猫的身体，进入黄云春家的猪圈之内，里面有六只小猪，这下可难以分辨黑煞进入哪一只小猪了？子棋看见里面有五只小猪在靠近母猪吃奶，另外有一只小猪拒绝吃奶，于是说："黑煞一定就是不吃奶的那只小猪！"小猪在里面乱窜，试图躲避围攻。

鬼玄使出"运转乾坤"把飞燕楼搬到别的地方去，说："黑煞，我的葵花镜在天上，看你往哪里逃？"崂山道士都争着大显身手，施放兵器形成一个剑圈将飞燕楼的地基围住。片刻，黑煞变化成山甲，潜入地层突破剑圈，然后破地而出，现出原形，使出吸星大法与崂山弟子周旋。鬼玄祖师在天上用葵花镜将黑煞照住，然后在掌上画字符想用定身法定住黑煞！黑煞使出"瞒天过海"之计，乱云飞渡遮住了日光，用法袍幻术将地面盖住！

八卦雷，命风雷，火云雷，大统雷，太极雷。

黑煞正要使出杀手锏，瞬间被鬼玄祖师用"五雷诀"打入血色石头之中，不能再施变化害人。鬼玄祖师对众人说："因为黑煞是来自凶恶，妄图颠倒黑白，引起三界斗争，故而要替天行道消灭它！"

于是黑煞被投入崂山道观的八卦炼丹炉之内，青烟一冒，七七四十九日之后不复存在。

鬼玄祖师收回九颗棋子，缩小交给周子棋，说："子棋，这九颗棋子就送给你做法宝吧？"子棋接受九颗法宝棋子，连忙道谢。李沧客赶来报告说："祖师，山神救出夫子宫三圣，可是山神却被霹雳武士杀害了。"刘云间接着说："祖师，夫子宫三圣逃出轿子顶之后，下落不明。"

鬼玄祖师推算说："夫子宫遭此大劫，实乃百年未见。如今三圣已经被青龙带到了崂山道观，静心休养。以后我要闭关悉心培养周子棋，由他继任崂山道观的掌门，你们要尽心辅佐，将崂山发扬光大！"李沧客和刘云间拱手齐声说："弟子遵命。"

6. 白洞葵花

崂山乃众多道士登天羽化之所在，讲求教化人间迷途往返之从善如流者。上清宫那里已然流水潺潺，画栋层叠，有浮云之观、大道之观、仙寿之观、昌乐之观；有延真之台、舞凤之台、散花之台、结香之台；有八真之阁、光明之阁、洞阳之阁、青元之阁；还有迎真之堂、九合之堂、华月之堂、万宝之堂；也有紫翠之房、宝莲之房、云碧之房、瑶芝之房。游戏人间，不知逝者如斯，生命苦短，反而葬送了大好前程。处太平之世，智者做有为之选择，上崂山道观乃不二之生门，里面有诵经者，有打坐者，有舞剑者，有弹琴者，皆怡然自得，逍遥洒脱于尘世之外。

古人秉烛夜游，未为晚也。周子棋在挑灯夜游，不复读书也，一个人静静地站在崂山上清宫的楼顶上，熬夜观天，整整三十天了还不见月亮出来，黑暗还在人间，苦日子怎么是个尽头？盼啊盼啊，十五的明月终于出来了。这是一个万家团圆之夜，子棋在案上供满瓜果，上香而问："苍天在上，人间正值七夕之期，有情人终成眷属，是什么原因让鹊桥消失不见呢？"

天上不见鹊桥，牛郎织女怎么一年一度相会？轩窗打开，也看不见飞星传恨。纤云弄巧，无巧不成其为书。子棋翻开泛黄的线装古书看，发现书卷里面夹着一条丝线，瞬间变成一条虫子，在变大成为一条练子飞上屋檐，子棋惊讶，练子已经变成一条青龙在圆柱上盘旋一圈飞上云霄去了。

鬼玄祖师说："附体青龙已经离你而去，你可以专心修仙了。"子棋说："如画还在，我怎么能丢下她？"鬼玄祖师说："丢下你的是她。你快下山去见她最后一面吧？"原来如画得了重病，已经奄奄一息了。子棋下山，整日守候在如画的病床前，伤心欲绝，却无力回天。如画病故，人死难以复生。灵堂门口，前来吊丧的李沧客和刘云间都劝告子棋说："节哀顺变。"子棋万念皆空，撒手人世间。其实如画死后成仙，托梦给子棋说："相公勿念，我已经往生李旭丹的百合仙宫去了。"

鬼玄祖师对众弟子说自己将闭关不出，一心参透天地玄机，以静制动乱，其实是想在九星照耀的天水山峰等待子棋，他知道冥冥中自有天意的安排，天降大任于斯人也，于是不辞辛苦，将平生的法术尽相传授。子棋心想，"人生在世不称意。登峰造极，在此一举"，于是背剑向天歌，青云直上拜鬼玄。鬼玄祖师说："你要参破玄机，需要天飞大雪。你先数一下山峰上面有几颗星啊？"子棋数天水峰上面的星辰说："一共有九颗。"他刻苦修炼，终于仙术层出不穷，功力直追上乘。子棋应邀与李沧客，刘云间两位顶级道士同时过招比试，结果轻易取胜，这说明他已经得到鬼玄祖师的真传，练成了举世闻名的"北冥神功"，可以问鼎天下了。

周子棋头戴紫金冠，穿一袭潇洒的阴阳八卦道袍，手执青玉简，奉鬼玄祖师之命继任崂山道观的第二十三代掌门，众弟子为他举行了隆重的登基仪式，香烟直上云霄，天色也呈现出五彩祥瑞的兆头。子棋从此之后，严于律己，以身作则，成就了千古少见的崂山大业，人们都很敬重他高尚的品格，认为他修为过人，乃后起之秀。子棋改不了晨起练习丹鼎气功的习惯，即使逢下雨天也要坚持下去，讲述科仪和修持就交给了李沧客和刘云间两位道长。每天日出之时，子棋会在上清宫的大殿上盘腿而坐，命入室弟子去山岩采集雨露，查看天地之气是否纯正，从而运筹处置。

相隔二十年后，崂山掌门周子棋与世长辞。弟子们哀伤不已，举行仪式。时人追悼曰"黄泉掩映三光隔，又送明星入夜台"，意思是说，从此他又成为星辰，在夜台上观看人间的悲欢离合，荣辱兴衰，沉默不语。斯人已登极乐，不知何许年也，而他离奇际遇的故事则留在人间开出了唯美的向日葵花。有人传说子棋跟随崂山的鬼玄祖师走进了一个开满葵花的白洞，里面别有天然境界。

而后崂山两道士与周子棋相会于海船上，只是彼此已经形容苍白，不复认得对方是何许人也。只是偶尔提起崂山道观，一问之下，子棋方知对方是李沧客和刘云间。此时周子棋已经死而成仙，设酒

对饮，三人聊天以弹琴消遣，举杯共享仙道。李沧客一扫拂尘，谈笑对子棋说："只要你随意命题，他都可以现场成调。"子棋于是起身问刘云间："此情此景，可以弹一曲'海风引船'吗?"刘云间构思片刻，接着就紧扣琴弦弹起来，好像有旧谱似的。曲意波浪翻卷，需要静静领会，让人仿佛身在船头上，琴声随着波浪起伏而颠簸，一会儿就风平浪静了。

后人评价周子棋为一代宗师。他走遍五岳四川，寻觅仙境之所在，写了一本游记——《真境》，流传于世间，为一时兴起之潮流。里面记录了他习惯支枕听河流，做过一个梦，写了一首诗：

长日三弄五十弦，忽然乘舟梦口边。

子棋本骑赤鲤来，如画原在蓝桥见。

踏足珊瑚翻西海，提篮袖口货云烟。

不辞人间千里路，为向苍生求两全。

星在野

引子：马蹄从白道，青衫向山行。

平生写诗篇，一计安天下。

远处青山若罿，一带风景如画屏清幽，只有云中鹤往来穿梭，这里的卧龙岗还遗留着满盘残棋，旁边支起八卦炉，有袅袅檀香升起，水流声潺潺顿时不绝于耳，两旁的梦谷花朵巧夺天工，隽永了万里江山的繁华和离索。

斗转星移，草庐的漏断声从未间断，一滴水接着一滴水，不觉又是晌午。远道而来的水镜先生与卧龙先生在山高处的亭子里对弈三日，未分胜负。

水镜先生说："先生高卧隆中，安知天下有变乎？"

卧龙先生起身说："昨晚我夜观天象，见将星陨落，周郎必亡，又见两颗小星忽明忽暗，射冲北斗，必有兵家大事。"

水镜先生不以为然，说："将星虽然陨落，但有天狼西北望，平分荒野，天下可得百年之安！"

卧龙先生问："谁能主宰当今之乱世？"

水镜先生说："一战平定星野，非先生出山不可！"

卧龙先生又说："众星云集，若我不去，必然散去，大事休也！"

水镜先生说："正是。云中鹤已在亭畔等候多时，我当往西云游去也！"

1. 陌上花开

我本是一个观花客，却错生在了这种乱世。

开一扇房门，依然的风筝直上，依然的兰舟轻漾。我要带上我的丫头，很容易地将她抱上我的青骢马，然后自由地穿行在花开的陌上去寻芳。阳光明媚，早晚复相逢。那时我正把酒祝东风，满面从容。

记得桃花染，落在檀香扇。时光回不到过去，宛如花落不留余地。

城池烽烟四起，普天之下，民不僚生，江山大地已成虚无之境。酋王率领黑恶势力踏破长城，如入无人之境，战无不胜，攻无不克，烧杀掠夺，直逼长安！幸得卧龙先生镇守在定军山，以雷霆之势，坚壁清野，拒敌于千里之外！

卧龙先生手执羽扇，立于高处，指点战场，说："地有地理，天有天文，不可不识。敌人兴兵犯境，我方选择作战的方位很重要，有后盾，有靠山则能力挫敌人！我军以逸待劳，立于不败之地！"

眼下众多的兵马齐心合力，众志成城！

勤王之师从四面八方赶来，云集于斯！

酉王手持封神鞭，架上霹雳炮，扬言说："卧龙就是扫帚星，我率先灭之，再席卷中原！"

十万敌人铁骑锐不可当，令人心惊胆战！

四方城池一夜之间沦陷，迅速土崩瓦解！

> 池塘秋高月未央，城门失火鱼遭殃。
>
> 危在旦夕陷重围，风雨兼程赴战场。
>
> 厉兵秣马图大计，暗度陈仓有主张。
>
> 旗开得胜扫黑暗，将士阵脚稳如山。
>
> 鼓声一响壮军威，雷动云端大气场。
>
> 煮酒一杯直须饮，势如破竹平蛮方。
>
> 剑锋所向皆败北，十里连营放天光。
>
> 催动三军齐开拔，长驱直入望长安。

人在世上，烟雨成行。一支铁笛化作一朵早霞，一声雀鸣，谁来怜惜杨柳纤腰舞婀娜？谁来怜惜流水三千的落寞？桃花落，闲池阁的日子，我谢绝来客，在柴桑以养病为名度日，轻数着流年。

花褪残红，青杏犹小。我在等待驿寄的梅花，想感受那弹指的芳华。短剑在青玉案上低回，你为我研的翰墨早已风干，新题的那页桃花笺染上了我寄托思念的泪水，谁留在我身边？掩过木门，漏断萧索。穷尽酒囊，哀鸿遍野，谁为我唱响一曲乱世歌行？

丫头，白玉堂前一树留，昨日忽见数花开。你是我眼前最明艳的花朵，身穿着鲜艳的罗衣，手捧着心爱的长剑，默默地立在小楼前，看我在夜色最深处起舞，拨动了水声，挣破了唐风，一片绿意汹涌我的心田。我说："女儿应该红袖添香，何必剑气秋霜？"一直不肯教你武艺，看来是错的！我真想看见你手持长剑，衣袂高高地在风中飘扬，与我起舞在九天之上！

大道上，我们牵马而行，还是当日的罗衣，你的容颜染上了桃花的嫣红，我害怕这只是红尘的一场浪漫，你我要历经悲欢。忽而风吹宽袍，两袖拂尘，坠下一路响铃如繁花似锦。丫头说："沓云哥哥，我只想分担你的喜怒哀乐，再长的路都一起走过。只是你有你的快马江山，我有我的红尘净土。"

"驾！"有一队彪悍马贼直冲而来，执着明晃晃的砍刀，专门劫财劫色！马贼首领说："上！给我抢！这个妞是个上等货色！"丫头被他们惊扰了，我一个纵身一跃将她抱到旁边的树上，说："陌朵，待在这里别动！"马贼个个黑面，纷纷围了过来，越聚越多。我施展轻功跳上青骢马的背上，轻蔑地注视着他们，以静制动。

一片刀光，不由分说向我袭来！我横吹铁笛，只用了三成的内力将马贼驱散。马贼首领喊道："是举世闻名的'沓云战神'，我们不是对手，快跑吧！"我的铁笛天下闻名，令马贼闻风丧胆。忽然只见那群马贼的马蹄越往前跑，就越往后退，霎时尘烟滚滚，跑着跑着就退到我跟前了。马贼个个惊慌失措，真是让他们不可思议。

我停下吹笛，喊道："何方高人，可否出来一见？"不远处气场强大，传来了浑厚的声音："我乃术士——'莫测'，日后自会相见！"

那群马贼被我抽了几鞭子，纷纷逃离而去。丫头安全地从树上下来了，惊魂未定地问："刚才是怎么回事？"我解释说："有人施展了'缩地法'，此等法术需要道行高深者，方可为之，实属罕见。"我用按过铁笛的手指，将丫头抱上我的青骢马，是否命运这张地图就这样被我们抛在了九霄云外？那一个风烟战场，是否构筑着我的人生？快马匆匆，飘零种种，驰出宿命的轮回，勾勒出这个季节的离殇。

我长叹道："黑恶势力已经越过长城防线，直插进来，我们的生活将朝不保夕！卧龙先生在前方急需援手，我受周瑜临终相托，将奔赴战场！"丫头说："我自是常常眺望，你却不知，人生的路上，我有着执着一念的哥哥，不顾一切地豪迈，从未将儿女私情放在心上。"刚才的那一个拥抱让她如此欢呼雀跃，直到泪雨涟涟，打湿风干的记忆，不再回头凝望。

"就在这里告别吧？"我接过丫头递给我的一缕青丝，珍藏在荷包里面，说："青丝在，人在！"丫头说："你手中的铁笛是你读不完的诗篇，数不尽花落成冢的变迁。"我说："你腰间的玉佩是我品不尽的辞章，唱不完人生如戏的过往。"

丫头说："我本想将家传的这枚玉佩送给你作为定情信物，可是我有个失散多年的亲哥哥，他也有一枚玉佩，上面刻着'流年'两个字，我的这枚玉佩上面刻着'似水'两个字。"

我知道了，说："留着吧！这枚玉佩就是你们以后相认的凭证。"

丫头说："还记得吗？雪里寻梅，你为我披上红袍，送上手炉，还笑我如此冰冻的模样。你是战神，而我就像九霄之上的花朵，开得肆意地狂放，远去了暮影归舟，远去了花荫晚课，换来了对你的生死相托！"可是外面的形势危急！我铁笛横吹，纷纷桃花落，有志于挽救危局，功垂卧龙帐下！

我拜了太祖庙，抽一支观音灵签竟然是上签"孔明点将"，签诗："烦君勿作私心事，此意偏家说问公。一片明心光皎洁，皎月正天心。"丫头，我走了，记住这一次道别。

溪水涨涨落落，仿佛在将忧伤诉说，一幅画卷在淋漓的雨中点睛着墨迹未干的诗篇，迷津正在遥远的门前。菱花镜里容颜瘦，是谁在窗前偷描着梅妆？错过了青葱岁月，谁来填补苍白的思念？飘逸着芳香的佩兰，水红色的流苏，伴着这一场忧伤的雨滴，让我的双眼顿时湿润，以致将心上的人儿都落在了季节的后面。

> 十万火急传驿站，投笔从戎月光寒。
>
> 兵临城下滚浓烟，横吹铁笛起风沙。
>
> 山水连营出锋芒，运筹帷幄烛影摇。
>
> 四面楚歌鬼泣唱，愁眉未展锁边关。
>
> 困眼酣战百回合，力挽大将士气高。
>
> 千蚀飞天世道乱，三垣星宿明又暗。
>
> 欲听琵琶安八方，笑卧沙场图一醉。
>
> 旌旗浩荡向前去，西北仰首望天狼。

2. 古老琴台

琴闲石案，二月的柳还未发出芽，千条垂下，春风是把剪刀，将心绪裁出了山水画。不闻早莺穿帘声，隐居江湖深闭门，别问琴声何来，你我生死难猜。惜顾无名，今朝再回首。北风凄影，悠悠细说愁。弹指千年过，梦醒人消瘦。心之忧也，唯以风相送。

转身，梦最真。一抹轻愁淡如月，时光穿不断留在了从前。但为君故，沉吟至今。别问我的执着，都说情深缘浅，命悬一线。是谁再度出现，呈现水天之间，不曾走远？

"我乃水镜先生，算你命中无双，赢得天下就输了他！"

"他是谁？"

"日后自然知晓。他与你爱上同一个女子，而你们都将会失去。"

"如何化解？"

"无法化解。我送你一套'奇门战甲'，日后穿上它，普通的兵器是伤不了你的。"

"我自己也会算。你若是想算我，除非你的法力比我高出两倍！"

打马而过城池，是谁悠悠一叹，轻若绣花针落地，不惊我一丝的彷徨。说不出口的红线，雕花笼谁边？一个转身就是万丈尘缘。弹指韶光，细数流年。失落，沉默，我是一个惆怅客。

焚香依旧，闲琴已然。或许我只有在梦里，才能与无双相遇。不知不觉我已抚罢了流水三千，谁知道江湖路在前面？人生几合，对酒当歌。我只是日日买酒，费尽白壁青钱有无数。铺开红笺，我写满密行小字，说不尽平生的心愿。

丫头，你是倾城的花，为何让我乱了三千的发？只为你的一笑，让我的琴弦落满了残花。问世间，情为何物？谁只为谁而等待？谁又只顾眼前，忘了还有来生的相见？明星暗淡，花容失色。谁人知晓，我是惆怅千年的过客，编织着爱与恨的纠缠。

满目疮痍，人烟狼藉，谁来听我抚琴？呜咽的古琴声时断时续，邈远而苍凉，一直穿透了天幕。说了不要卷进来，为何还要卷进来？

说什么三世结檀缘，四季堪比肩，周围的刀光剑影让人想隐藏。仰望伤心碧落，无言的只有我一个。风声再起，聆听世道又是遭殃。谁的清泪化作了霜，依我一襟的沧桑？风起云涌，杀气是一股暗夜花开的潜流。

世上繁花又开出了几度？兵荒马乱，终入了土。铁笛长飘零，春自归水自流，人影犹笑东风，怎寄千里愁？

我在等待我的无双。我仿佛看见他一统江山，绝世而独立在烽火边城。乱了的石堆，乱了的琴弦，乱了的还有我的心。弹不出古老的和弦，充满了尘世的仇恨！看，乱石堆上有雾；听，有人打马而过旧琴台。可是，梦醒来有谁在我身边？

披上奇门战甲，我就是战神！我以沓云之名，而立千秋功业！

渺万里层云，浩然神州，上万万人口，谁足我留恋？此去迷途无知音，一个人就是一片天地。我欲替天行道，而这一个锦绣的江山，快马在纷乱中厮杀，无非功与名放不下！我写下了离乱的诗篇，如雪片一样飘落，纷纷遗留在古老的战场，好似喝下胭脂的汤，让人荡气回肠！

3. 天水城下

酒旗招展，如豆的青梅逐渐饱满，仿佛我是那样一个过客，在乍暖还寒的天气里回转。不见了那个爱唱歌的丫头，那一曲《离殇吟》含咽无语诉，让我无从聆听。桃花初放声，唯留朵朵白云流。

谁来载我？渡向那柳暗花明的地方。兰汀之上，碧水之湄，我在苦苦等候着举世安宁。

一眼平芜，马蹄飞快踏绿莎。丝竹声环绕着的城墙，雨落如昨，路上行人很多，小桥流水的曲线，春风吹绿了阶前。是谁还等候在瓜州的渡口，眼望着彼岸的流年，吹笛又一曲？一袭青衫，古道西风我打马，经过了谁家的庭院，消失在谁的眼帘？

空阶雨，多少成追忆，乱云飞一眼望去，空低语无力回天阙？如果一切如当初，那又为何不停下远行的脚步？一念执着，天长地久的眺望，繁花树上落了一地的春欲放。丫头，想要对你说永远不要离开我，风雨混沌都一起走过，任风吹过，任雨滂沱。

敌方帐下，众目瞳瞳，剑拔弩张。莫测道人不期而至，自言与卧龙先生有深仇大恨，已成为敌方军师。我恨透了莫测，消息不胫而走漏风声！酉王立足于地，不肯轻信于人，定要试探莫测的本事与忠心，命他为先锋，带领重兵夺取天水城！

江山，谁主沉浮？乾坤，无可逆转。旗帜，瞬间万变。翻手反排命格，覆手复立运气。我是云游的剑客，着一笠烟雨，笑看红尘的战场，不屑在纸上谈兵。城池，对我来说是一个"困"字，我宁可居于星野，也不愿捆诗稿进城，从而被困在市井之中。

定军山之战旗飘扬。卧龙先生正在运筹帷幄之中，决胜千里之外。我进帐叩见卧龙先生，说："莫将沓云，受周都督临终托付，特来先生面前听调！"

卧龙先生轻抚羽扇，问："你一路风尘仆仆，来得可曾顺利？"我急忙回答："我一路策马而来，未遇阻碍。"卧龙先生说："此言差也！那一队马贼就是黑恶兵团的前哨，你若是不走，必然被暗害！"

我吃惊地说："先生真是未卜先知！幸好我来前线了！当时我真该把他们全部灭掉！"卧龙先生说："酋王麾下有东西南北四员蛮将，力大无穷，皆会遁地术，分别使用魔法刀，魔法杖，魔法棒，魔法枪，恃强凌弱，无恶不作！"我自告奋勇，说："我自幼练习轻功，健步如飞，能于万军之中取上将首级！"

卧龙先生抽出令牌，说："事不宜迟，我即刻封你为上将，再拨一员副将相助，一员参军，一员监军，就由你们统领三千兵马，死守天水城！敌人逼近，我将坐镇五丈原，指挥全局，以防不测！"

我拱手接过令牌，欣然应诺。卧龙先生说："徐丰，云忠，云辉，你等协助沓云拒敌，一定同心协力，不得有误！"徐丰、云忠、云辉接过令牌，说："莫将遵命！"此三人是我的亲戚，如何善用之呢？徐丰虽然行动能力强，但是头脑简单，悟性不是很高；云忠虽然有些聪明贤惠，但是缺少阳刚；云辉虽然有些蛮力，重义气，但是见识短浅。

天水城，重兵压境，我们不得不令麾下士兵想办法加固城防。为了扩充实力，由徐丰，云辉尽快招募兵马，加以备战。四门紧闭，没有我的将令谁都不能进出！

静者，死之根也；动者，生之本也。所谓静中有动，动中有静，无静无以修整养蓄，无动无以业就垂成。稳定人心很重要，我下令军士帮助百姓添加瓦片，安民所在，此为未雨绸缪也。这几日以来，城池里的老骥伏枥，刀剑都入了鞘，绷紧的琴弦一下子断了，心情也就不再紧张。

有探子来报："有一人手持青锋，武艺十分厉害，前来投军！"

我亲自接见青锋，果然气度不凡！原来丫头被那群马贼所擒，幸好被青锋所救，一路两人结伴，知道我在天水城就一起来投我。

我亲切地唤道："丫头，你走吧。这里不安全。"丫头说："我就在天水城，与你共进退，跟城里的百姓们一样，等你们杀退敌人再走！"我无奈地点点头。强说欢期，一别如斯。记水边，罗带轻分，香囊暗解，那时她说的天长地久的每一个字，我都用最小心的思念吟成了诗行。丫头说："他手持青锋剑，江湖中人都叫他青锋！"

我回礼说："久仰大名，如雷贯耳。"

徐丰手执流星锤，跃跃欲试，说："我们切磋一下？"一个使出"雷厉风行"，一个使出"飞龙在天"，一个使出"双风贯耳"，一个使出"海底捞月"，徐丰与青锋交手十个回合，竟然落败！

我决定说："青锋留下，参加演练！"

丫头，折花门前只是一场剧，沓着烟雨尘寰，你我如何回归那无猜的往事？将情愫织成了荷包，却不小心碰伤了季节的伤口，一下子让那城池的朵朵桃花落尽了胭脂雪，洒满了我们的脸上。只是如今，我却让她身犯险境。

青锋领一军攻城，眼看他提剑纵白马，上阵厮杀，抵挡不住我铁笛横吹的一阵风沙。看水煮鱼下，生命被杀气笼罩在城下，交错地泯灭，消失不见了华发。

仙路烟尘烽火起苍茫，刀兵四动末世成殇。丫头，泪水寄托我思念，朝你的方向开始蔓延，仿佛一场梦不曾走远。烟雨年华，会不会留在瞬间？皓月长歌，把酒临风，不觉上楼雨朦胧。我心里已经知道，水镜先生没有说错，原来青锋就是我的无双，我俩的关系岂如破鞋，可穿可不穿？

黑云压城，敌人说到就到！开弓没有回头箭！莫测道人亲自带领东西两员蛮将以及数万鬼面兵马莅临城下！车轮滚滚，架着霹雳大炮！两员蛮将大声喊道："点火！"莫测道人阻止说："且慢！我要夺取一座完整的城池，不费吹灰之力！"

敌人昼夜不停地威逼天水城！为了稳定军心，我与徐丰每日轮流站在城楼上指挥作战，将士们都疲惫不堪，但是却又不敢有丝毫疏懈。然而敌方的骄兵必败，我方的畏敌之兵亦未尝不败也。

敌人围而不攻，是想让我们粮尽而绝！丫头，此刻我真的害怕再也见不到你，只是万般皆为幻影，唯有别后针线，空对离殇。春水汩汩流淌，只有那些洁白的过往，被风拉长了忧伤，一如我为你描就的梅妆。

半碗清水照乾坤。我们坐以待毙，不是办法中的办法。必须万箭齐发，主动出击。因为即使是铜墙铁壁，也有可能被敌人摧毁。最强的防守是进攻，使得敌人由攻势转为守势，则我方阵营可以处于不败之地。

口诛枪伐在前，排兵布阵在后。战罢玉龙三百万，风云际会在眼前。白鹤在悠闲地过往，仿佛拉远了距离，带走了期望，青丝长，多牵绊，几回梦里把酒呼，风不管，一生功绩让谁妒？我的铁笛声惊扰了整个战场！我命令将士塞住耳朵，然后取出法器铁笛，站在城楼上用内力吹笛，笛声环绕城郭，用声音杀敌于无形之中！

莫测道人在空中弹琴，与我斗法！显然我不是他的对手！

两种声音对抗，琴声压倒笛声。围城兵马全部倒下，抱头打滚，只有两员蛮将依旧坐在马背上，指挥兵马！我将法器铁笛调整方位，凌波微步，飘然而起，瞬间从城楼飘到敌军上空！两员蛮将也用双手捂住耳朵，显然惧怕我的笛声！

青锋命城门大开，十八铜人先上阵！

徐丰带领一千士兵出城迎战，杀得敌人丢盔弃甲，溃不成军！我的奇门战甲刀砍不入，取了百余首级，还在乱军中向黑面蛮将刺了一银枪，被一把折断了红缨枪头！魔刀追魂，我被追得飞起来，青锋剑拦住了魔刀！敌方鬼面兵从地上爬起来，蜂拥而上，徐丰急忙带伤打马回城，云忠云辉在城墙上指挥士兵放箭，我也安全回城！

> 狼烟四起烽火台，横扫星野九州同。
>
> 金甲向日倚天剑，辟破敌垒落尘埃。
>
> 战鼓擂动惊山河，天旋地转万马嘶。
>
> 风雨飘摇固金汤，旗帜林立在城头。
>
> 黑云出岫多变幻，划清三界卒子乱。
>
> 开弓一射立关塞，利箭飞去成大道。
>
> 八卦阵前长枪出，壮志未酬踏百川。
>
> 白袍挥斥讨群贼，换了人间英雄泪。

杀敌一千，自损三百！无边的旷野上，时而有狼群出没，窥探敌营的动静，天狼星在半空中忽然升起，闪烁不见，是否发现了新的敌情？原来天水城被围困，沓云在城中派遣青锋领一路人马突出重围前来求援！莫测道人故意让手下兵马放过青锋，说："让他去报信搬救兵！我们正好围城打援！"

五丈原大帐中，卧龙先生说："此等大事，容我三思再做决断！"水镜先生说："沓云不能坚守天水城，何不派啸月前去替换他？"卧

龙先生说："临阵换将，切不可为也。以不变应万变，以万变应不变。"水镜先生说："沓云失算，天水城的情况早就在格局的洞悉之中。"卧龙先生说："沓云求援，我却爱莫能助。我算了一下，天水城中的粮草仅够三日之用。"

天水城，布满一片恐惧。望尘莫及，风烟滚滚散开。莫测道人站在战斗车上说："战场上旗帜不举，最忌擂鼓；兵戎相见，最忌鸣金。"鬼面兵十面埋伏，伺机而动。城内粮草不济，危机四伏！

夜里外面喊杀声震天，奉莫测之命，敌人乔装青锋，奉卧龙之命前来援助。徐丰命令打开城门，接引青锋入城。云忠说："莫测诡计多端！夜里看不清敌情，不可轻举妄动！"云辉来报："敌方两员蛮将已经遁入城内，从后面掩杀过来！"我立即带人下了城楼，迎战两员蛮将。两员蛮将已经打开城门，敌人杀入城内。

天水城失守，我用尽全力与徐丰云忠云辉杀出重围，与前来援救的青锋部队会合！我查点一下兵力，三千人只有六百人突围出来，不由说："敌人太强了！可怜一城百姓遭殃！"

徐丰身负重伤，说："若是不杀出重围，则我等皆困死于城中！"

青锋问："陌朵呢？她有没有突围出来？"我心中大骇，说："糟了！我只顾厮杀，把丫头弄丢在城内了！"青锋拔剑指着我，截然说："我永远不会原谅你！"

此刻，我感觉到一种无休止的悲怆，在萧瑟着城墙。天水城被战火劫杀，玉石俱焚，世上再也没有丫头这个人了。城池灰飞烟灭，是我在吹奏着《阳关三叠》，我的马蹄踏遍了万里河山，扬起的征尘染红了她的罗裙，远去了一枝红杏春意闹，远去了墙里秋千，墙外行人笑，渐行渐远近干戈，而我的目光正在暮色四合里游离。

青锋飘然离去，从此退隐江湖。

徐丰说："难道他来投军只是为了那个丫头？"

我捂住胸口说："丫头就是他的天下，他更有资格得到丫头的爱。而我的天下是太平，必须付出惨痛的代价！"我的记忆一下子穿越回去：风起帘动，落花无声，我的生命里从此有了雨的印记，那是为了给丫头买荷花糕，让我在城里淋漓了一场很大的雨。我深深地相信，前生，我们同在一棵玉梨树下，有着一段互相纠缠的日子。而今，山盟不在了，还有我们写的浣花笺；海誓无存了，还有我们头上的月儿白，冉冉升起在水中天。

4. 平定大局

马蹄匆匆，穿越明暗山河古道。城池虽在，满眼春风却百事非。留得住的是几笔浓墨，散尽的却是繁华三千，伊人不在。不忍抛清泪成行，为丫头话带忧伤，如今，我们已阴阳两隔，几多悲欢难呼唤，不见了戏水鸳鸯，我心有些哀怨随风飘散……

我与徐丰等人来到五丈原，向大帐中的卧龙先生负荆请罪！

卧龙先生意气风发地说："起来吧！胜败乃兵家常事。我早已命人在天水城挖了密道，疏散被困的军士和黎民百姓，敌人夺去的只是金银财宝与一座空城！"我高兴万分，说："那我的丫头在哪里？"卧龙先生说："她就在帐外！你等二人去往上方谷屯粮吧？"我与徐丰说："我二人戴罪立功，誓死不辞！"

水镜先生恰好也在旁边，对我说："沓云，你天生就身不由己！命若棋子，格是无双。你明白我说的话了吗？"我心里已经明白了，说："我命在天不由我！"卧龙先生对水镜先生说："敌方请了妖道'莫测'为军师，出谋划策。今晚，我已下战书，当与之斗法！"

我在帐外见到了丫头，她一脸冷漠。我喜极而泣地说："丫头，你还活着！"丫头竟然说："沓云，为了天下你弃我于不顾，而青锋为了我弃天下于不顾！男人没有一个是好东西！"我大声说："不是！青锋弃天下于不顾，当初就不会带你来投军！我若弃你于不顾，就不会出生入死地打仗！"丫头也哭了，说："我去把青锋找回来！"

我送丫头离去，等到一去不复返，相思只在原地留。丫头，纵然青史已经成灰，相思依然与我相随。看花飘落，一滴冰冷的雨露，抵消了我的寂寞。记得冬日里，为你解下红袍，呵手看梅妆。春风归，怎么度你双飞？仿佛，我还看见你抱着琵琶反弹，听见长歌，是谁对月留住，找不到归去的路？

夜里焚香，工匠筑七层高台，卧龙先生穿上八卦道服，手执长剑，设坛作法，口里念念有词：

混元飞仙转金轮，

暴雨含香洒法场。

撒豆成兵，造木为马，

一座城池八面旗。

龙啸九天出日月，

风火雷电齐上阵。

鏖战苍茫，大地未央，

黄符满布立道坛。

心有太极生两仪，

驭剑无形升孔明！

天水城中。临兵斗阵，列者在前。"莫测道人"斗法完毕，占卜说："卧龙道行虽高，可是手无缚鸡之力，不足为虑。我军远来，利在速战，若想出奇制胜，当袭上方谷！"

东西两员蛮将自告奋勇，说："我们愿率领重兵冲破街亭，焚烧上方谷粮道！"于是，酋王派遣东西两员蛮将带领一万鬼面兵马来上方谷杀人放火！

上方谷，兵家必争之地。我们纵横人世间，命犯杀劫难逃避。

徐丰没有主张，问："街亭何以守之？"

我说："这一计叫作'旁敲侧击'，当道设防以为要冲之地，是为正面拦截也，敌强我弱，无城阁险阻可以拒之，则不能久相对峙，切当凭借地貌山势而扎营，保水源而占据大道半边，纵敌通过而以弓箭射击之，敌攻易守，敌过则掩其归路，断其羽翼是也。"

云忠说："此计甚妙。敌人以攻为守，势在必得，我则率兵退避三舍，诱敌深入，偃旗息鼓，设伏兵于上方谷道旁囤积引火之物，利用地形聚而以歼。"

我吹奏法器铁笛，引敌人上当！云辉，云忠已经伏兵要道！

火焰滚滚，敌人果然中计。空穴来风是无稽之谈，敌人却是有备而来。我们布置周密，弓弩手在半道上射死东西两员蛮将，火烧劫粮鬼面兵一万有余！

西风狂挽千层帐，云烟萧瑟笼群山。

三更丁士点火把，勤画地图为天下。

因地布兵无城门，所向披靡万人敌。

锐不可当避三舍，横扫千军北斗移。

刀剑出鞘分高下，长征讨伐皆铁甲。

银枪白马当前锋，战袍已披会群英。

星夜驰骋见曙光，血染桃花冷烟霞。

兵马未动粮先行，铩羽而归展大旗。

五丈原有孔明灯升起！这表示卧龙先生发出求援信号！

我们一起杀向五丈原！真是晴天霹雳，我营中折损了主星！营中灯火通明，乱成乱麻！徐丰悲痛地说："卧龙先生平生鞠躬尽瘁，死而后已！我等情何以堪！"

云忠云辉说："卧龙先生帐下猛将如云，怎么出现此等事！"

啸月说："两员蛮将刺杀了大帐中的卧龙先生！我挥刀赶来，他们已经遁地而去！"原来营中大旗断了，当晚卧龙先生遇刺，一世英名扫地，声望一落千丈！更可怕的是军心动摇，即刻就要不战自乱！

大旗折断，先生死亡！难道是天意的安排？

徐丰说："我不相信什么天意的安排！我只是认为你们太低估了卧龙先生！大帐中的卧龙先生应该是替身！"啸月断定说："我查看过，大旗不是风吹断的，而是挥剑斩断。我怀疑是卧龙先生斩断的，他可以用替身的死欺骗敌人，趁机施展计谋。"

水镜先生出现说："大旗是我斩断的，我算出敌方蛮将会行刺，又没有真凭实据，因为发现大帐中并不见卧龙先生，于是只好斩断大旗，通风报信，然后步虚空而去。"我聚精会神地说："如果遇刺的是卧龙替身。那么，莫测才是真正的卧龙先生！"

水镜先生叹道："卧龙神机妙算，却被你看穿，真是后生可畏！"

真正的卧龙先生从天而降！他说："敌人趁火打铁，今晚三更将会来劫营！用兵之道，贵在神速。速分五路兵马埋伏于四周紧要之地，出奇制胜，合歼敌人！"我们一起回答："遵命！"

酉王以为卧龙先生已死，果真亲自带领主力来袭击我军营寨！雷石滚木，从山高处冲向敌军，一片鬼哭惨叫！啸月领本部兵马截断酉王主力的归路，短兵相接地厮杀起来！

大事不妙！敌兵更换了装备，穿的是藤甲，刀砍不入，箭射不穿！敌人可以攻我，我却无法袭击敌人，根本就无从下手！怎么办？你望我，我望你，就连卧龙先生也束手无策！

人仰马翻，旗帜纷飞，我的奇门战甲被酉王的封神鞭打得稀烂！再看我军遍地横尸，伤亡惨重！紧要关头，青锋出现在山顶上！他用金弹子为引火炸弹，不断地扔向敌人聚集的地面，地雷一颗接一颗地爆炸，敌人被炸得片甲不留！一战破晓，万物生晖！这里就是黑恶势力的修罗场，叫他们统统下地狱！

　　　　阴云密布压城池，电闪雷鸣立罡气。

　　　　令旗一挥平天下，乌合之众举盾牌。

　　　　执戟飞快走单骑，斩断一字长蛇阵。

　　　　登高壮观上垛楼，丢盔弃甲滚车轮。

　　　　万箭齐发遮日出，魅影白夜会飞升。

　　　　天有玄机人难测，战士三千守阳关。

十面埋伏出大营，吉星高照退五路。

出征马蹄扬尘土，高唱凯歌班师还。

天地如画，勾勒了千古流芳的战争长卷。纵观历史，谁是英雄？数风流人物，还看今朝。卧龙先生手执羽扇，指挥千军万马，收复失地，势如破竹，席卷天下八荒！

浩阔九州，风云变幻。江山战乱，已被一页页历史风化。尘烟埋葬了三千繁华，散了一地的落花。三月枝头徒看伤悲，谁能够等到三生轮回？

天时地利人和，皆在我方。兵不血刃，战退不如吓退！但是敌人不是吓唬长大的，硬碰硬的较量不可避免！酋王被迫退兵了！从此不敢再正视中原大地，欺卧龙帐下无人了！

人类战争互相杀伐，并非创造力量，而是毁灭力量。非战无以止战，得来和平不可以弃战。世事如云烟，历历在目。仙霞惹哭了烟花万朵，独自飘过。仿佛万物都在感伤之中，还没有回过头来观看。一草一木，自有盛衰的理由。凋谢是生命的回归，何况于人？

四海称颂，八面来朝。太平盛世，指日可待！

5. 血染桃花

我只见风起旗动，记得闲居在古琴台的时候，有过流水葬花的相逢。依稀白鹤乘虚，高山短亭；依稀青锋纵横，岁月如梭。一生怅一生惘，人生百年风姿已入古。三千繁华，埋葬我在轮回守望，不让应君诺怎能相忘？青锋，青锋，你是我的无双。

青锋说："我不是真的离开，而是去研究炸弹！"我说："上次你离开的原因让我耿耿于怀，是否原谅我？"青锋说："这已经成为过去。丫头找到了我，这段时间我们一直在一起。"

我说："你能为她的清白负责吗？"青锋说："清白是问内心，不是去听别人！"我说："我可以卸甲而归，过从前的生活了。可是，丫头再也不是我的丫头了。"

青锋消失远去，说："你跟我来？"一路挽兰芷，步阡陌，一袭衣香，等谁来嗅？我只是个过客，在烟雨模糊的城池外徘徊，然后马不停蹄地去追青锋的一袭环佩叮咚。我在马背上放眼望去，是谁在纵横天下，还是在追逐春风？城外的野桥边，仿佛有人烟，一枝桃花今得气，美人浅醉笑春风。一怀心事如流水，多少世事在变迁？

青锋说："你看见过'喜鹊搭桥'吗？眼中可见之桥是搭建给足下的，眼中不可见之桥是搭建给冥冥之中的。"我不知其意，他不过是我茫茫人海偶然的遇见，却注定沦陷眉间，于是摇头说："我没有见过。"愿做天涯双飞侣，不记世间情，一片云，一弯水，追忆着烟雨枉然入梦。我抚过了笛孔，飞舞着蝶恋，为何希望还不出现？是要等桃花开遍了枝头？还是要等我的一曲方休？

丫头忽然从山后面走出来，直到晚来的风吹过了月拱桥，花已向晚，飘落了灿烂，她还立在桃花树下，让花瓣飘到了天尽头的香丘，风吹了一夜，注定了我们的相逢。她说："沓云哥，大功告成。我们是来向你辞别的！"

我心中疑问："你们？你们要去哪里？"还记得那一年，桃花树下她说这是红尘里一段浪漫的开场，然而世间种种终归匆匆，到最后花落成殇，我目送她打马而去，裙幅摇曳。

丫头说："我们要退隐江湖，过逍遥快乐的生活了！"

我心中疼痛，思念停顿了，欢呼就这样消失了，我们共有的那些年华如流水般划过地平线，一点声息也没有留下！于是说："去吧！你的心里已经没有我了？"

青锋说："她的心里有你。但是，你要打赢我，我才可以把她交给你！而我从此埋藏青锋宝剑，退隐江湖！"我情绪顿时大怒，问："青锋，你这话是什么意思？"随即使出法器铁笛，大打出手！青锋接招，如影随形，我们的招式搅拌在一起。

我使出八成的功力，青锋只使出二成的功力。内力相撞，青锋倒退三步，口里吐血，倒地而死！丫头疯了似的冲过去，抱着青锋痛哭！我急忙跑过去挽救青锋，拍掌在他的背上，给他运功输送内力，晚了，他已经气绝而亡，没有呼吸了。我追悔不及，运足功力往自己的气海丹田一掌击去！我口角流血，武功尽废！

青锋爬起来，说："留得青山在，不怕没柴烧。你这是何苦呢？"

丫头扶着我继续打坐，想为我疗伤。我说："原来你没有死，只是受了伤？"青锋颤抖着说："我屏住了呼吸，只是想试探你！"

把剑笑看红尘缘，奈我何也，时间隐去了多少爱恋。我们都微笑着，绝不再见。叹只叹尘缘未央，你我驭剑而行，擦肩过江湖两两相忘。终于，那一天桃花树下，风吹了一夜。我目送丫头嫁人而去，桃花落满了一地。

丫头回头，说："不，我不是！我是送他远去，因为他已经决定真的退隐江湖。"我的嘴角流血，问："丫头，你爱的是他而不是我?"丫头取出两枚玉佩,一枚刻着"流年",一枚刻着"似水",说:"沓云,你错了,我爱的人是你,青锋是我失散多年的亲哥哥!"

我笑了。我的脸上挂着浅笑,好似进入了云霞似的梦境,斜睨双眼,桃花是醉了,还是自己是睡了?匹马唱阳关,轻吹铁笛还。谁还在门外看?一袭的青衫。留在了梦里,我听见了战鼓的声音拔地而起,忧伤而又低沉,仿佛是千军万马呼啸江山……

着一袭青衫笑看风云变幻,纵一根铁笛只为天地苍生。
对酒狂歌一曲,枉然参破棋局,命里注定又何必离分?
绣花针上刺出一盏孤灯,垂钓寒塘传来千山鹤唳。
世上浮华三千,流水褪去祸根,才不管天机还是缘分。
……
谁执羽扇一面,指点江山为真,不能相忘大业为情困。
前尘看近行远,路上刀剑纷纷。落寞也不妨做个凡人。

广寒录

引子：云母屏风微波轻，青鸟飞报晓窗明。

嫦娥但愁银烛落，长河脉脉寸秋心。

传说纤云弄巧的九天之上有一座寂寞难耐的广寒宫，里面住着偷吃灵药飞奔上天的嫦娥仙子，她总是终日郁郁寡欢，无精打采地梳妆一番，不爱抛头露面，只是把持一些分内的日常事务，使得广寒宫的生活井然有序。她经常披一袭华丽的玄裳，怀抱一只灵敏可爱的玉兔精，站在高大茂盛的月桂树下许愿，叹息人间恩爱过眼如斯，不知今夕是何年？

北月沉坐在天阶上，说："嫦娥姐姐，依我看今晚吴刚不会再抱酒罐来了，咱们还是以水代酒，邀云赏月吧？"

嫦娥轻轻地放下玉兔精，说："月沉妹妹，还早呢，咱们还是再等等吴刚吧！"

北月沉起身，说："想不到嫦娥姐姐最在意的人还是吴刚！"

嫦娥转身，说："你对聂流云还不是一样过目不忘？"

北月沉叹了一口气，说："可是聂流云心里只有天规，根本没有我的存在！我也不知道另一半到底在哪里？"

吴刚位列上品仙班，是一位银汉力士，因为偷窥牛郎与织女在鹊桥相会被天宫侍卫统领聂流云发现并举报，天帝震怒，把他居留在广寒宫不得外出，令他常年灌养那棵月桂树，并说："吴刚，如果月桂树开花，你就可以获得自由。"但是月桂树开花需要几百年甚至上千年，吴刚守护月桂树真是望眼欲穿，日复一日，月桂树开花的愿望仍未达成，吴刚在广寒宫寸步难移，始终陪伴那棵月桂树。

玉兔精上前献酒，说："宫主，我有两坛美酒，都是万年陈酿，我们一起度中秋节吧？"嫦娥对玉兔精说："玉儿，快去把酒具端上来！我们大家痛饮三杯！"

广寒宫里的玉兔精经常给吴刚送水，一起用天河的水灌养那棵月桂树，等待有一天奇迹出现。相处日久，五百年都过去了，一来二往，他们逐渐有了相思感情，谁也离不开谁。茂盛的月桂树下，玉兔精望着吴刚，说："吴刚，只要能够就这样看着你，我宁可待在仙宫，放弃升迁到神界去的机会。"吴刚握住的玉兔精的手，说："玉儿，只要与你不分开，我宁可一直做被处罚的人，永远守护这棵神树。"

月满西楼潮未起，红烛摇曳昏罗帐。

娇龙恰似云中来，风吹折扇见彩虹。

对弄天花琴初成，酒杯盘上银环样。

汉水一遇剪离愁，游女双眸夺泪珠。

先期牛郎会有怨，碧簪一划隔银河。

霜娥若非婵娟子，广寒无夜不生凉。

但闻弄玉吹长箫，不见罗衣卷车帘。

山高路远天宫在，已有星妃飞奔来。

安静如斯，一千年就这样从天界的银河消逝过去了。

五极战神率部出征回来，在灵霄殿下跪说："启禀天帝，我们发现了北极辰光和南极黑火，还有东极剑气，西极日晕，中极灵石。"

天帝在宝座上说："五极战神劳苦功高，赐假七日，修整战舰，犒赏众将士九转仙丹无数，万年陈酿若干。"

银盔威武的五极战神立下大功，天师前来祝贺，灵霄殿响起一片热烈的掌声，王母总是会举办瑶池盛会以为普天庆贺。每次瑶池盛会，嫦娥都会身披孔雀衣，梳九骑仙髻，佩戴七宝璎珞，身姿轻盈地在瑶台上翩翩跳起"霓裳羽衣舞"。她转了几圈，好似一缕轻云一轮烟月，楚腰纤细，谁来怜我？舞！舞！舞！舞到月冷千山，舞到仙楼酒醒。嫦娥才作风前舞，已见云出岫。至于这支曲舞如何会流传到人间，那就要问北月沉了。

"北月沉，你的白色翅膀有多久没飞出广寒宫去了？"

"嫦娥姐姐，很久了，我的这对翅膀仿佛已经扇不动了。"

"听说天界的宝莲灯下落不明，聂流云可查到些什么？"

"嫦娥姐姐，我也不知道，咱们去宫外看看吧？"

彩霞满天，星光灿烂。广寒宫里的神仙们等了这么久，十年又十年，孤独的月桂树终于开花了，每年中秋节的夜晚都会有大量的桂子落到人间的山寺和道观。吴刚可以获得自由了，但是他不愿离开，他已经习惯待在广寒宫了。一次，玉儿不小心打破了星灯琉璃盏，被嫦娥贬落凡间。而吴刚正在月桂树下睡觉，这一觉睡得特别晚，也睡得特别沉。他是喜欢握着玉儿的手睡的，曾笑说是怕把玉儿在梦里弄丢了。不想这一觉真的把玉儿在梦里弄丢了，他梦见自己乘槎到了海峤，风细远处有琼楼玉宇，吴刚问其中一位仙女："玉儿在这里吗？"她说："你看那一位初换碧玉新妆的不就是玉儿吗？你可不要去追求她哦，她是有约定的，曾经有人向她借银碗舀水，两人一见如故，定下誓言。"吴刚笑道："那舀水的人就是我呀。"

后来吴刚在月桂树下苦苦思念玉儿没有相见的结果，于是故意用斧子砍伐月桂树违反天规，天宫侍卫统领聂流云将吴刚抓获，上报天帝，仙规无情，因此吴刚被永远禁锢在广寒宫伐木，而那颗月桂树是会飞速生长的神树，任他怎么砍，永远也砍不断，终于吴刚身疲力竭，晕倒过去，魂魄跑到了下界凡间去投胎转世为人。最后，嫦娥一缕青丝长，多牵盼，凝望着胭脂泪下的霓裳，渐渐浓缩成白夜天际那最后的一片晚霞。从此，她再也不愿从鹊桥走出来，再也不愿去面对一个沉睡的凡间。

1. 流星飞雨

两界山的山巅之上是座雄伟耸立的飞鹰堡，空中有雷电守护，一般的鸟类无法飞上去，只有鹰族世代盘踞在那里。鹰王在大殿的王座上说："鹰族世代捍卫鹰堡，是负责为天庭侦察敌情的一分子，功在千秋！最近我发现宫廷之上有塔妖垂帘听政，半壁江山被弄得乌烟瘴气！"随即张开宽大的翅膀飞出大殿，目光冰冷地飞向死寂的黑夜。鹰击长空，明月中游。鹰王其翅若云，两界山上自由自在地飞翔千年万年吧！

忽然一阵流星雨从天上飞快地划过，仿佛方才有什么事情发生导致天象大变，非吉祥之兆。鹰王知道，每一颗陨落的星辰都象征着人间的一个生命就此消逝。

"我赶快去上界见侍卫统领聂流云吧！"鹰王展翅高飞，越飞越快。可是鹰王立在浮云之上，远远看见闪光万道，银盔白袍赴战场，是谁正巨掌鸣动挥电兵？只见星罗巧布走战旗，雷霆万顷震天威！预想不到的是天门大乱，仙妖在银河上风云变幻，根本就是百年罕见的大劫难。聂流云出现在天门，对五极战神说："天师有令，快关闭天门，我们一起收拾残局！"

鹰王见形势不对，不敢久留。后面风声紧张，好似有一团火焰在穷追不舍，于是急忙做了一个九十度的拐弯，火焰直冲而过。鹰王看清楚是一条火蛇在后面吐火攻击，毫不犹豫地施展鹰爪功去抓火蛇。

"鹰王果然不愧为天空的强者！"聂流云出现在后面一刀斩断火蛇的七寸之处。鹰王言道："多谢上神出手相助！我正欲往天界禀报事宜，刻不容缓！"聂流云急不可待地说："什么事情，快快报来！"鹰王悄悄地说："上神，相传女皇武则天御用的法宝——宝莲灯终于有了下落！就藏在人间的贡品里，已被当朝相国暗中克扣。"

聂流云摇身一变，阴森地说："你看看我是谁？"鹰王大呼上当，惊道："原来你是扰乱人间的塔妖！"随即展翅飞逃而去。鹰王的飞越速度是够快的，掉了些羽毛，还是顺利地返回飞鹰堡。

塔妖追击不上，只好悻悻作罢，说："下次你想跑也跑不掉了！"

人间又是多事之秋，一切都来得很快。一次，玉儿小姐溜出相府后花园，有人陪同去郊外纵马散心，采撷野花，依旧沐浴着三月的春风，玉儿那披露的发丝被吹拂在花丛，有溜达的马蹄穿过陌上，溅起花落朵朵，上演着繁华一场。有人成双采桑忙，有人风筝放天上，更有人轻罗小扇扑蝴蝶，此情此景让人忽然想起儿女私情来。可惜白白地跑了这么一趟，满目的青山绿水，人迹了然，没有什么大的收获。玉儿小姐回来后她发现在路上遗失一张手帕，帕上有她亲笔题写的一首诗：

飞天紫凤声放娇，却留两笛横玉桥。

人间若有仙霖雨，早上高香在金庙。

这首诗的落款是：玉儿。也许是玉儿小姐故意遗落在路上的吧？不想这张手帕却恰好被吴刚在路上捡到，从此他对玉儿小姐心生爱慕，日夜思念，梦里依稀是与玉儿月桥看灯，她天生人如玉，陪他吹箫在桥上，或是轻弄宫商，拂一曲似水流年，玉儿轻拂起一袭水袖，翩翩起舞，醉了大罗的神仙，远去了油壁香车旁的脸，不管许多，玉儿是绝世倾城的容颜。是自作多情的瞬间，让他爱慕今夜不眠。柳下，酒家，弦上的音符在跳跃出入，悄然如片片蝶舞，飘过了西江月，洒落在七夕的天阶，花朵换作了衣袂翩翩，被风吹开在眼帘。

一次偶然的机会，相府招聘花匠，吴刚趁机应聘任职，进入了相府的后花园，一面探听玉儿小姐的情况，一面照看园里的孔雀，有白孔雀，绿孔雀，还有蓝孔雀。吴刚听府里的丫鬟说："小姐待字闺中，住在西边的坠锦楼，早起晚睡，平时爱弹琴写诗，仰望天边的明月发呆，很少去交际应酬。"于是吴刚经常一个人跑到坠锦楼的下面，躲在廊檐下偷看玉儿小姐的美貌，她正在用平金法描出山水，香一缕情入颜容，两眉秀，针织瘦，蓦然回首，一抹红颜为谁留？果然是风姿绰约，仪态不俗。

梦回酒醒，眼前只有楼台被寂寞深锁，帘幕冷清地低掩，春天离别的愁恨，而今又上心头。落英缤纷微雨绵绵，孤寂的人茫然伫立，双飞的燕子呢喃。夜里花间彩蝶，寒亭月光，吴刚经常醉把瑶琴抚。玉儿小姐午后醒来偶凭栏，纤纤玉手懒持扇，对镜重梳妆，蛾眉画作远山长，舞低了杨柳，笑罢了春风，彩袖殷勤，掩饰了欢快的醉颜，不远处还传来她唱的曲子：

> 山水迢迢流霞飞，
>
> 人隔千里无觅处。
>
> 不恨天涯，日虽出却有雨随，
>
> 如初见吹笛在云间。
>
> 画屏幽幽秋风悲，
>
> 河汉清浅余痕褪。
>
> 相忘江湖，剑已收但见笑颜，
>
> 似相识吹笛在云间？
>
> 远山望断红尘路，
>
> 旧时知己醒来无。
>
> 自此离别，花渐落焉能无伤？
>
> 数轮回人逝有云追。
>
> 行云散，柔肠寸断，

流水叹此身归去难。

名利淡，雁字回时虚度年华荏苒，

青丝断飞羽忆巫山。

一天中午，吴刚听府里的丫鬟说："吴刚，明天小姐要来枕霞阁赏花，你穿整洁一点，打扫迎接。"吴刚点头答应。换上新衣裳与头巾，连夜做了精心的准备，后花园里的花草株株都经过修饰，在春风中一片生机盎然。另外他还特意写了首诗在一方手帕上，放在一盆蔷薇之上，想向玉儿小姐表达心中的爱意，让她知晓自己的一片痴情。

第二天中午，相府的大门关了，几个轿夫坐在地上午睡。玉儿小姐梳妆完毕，就随丫鬟下了坠锦楼来赏花。只见她在头上留有发梳，行动优雅，一路衣袂飘飘来到枕霞阁。吴刚见水池里空荡荡的，就施法术在水池里变化出一片石头，有一扇屏风那么大，外形跟普通的太湖石一样，只是这片石头有七十二个孔会冒云烟，整片石头在雨水滋润之后，会通体发白，晶莹剔透，如沁雪一般好看。玉儿小姐的左眼一直紧张，扑通地跳，仿佛听过算命的先生说"左眼跳灾，右眼跳财"。吴刚跟随在玉儿小姐的身边，给她介绍各种花草的特色。吴刚讲到牡丹，玉儿大赞牡丹，尤其喜爱"葛巾""玉版"两个品种。牡丹的旁边是菊花，品种有"黄英""绿萼"等，玉儿小姐忽然看见一丛蔷薇上有一张手帕，上面写道：

寒烟轻笼水多娇，陌上花开对谢桥。

潮来一日看两回，归去同修上高庙。

玉儿小姐点头说是首好诗，并问是谁写的。吴刚承认是自己写的，并且从衣兜里取出捡到的那张手帕，还报上了自己的名字。玉儿接过手帕，说是自己丢的，看来与他有缘，问："你是在哪里捡到的？"吴刚回答说："我是在郊外的路上捡到的。从那时就爱上小姐，开始留心小姐的新闻了。"玉儿说："我见到你有恍如隔世的感觉。"随后让吴刚把那盆蔷薇搬到坠锦楼去，还将两首诗收藏在了一起。

两人刚迈步上坠锦楼，吴刚拉着玉儿的手说："我要告诉你，是绝对的情，在迟迟地到来，想把你留住。超越了世俗的礼法，我的爱就躲在阁楼上，这不是凡间的爱，我只为你驻足在天阶。"这时候有丫鬟来传报："小姐，相爷请你到厅中议事。"玉儿叫吴刚稍待，自己去去就来，还说："床头那盏宝莲灯是父亲送给我的生日贺礼，你可不要乱碰。"吴刚无心品茶，大胆走进玉儿小姐的闺房，看见床头边有一盏宝莲灯，用手碰了一下，顿时宝莲灯忽闪忽闪，自己好像被电击一般。

大约一个时辰后，玉儿心事重重地走来，说："吴刚，我的父亲因为吸大烟患了癌症，将不久于人世！"吴刚躬身说："小生虽然是花匠，却遇见神医传给我一个治疗癌症的方子，服用到排泄带血，病就好了。"玉儿又说："快快书写下来？"吴刚执笔在纸上写道："白花蛇舌草，半枝莲，铁树叶，石见穿，马蹄香，红枣。"

玉儿小姐对丫鬟说："快拿方子去抓药！"丫鬟领命而去。玉儿又说："回来！宫里来人索问，还是先把宝莲灯拿去还给父亲吧！"吴刚立即去拿宝莲灯，暗中藏住了宝莲灯，却变化出一盏假的宝莲灯交给了丫鬟。

丫鬟把假的宝莲灯交给相国。相国拿着它就匆忙进宫去了。

宫廷之上，幕影重重。一线天光，塔妖拿到了假的宝莲灯发现这盏灯不具有法力，油然大怒，说："快说！真的宝莲灯在哪里？"相国跪着说："这盏宝莲灯确实是府中的原物，想必是进贡的地主以假乱真！"珠光宝气的塔妖对旁边伺候的太监说："即是如此，立即派兵将包围相府，并且查办那些有眼无珠的蠢材！"又说："世上群龙遁形，见首不见尾，以至于当年武则天用宝莲灯稳坐了江山，这盏灯正是哀家的心腹大患！"

相国叩头说："臣罪该万死！"塔妖变声调说："没用的东西！你若想将功赎罪，可将你的乖女儿嫁进宫来给皇帝做妃子？"相国知道皇帝是塔妖的傀儡，嫁进宫玉儿将生不如死，于是脱下乌纱帽，叩头拒绝。塔妖吞咽吐雾地说："难道你想被满门抄斩吗？不过哀家乃普渡慈航，不会这么做！"相国万般无奈，只好垂头丧气地答应下来。塔妖说："哀家虽有倾国之貌，照样嫁入深宫。天诏国男女通婚应当听从媒妁之言，所谓世人应知天高地厚！"相国叩头告退，还接受了塔妖赏赐的一根金烟枪。

2. 中秋月圆

"良药苦人口，病去如抽丝。"相国坚持服用吴刚给的抗癌方药半个月略有好转，就不按时服药了，烟瘾上来就忍不住躺在摇椅上用塔妖赏赐的金烟枪继续抽大烟，如此使得病情更加恶化，朝不保夕，恐将不久于人世。相府里的大小事情都是玉儿小姐在张罗，不

是接宾客，就是派采购，还有官场是非难以应付，朝廷摊派筹银若干万两以作赔款，流水账目都敲烂了算盘，每日都很繁忙，幸亏有吴刚在旁鼎力相助，省心不少。

　　中秋之夜，万家团聚，吴刚与玉儿终于有了空闲，坐在草地上把盏对饮，一边吃月饼，赏十五的圆月。吴刚说："心里有爱却裹足不前，什么三媒六证，三妻四妾都是狗屁！"忽然，两人头上仿佛掉了东西，很轻很柔软。玉儿用手在头发上抓了一下，发现有几颗小东西在手心里，说："你看，是桂子。"吴刚也在头发上抓下几颗桂子，说："传说广寒宫前有一颗月桂树，每年中秋佳节会有桂子掉下来，拾到的人能喜得贵子！"玉儿听了吴刚的话，不觉脸红了，说："传说广寒宫里也有一个人叫吴刚，专会砍树。"吴刚激动地说："就是我呀！"玉儿笑道："臭美！只是巧合吧？天上人间同名同姓的人可多了。"

　　吴刚说："你听过'嫦娥奔月'的故事吗？"玉儿说："听说过。嫦娥是个美丽善良的女子，经常接济生活贫苦的乡亲，乡亲们都非常喜欢她。一天，昆仑山上的西王母送给嫦娥一丸仙药，据说吃了这种药，不但能长生不老，还可以升天成仙。嫦娥不愿离开人间，就将仙药藏在百宝匣里。这件事不知怎么被恶霸知道了，一心想把仙药弄到手。八月十五这天清晨，恶霸手提宝剑，迫不及待地威逼嫦娥把仙药交出来。嫦娥心里想，让这样的人吃了长生不老药，不是要害更多的人吗？于是不允。恶霸见嫦娥不肯交出仙药，就翻箱倒柜，四处搜寻。眼看就要搜到百宝匣了，嫦娥疾步向前，取出仙药，一口吞了下去，突然飘飘悠悠地飞了起来。她飞出了窗子，飞过了洒满银辉的郊野，越飞越高。碧蓝的夜空挂着一轮明月，嫦娥一直朝着广寒宫飞去。"

玉儿也知道这个故事，于是接着说："恶霸焦急地冲出门外，只见皓月当空，圆圆的月亮上树影婆娑，一只玉兔在树下跳来跳去。啊！嫦娥正站在一棵月桂树旁深情地凝望着人间呢。'嫦娥！嫦娥！'恶霸连声呼唤，不顾一切地朝着月亮追去。可是他向前追三步，月亮就向后退三步，怎么也追不上。乡亲们很想念好心的嫦娥，在院子里摆上嫦娥平日爱吃的食品，遥遥地为她祝福。从此以后，每年八月十五就成了人们企盼团圆的中秋佳节。"

宫里规定的婚期迫近，玉儿每天惶恐不安，吴刚劝她逃婚，玉儿想趁早远走高飞，但是又知道后果严重，不敢反抗父亲的安排取祸门庭。于是，玉儿在吴刚的帮助下，坐轿前去城隍庙上香，想求神灵点化，求取一条生路。谁知当她下跪拜了城隍爷与判官之后，得到一张太平符，用来贴在保护伞里面。然后她轻轻摇签筒，抽到了一支下下签，竹签上面写道：

若问姻缘在眼前，他年曾在广寒见。

急难求得脱壳法，命断人间上天阶。

坠锦楼的轩窗下，玉儿满面流泪地说："父亲将我许配给了别人。吴刚，看来你我无缘了？"吴刚大胆地说："三十六计走为上，我们一起私奔吧？一直跟着天上的北极星走，天诏国这么大，总有我们的容身之处！我们共患难，富贵名利两手皆放，云游四方无所牵挂。"玉儿想了想，摇头说："我也想郎才女貌，比翼双飞，可是逃是逃不掉的！我每夜都做噩梦，梦见一朵可怕的罂粟花，它想要我的命！我总不能像嫦娥一样飞奔到月宫里去啊？"吴刚用手撑住扶栏，颤巍巍说："玉儿，即是如此，那朵罂粟花已经盯上你了！这些天怪事频繁，园里的孔雀都莫名其妙地死了。我敌不过它，但是会竭尽全力保护你！今生能有幸能见到你一面，我死而无憾了。"玉儿催促说："我小时候梦见过武则天教我龟息之法，只要元神出窍就能避过此劫，但是不能复生。你快走吧，这里已经被妖邪之气笼罩了！"

玉儿说完，送吴刚出门。吴刚心里一阵疼痛，不能支持，差点晕倒过去。玉儿小姐让丫鬟扶着吴刚回去，趁着月色连夜离开了相府。玉儿小姐回到流金闺房，将房间贴满太平符，然后勉强躺在自己的床上，已是病倒一般，丫头细心服侍，无奈她不吃不喝，未及几日，即便撒手人间，魂魄却附在保护伞里面升上广寒宫。

吴刚得知玉儿逝世的消息后，如同当头一棒，泪水模糊了面容，伤心弥漫住愁云。玉儿小姐出殡时，声闻十里，冥钱飘飘。吴刚一路痛哭，感动上天。家人听从玉儿临终的嘱咐，把她葬在了丢手帕的那个地方。从此，凄清冷雨，打着三尺孤坟；北风呼啸，吹白蓬蒿野草。

3. 回归天界

半个月后，吴刚在榻旁点宝莲灯而眠，恍惚中梦见天庭有天师相告："吴刚，玉儿已被重造法身，登仙去也！"吴刚说："天师，玉儿已去，我再无牵挂。只是宝莲灯在我手上，请你拿去，否则落入黑妖后之手，后患无穷！"天师说："好吧，就让我把宝莲灯带回广寒宫去吧？切记，太白星不能归位，群星不安其座，天下必然大乱！"于是，吴刚把宝莲灯交给了天师。

第二天，吴刚在大街上遇见一个自称聂流云的人拉他进了酒肆，一起聊天坐在轩窗边看云的形状，预知吉凶。谁知到处都充满邪恶，街道两旁有很多烟馆，里面躺着很多人在醉生梦死地抽大烟，有人付不起账被追到街道上围殴，旁观者若干喝彩。忽然，风起云涌，天上出现黑云遮日，山雨欲来风满楼。聂流云吟道："天仙来海峤，嫦娥离碧霄。"

吴刚心里想又是天地有浩劫了，难保山水如画变色。聂流云拍着吴刚的肩膀，说："走吧！你如果跟俗人说云层上原来有宫殿，住着神仙，他们会笑死你！"吴刚担忧说："看来塔妖将至，我确实想上天走一趟！"聂流云取出一幅画，说："我就用这幅《人间仙境图》带你上天吧？"随即打开《人间仙境图》里面有静念之楼、烧香之楼、望仙之楼、浮空之楼；玉柱之后有含灵之殿、紫霞之殿、福德之殿、兴圣之殿；山涧泉水潺潺，有沁芳之泉，泻玉之泉，莲华之泉，雨露之泉；草地上还有各种仙草，如延灵之草、长命之草、安神之草、保年之草。吴刚的魂魄不由自主地飘进画图，被聂流云卷起来带回天上广寒宫去。

> 东风卷流苏，烟沉碧纱橱。
>
> 银烛呈宫藻，海针穿瑞珠。
>
> 月在迎凤阁，香满扑蝶路。

记得葛巾紫，遥望是仙姝。

"人有梦想能登天，花逢美景开满地。"天宫太美丽而又庄严神圣。吴刚在月桂树下醒来，回忆起先前的经历好似做了一场梦。如今吴刚与玉儿在广寒宫重逢，真是悲喜交加，却又依依不舍地各自走开。白玉栏杆边，玉儿不由动情地吟道："对月形单望相护，只羡鸳鸯不羡仙。"

吴刚已经走远，并未回头看泪下如珠的玉儿。嫦娥忽然从后面出现，说："大胆！玉兔，如果还有此俗念，我就再贬你下凡去！"玉儿跪下说："宫主，请宽恕玉儿！前番下凡，我已九死一生，从此再也不敢思凡了！"嫦娥说："你前番被贬下凡界并不是因为打碎了星灯琉璃盏，而是你与吴刚余情未了，冒犯天条！望你今后清修苦练，好自为之！"玉儿说："宫主的话，玉儿铭记在心，绝不敢再犯！"往后玉儿疏远了吴刚，吴刚从此不再砍伐月桂神树。

天界如斯安详，仿佛一切归于混沌，万年只是弹指之间，长生才是永恒之道。眼前的宫阙楼台有霞光万道，瑶池桃园有瑞气千条，太虚顶上飞来飞去都是玉龙彩凤，漫漫银河之上雪浪翻滚，喜鹊搭桥有牛郎织女的男欢女爱，羡煞人间多少孤独客。众仙仰观天文，在灵霄殿天帝的安排下各归其位，尽显其才之大小玄妙，为仙界出一己之力。

这一天晚上，朵朵彤云出岫游荡，石磨载着聂流云的足迹前行，到达广寒宫只见美丽高贵的嫦娥正站在月桂树下怀抱着玉兔，轻轻地抚摸，而北月沉在寂寞的广寒宫里点亮了那盏法力非凡的宝莲灯，灯光瞬间照彻四周天宇，仙人尽享无边安乐，就连飞鹰堡也能看见广寒宫放射出如同星辉般的明亮。聂流云宣布旨意说："北月沉，天师有令：宝莲灯是仙界的稀罕法器，你一定要好好保管，切勿有失！"北月沉下跪领命，说："上神，请回复天师，容我暂且用宝莲灯照亮广寒宫吧！"

然而宝莲灯却引来了塔妖恶毒的诅咒："灯光都是短暂，黑暗会重新降临！"对于芸芸人间来说，夕阳西下，天忽然黑了，老百姓点不起油灯，宫里内外红色灯笼高挂，阴森之气旺盛。塔妖却在照铜镜画烟熏妆，说："'奉天承运，皇帝诏曰'有多老土？哀家就是要破旧立新，以传天诏国的大统。"几个丫鬟伺候在旁边唯命是从，一动不动。塔妖又说："我命你们隐身潜入相府拿宝莲灯，怎么还是失手，让广寒宫的人抢先一步？"丫鬟跪下说："奴婢该死！我们虽然没有拿到宝莲灯，但是困死了天仙转世的玉儿。"塔妖其实是附体在人身上，讨厌见日出，常年居住在晦暗深宫，不肯轻易离开御门，即使有事出去也会神不知鬼不觉。

4. 正邪之战

至阴至邪的血月之夜，天上怪云丛生，塔妖盘坐在帐林里面按捺不住喊道："羞花闭月，天下是我的了！"随即现形成为一朵罂粟花，然后强行化成人形，张牙舞爪，甚为恐怖。妖邪之气旺盛，是宝莲灯的灯光让塔妖彻夜难安，叫嚣说："鹰王骗了我，我要剿灭整座飞鹰堡！"

夜凉如水，月儿高挂在天空，给神州大地一片幽深的白光和安宁。塔妖招来无数凶杀恶鸟，带着千百纱面高髻的随从腾云驾雾杀向飞鹰堡，霎时妖气冲天！天空中电闪雷鸣，风雨大作！

飞鹰堡的守卫果真森严无比，可谓铜墙铁壁。鹰王派出雄鹰去仙界搬救兵！塔妖的丫鬟随从化作火蛇，从四面八方攻击飞鹰堡。刹那间飞鹰堡处处起火，雏鹰飞的慢被烧死！雷声大作，闪电击死了部分恶鸟和火蛇！

天罗地网很快布下。聂流云与五极战神带领天兵天将来救飞鹰堡，与塔妖的势力展开激战！万鹰出动，展翅腾挪双爪，去帮助天人作战，对抗成群的凶杀恶鸟与火蛇！

鹰王张开翅膀，使出两只巨爪去抓塔妖，结果被塔妖手撕，羽毛掉落一地都是血迹。满天的飞鹰全部乱了，从上空盘旋而来的是营救鹰王的族类，顷刻之间皆遭荼毒！

塔妖说："我就是众妖之祖，顺我者昌，逆我者亡！"随即使出一招"地心引力"，仰止高山倒塌被邪恶力量夷为平地，飞鹰堡从此陷落一方！塔妖布下吞云烈火阵，阵内遍地是毁灭火种，借用天上的七杀凶星扰乱天象，诛仙不留，胆大包天！天界随即布下青龙白虎朱雀玄武四大天阵，努力控制局面！

天师带领五极战神从天而降，使用上古神器进行大力攻击，瞬间五光十色的法力横冲直撞，夜间恍如白昼一般明亮，塔妖分身出几个影子杀手，被五极战神围猎在核心地带！塔妖变化出百丈头发无限延伸把五极战神包裹起来，并且使劲地拉近距离！北月沉手持宝莲灯驾云赶来，救出危机中的五极战神，还消灭了残余妖众，战局瞬间在扭转！

塔妖双手合十，变化成西天佛祖放射金光，说："世人都臣服于我，总有一天我会坐镇灵山，普度众生！只有你们这些小辈无知，见了我佛法驾到此还不快快下跪！"

聂流云镇定地说："呸！你是什么佛？你曾经被古佛用移山大法封印在极玄之地，不想还是被你从锁妖塔逃脱了！我不相信你能一手遮天？你就是一个害人的垃圾！"

塔妖眼里放射激光杀人，然后拉长了老脸凶狠地说："整座地府鬼蜮都在我的笼罩之下，看你们天神怎么跟我斗！"

聂流云果断地说："南斗六星注生，北斗七星注死。那就把你打入十八层地狱！"随即使出一招"冰焰月轮斩"辟向目标！

塔妖又使出一招"极度空间"为所欲为！吞云魔火阵困住了五极战神，里面战死了无数天兵神将，碧血映长空，洒下点点浇注了神州大地！黑旗林立，妖邪之气冲天！斗法正在进行中，尽是变化之术。神仙们的思想境界被压缩，法力发挥不出来！

"光亮万丈！"众神仙一起仰头看宝莲灯发出举世曙目的最大威力，震慑天地，压制气场，降伏一切作乱的妖怪！仿佛古佛降临，遍地优钵昙花盛开，幽暗之地顿成极乐净土。耳闻梵音高唱，阵阵海潮如涌起；眼见法力无边，朵朵铁莲似绽放。塔妖的报应已到，连续被北月沉的宝莲灯重创，几乎丧了老命，不得不疯狂地逃到了南方荒野不毛之地，现出一朵罂粟花的原形重新生长，百年之内不能再趁着黑夜出来害人了。

浊气散去，四宇澄清。大劫已过，人间天上安享太平生活。

灵霄宝殿之上，玉柱林立，仙气十足，光环围绕。天帝庄严地说："众卿家，飞鹰堡一战大壮仙班的威名，朕要论功行赏！赐聂流

云上方金卷，赐五极战神烈火战盾，赐北月沉九天戒指，其余参战的天兵天将各升一级，享用佳肴美酒！"聂流云和五极战神，还有北月沉等神仙得到了天帝的褒奖，个个兴高采烈，充满欢乐。

天师上前奏请说："启禀天帝，捍卫正义，造福苍生，我等责无旁贷。只是飞鹰堡历来对仙界有功劳，可是如今已被摧毁，请求重建！"天帝容颜大悦，说："准奏！着立即执行！"天庭帮助鹰族在别的地方重建一座飞鹰堡，雄峙东方！

> 素女吹箫连河汉，鸾凤齐飞落西秦。
>
> 空见碧城十二槛，愁闻银墙五更琴。
>
> 雨打前朝后浪推，雷动池塘厉风行。
>
> 百花齐放昭飞雪，一旨能教满天星。

又是几百年，几千年，从日历上穿越过去了。嫦娥还是经常组织女队在宫中耐心地编排"霓裳羽衣舞"，等到瑶池盛会的时候向嘉宾献舞一曲，仙乎仙乎，让众仙家大开眼界。然而人间烽烟四起，战乱频繁，此舞早已经失传。至于广寒宫里的吴刚和玉儿严守天规，互相扶持，他们的仙籍已经位列九宫品阶，不会再思凡了。

今夜无眠，莫误凌波上九天，广寒深锁？纱帐里的嫦娥，飘逸在渺渺的碧落。北月沉飞出寂寞难耐的广寒宫，手持宝莲灯吟道：

> 瑶姬生来女名婵，花开几度出桃山。
>
> 天阶一梦别流水，市井流连不思返。
>
> 不思返，恋人间。

半路乞巧思成双，祠前讽签是何人？

寻来原在瑶池见，贬落凡尘别经年。

从此堕入爱河去，不计新规与旧矩。

只身压落莲峰下，未见莲花梦里来。

生下沉香持玉斧，一朝救母出华山。

侍女灵芝捧天物，宝灯一盏惊仙群。

天有天条事难违，恩有恩爱法无情。

仙人殊途两茫茫，上穷碧落与君别。

与君别，应有语。

宝灯误落到凡尘，情天情海幻情深。

江山美人各有主，人间相见一百年。

此生此爱何时了，唯有相思随君去。

抚琴流水两不知，欲诉东风又无语。

烟影如画几度寻，玉殿风来暗香满。

星沉晓河抬头见，繁华事散香尘断。

花开花谢落难寻，天涯回首谁收葬？

请君莫奏前朝曲，看我一曲舞霓裳。

《宝莲灯》

匣子说

引子：坐看云屏无限娇，冷雨秋波湿画桥。

银笺记得当时句，别泪依旧临清晓。

传说在纯白的大罗仙境，六十年一个甲子并不算长，每隔一个甲子都有一个劫数，是否能安然度过要看众仙的修为。迎客苍松之下，古老在拂水岩上打坐说："各位弟子，飞登昊天界乃至三清境是修仙者的夙愿；可是我的意念不能集中，无法飞升新的境界！最近我在云岭天一阁修炼的时候，发觉有一股很强的新生力量正在悄然而生，看来天上星宿会各归其位了。"

松下七子齐声问："师傅，这股力量源自何处？"

古老说："这股力量源自昆仑山巅峰的天池。三百年前，我在天池封印了一个匣子和一把由邪恶剑灵控制的无云剑！"

松下七子问："匣子里面装的是什么？"

古老从容回答："匣子以前是空的，装的是李太白登天之后留下的仙峰之笔。"忽然，空中飞来一把利剑偷袭座上的古老，松下七子立即出迎，个个身手不凡，在风中拔剑起舞！古老用八卦结界抵挡飞剑，说："这把剑就是无云剑，你们立即退下！"无云剑偷袭失败，瞬间不见踪影。

松下七子问："师傅，我等该如何自处？"

古老说："大弟子青锋，你马上下山，去凡间寻找天人的转世——周泉！"

青锋领命问："师傅，我该如何寻找，请给予提示？"

古老说；"物识主人，只有他能够驾驭这把七星剑。"随即向天空放射出七星剑，松下七子目送七星剑而去……

1. 竹桥再见

轻梦胭脂水迢迢，粉香深处落星桥。

忘忧河上千年雨，朝暮长到女娲庙。

空荡荡的，山野之趣得之于茅庐，若无雨，万物不入于目，听之想之，可以终老。流水三千，繁华不再，红尘在方外不驻心间。我只是追求道，道在心中，得之有我，不得无我……

我结庐这神州大地，在山风吹起处抚一曲"白河寒秋"，将年华虚度，而那一天万物低眉，能听见微风吹起的声音，是谁的心落在了尘埃深处，直到后悔不知归路？莲韵还来不及散开，而此时船正渡向彼岸，风吹衣袂，洞箫声起，桃花坞有着粉红的消息传来。

一手执伞，一手横笛，细雨中看遍流年？

晨烟迷漫的河滩上，搁浅的是谁的行船？

群花烂漫的芳树下，缭乱的是谁的双眼？

墨韵氤氲的香雾里，浸染的是谁的执念？

流年，不换。岁月，如诗。

忘忧河畔，百草葳蕤。安静如斯，一眼天荒。

微雨，水边，昼闲。云烟苍凉了草堂，路深处含艳的桃花微簇，绿柳周垂，舞乱了春风的步伐，有流莺穿飞，那声音溜得清脆婉转。我持剑在手，顿时一股气流如注。桃花簌簌落下，排列整齐。旁边一位风姿灵秀的女子大步流星向我呼唤："师兄，有人来了！"

我发丝凌乱，收剑直立，说："沈烟，我不是告诉过你，这几天闭门谢客吗？"

沈烟不以为然。说："如果你知道那姑娘是谁就不会拒之不见了！她可是你这些天来日思夜想的那个女子呀！"

我面上的表情一愣。记得上月在忘忧河的竹桥上，我邂逅了一个女子，一见倾心，随即向女子示好。女子撕掉了她的一只水袖，飘落在桥上，转身离去……此时，那只飘落在桥上的水袖正被我捧在手里，看上面用草书写的诗：

去年花开时，门前溪水涨。郎船偷相会，共结合欢帐。

诗的落款是化名"心然"。诗句很平常，但是有一种特别奇妙的感觉在我的心里风轻云淡，说不出口竟然是相思。砚台闲了琴弦，惹起水生横波，试问，做对鸳鸯么？任凭雨的印记，落在眉间心上，我只是用毫笔轻轻将心然临摹，纸上显得有些杂乱无措。我昨天在水袖上面用草书续写了两句诗：

今年花早谢，只作湖上望。雨打鸳鸯飞，对影空惆怅。

无端的伤感，正是妙龄年华，你我情思未央。我放下剑，沿着沈烟手指的方向飞奔出迎那位女子。一朵青云刚出岫，忘忧河的竹桥上站着一位打着绿绸平顶伞的女子，面容娇俏，气质优雅，不类庸脂俗流。我不失礼节地说："心然，远来是客，这边请！上月一见，如隔三秋，感谢姑娘还记得在下！"

心然移步同行，并用手上的平顶伞给我遮雨说："少侠，一睹风华，岂能相忘？敢问你的名字？"

我有几分青涩，且行且止，说："心然，我久居于此清流桃花之间，你叫我'泉儿'吧？"回眸，千山小楼都倒映在水面，水里的影子有立体感，一晃一晃的，太让人起幻觉了。心然转眼望见几只鸳鸯在戏水，忙提着裙裾俯下身掬一捧清水向鸳鸯洒去，顿时飞羽扑扑越到远处的水光里去了，而她身上的一袭素裙早已被水珠溅湿了一大片，形成了一幅天蓝的图案。

"心然，别把裙子弄湿了，看我给你表演一段'凌波微步'。"我运用轻功沓波而去，罗衫飘浮，十步一回头，足底生风绽放朵朵涟漪，层层云散开来。片刻，我采回一枝带雨桃花，送给心然捧在手里。我脸上微红，说："上次是我太唐突，见之一面即谈终生之事，见笑！"

心然直白，说："小女子相逢恨晚，鸳鸯本是一对，如之奈何？

我已有婚约，恐相耽误，望能见谅！"我表情失落，惆怅，有一种无休止的愁绪蔓延到水绿深处，说："我还以为你待字闺中，怎么就有了婚约呢？"走向前几步，河上的竹桥消失在视野，连绵不断的远山倒映在水里，如女子的黛眉，有说不尽的妩媚，如田里的青螺，让人回首微茫忆仙娥。

心然问："你加入什么帮会没有？"我点头说："我是浩然盟的弟子，专门修炼上乘功夫，可是帮会中人位列士农工商之外，称为侠士，侠士不得考取官职。"

"那你为什么不加入尚武派呢？派主是我的父亲，我是他的掌上明珠。"心然轻拂水袖，取出一张玉牌交给我，说以后可以凭着手上玉牌去碧水山庄找她，不会有人干涉。

我接过玉牌，心里乐滋滋的，如吃了蜜丸一般甘甜。而心然，你离开的这个季节没有忧伤，只有河水在蔓延滋长。还是当日的罗衣，你的容颜染上了桃花的嫣红，我害怕这只是红尘的一场浪漫，你我要历经悲欢。是否人间的每一次邂逅，都会这样生生世世的轮回不休？

2. 回访山庄

轮回，又见桃花雪。桃花迎风朵朵开，在向谁倾诉？看这忘忧河畔，渡船堡盛开的桃花丫枝蓬松如女人的发髻，参差不齐的花瓣如同冬天的瑞雪落在草堂之上。一朵朵桃花落碗，我饮轻狂。一碗接一碗。

"师兄，不要再喝了！"是啊！如今生逢乱世，哀鸿遍野，师父还指望我去行侠仗义呢！怎么能一蹶不振？缘分是巧遇，能够巧合的要挂在心上。哀哉！儿女情长何时了？仙本不思凡，误落在人间。何不异日图将好景，归去天池夸？我放下了酒碗，说："沈烟，你不明白我的感受！心然，得之我幸，失之我命！"

"师兄，人来人往，万事随缘。一见钟情发生在你的身上，只是一个偶然而已，怎么会如此放不下？"

"沈烟，但愿世间所有的相遇都是久别重逢！"我记得那一眼，深种在我的心间，是爱，是暖，是希望，抑或是一抹淡挫的忧伤，消失了影踪不见……我用洛水城里锻造的宝剑辟木柴，结果饭煮熟了，宝剑被辟断了。沈烟拾起断为两截的剑，见我一个人坐在屋外的石头上发呆，沈烟问："师兄，为何闷闷不乐？"

我坚决地说："我需要一把剑，一把真正的绝世好剑！"

沈烟回忆说："昨天你进洛水城之后，我在忘忧河畔浣纱，忽然抬头看见一把剑从天空划过，一位白衣道士紧追不舍。后来那把剑被一团幻相夺走了。当时，我还隐约听见打斗之声，白衣道士受创下落不明！"我笑道："师妹，你一定是见我失恋，编故事哄我开心吧？"沈烟说："非也。闺女、才女、侠女、商女四者只能选其一，你会选哪种？"

我说："我性格冷僻，当然会选侠女，娶闺女最麻烦，三媒六证烦死人！哎，心中的心然呵……"似闻叹息却无声，欲寻觅反而无踪。心然，你在明在暗在碧纱橱中，又仿佛在渺茫的云归处。我记得那一眼，深种在我的心间，是爱，是暖，是希望，抑或是一抹淡挫的忧伤，消失了影踪不见。

沈烟提醒说："师兄，你先把对心然的感情放下，近来两帮有误会，盟主绝不会答应你与心然交往，更不要说婚事了！否则你就等着被逐出师门吧！这可是对习武修真之人最大的侮辱！"

紧锁的心结，佳期错过，相思无处寄托。我不说话了。沈烟知道我内心的苦楚，我孤单一人没有靠山，幸得师父传授武艺，立誓要娶一个知己一起行走江湖。启窗望之，山边是几缕飘逸在远处的朝霞，水气弥漫着屋檐，风吹来一串铃铛轻响，卷帘瞥见有经过视线的人，行色匆匆。而此刻的她，在哪一扇窗眺望？我是个敢爱敢恨的人，棋逢困境走一朝！

碧水山庄，水光潋滟云方好。木栅栏系着一匹青骢马，正大眼咕噜地望着主人的身影，不停地抬头嘶鸣。千条碧水拥春峰，我的心里如初绽之莲，出水张望，感叹说："筑宇红尘，吾之所愿也。真是一方水土养一方人，这里的人尽得山川之灵气。"

在那幢小楼外，仙风袅绕。衣袂飘举的晚儿散着满头青丝，光着脚丫在水边奔跑一路丢裙里的花瓣，有芍药、月季、报春、石榴、玫瑰、海棠、蔷薇、凤仙、映山红……

竹筏轻盈地在水面上荡起，我拉着奔跑而来的心然踏上竹筏，一起随波逐流，心里是叮咚合适之声，空中悠悠然飘过一朵蒲公英，消失在眼帘。我慢慢地从怀里取出那一只题诗的水袖，说："心然，上月你在板桥上留给我这只水袖，我以为是定情信物，看来是我误会了。现在把水袖还给你，重新缝到衣裙上去？"

心然回望流动的燕影，一脸嫣然。她接过水袖，一双清澈的眼眸水波流转看见上面用草书写的诗：

去年花开时，门前溪水涨。郎船偷相会，共结合欢帐。

今年花早谢，只作湖上望。雨打鸳鸯飞，对影空惆怅。

心然唇角轻翘，梨涡初绽。指着如花的墨印问："这两句诗是你飞毫续上去的？字字如画，足见真心！"

我点头，心中一阵喜悦，激动之情难以言表，竟然将横笛吹快了音符。是上天让我来爱你！谁教你生来倾城颜，卓风华？水波流转，盈人眼眸，一句话让我差点跌入了层层斑斓的梦境。

心然，流水随风落花散，是你一颦一笑的温暖，把我的双眼湿透，听到你温润如玉的声音在流转，而我的马蹄似乎踏破了轮回，寻寻觅觅，只为与你相遇在梦里。心然的眼神似很闪烁，说："等你取得太白仙笔，再来找我？我等你。"我可不想一辈子在这里颐养天年？想去寻仙岛，那里有海上三星福禄寿，还有流光宝塔、摘星楼、彩虹桥、女娲庙、葬花岭、蝴蝶谷、什锦屋……

欲尽山色，暮云在天边合。或许，花落一场，成殇，你我只能两两相忘。我心里黯然，不由得跨上了青骢马依依不舍地作别，改口说："我惯与山水为伴，没有师命，哪里也不去。"

十里长街碧池连，玄石桥上看神仙，

青钱万贯春无价，云楼红袖白马纷。

风尘聚散，我此刻正停下了行程，与沈烟一起在洛水城里漫步。白驹马与油纸伞在烟雨朦胧处相逢，一支兰花桨蜿蜒入巷，韵味无比悠长。栀子花香，叫卖声回环了白昼未央。西边望去，一一风荷

举。我们斗酒千盅醉卧云楼旁，欲用白璧青钱买春无价。柳色掩饰的洛水城，是一个一年四季都洒满阳光和财富的地方，鱼贯流水，运通四方，不知招来了多少侠骨之士和风流才俊。城北的小盘谷，开满了芍药，仿佛早春方归，燕子才回，这里是一个人生的起点。

我们在小盘谷的茅庐里避雨，霎时雨收云霁，天色放晴。风止住了，时光也静止了，水中的倒影留下一大片空白。我的脸上挂着水珠，闪烁着东方的晨曦，登高而立，双目显得炯炯有神。

忽然，我看见一位白衣道士在水月洞里打坐运功疗伤。我仔细看那道士骨格清奇非俗流，似一朵轻云刚出岫，眉梢眼角藏秀气，声音笑貌露温柔，眼前分明外来客，心底却是旧时友。我好奇地问："道兄，你背上的剑好特别哦！应该很值钱吧？"白衣道士拱手，说："这位兄弟，贫道青锋有礼！我的这把追云剑，是有灵性的，能让我御剑飞行，遇水不沉，逢火不化。"

我叹气说："在下周泉，我的剑就没有这么厉害了，辟柴都断！"白衣道士说："原来你就是周泉！我也正在寻找一把剑，叫作'七星剑'，它被一团幻相劫到昆仑山去了。贫道告辞，三日后来接你去大罗仙境！"绣口微启，笛声在此时响起。涨涨落落的溪流不停地诉说着忧伤，岸上有我静静地凝望。悠悠白鹤成行，穿越三月的山坳，让人羡逍遥！

放眼望去，飞鹤临空，洛水城传来唳声不断，一池一池的莲，其叶田田，就在咫尺之间。走在白玉为阑干的小道上，听见阁楼上传来渺渺琴声，许多落寞的时光，在弦上起伏流淌，声声催人幻想，一如薄酒滑入了杯盏，绽放出古老的清香。

白衣道士御剑飞走了。我口中吟道："天下无双，满眼西风百事非。又染夕阳，青衫憔悴人未回。把梅煮酒，可惜邻居不是我。月字已现，风起九州碧落飞。"

3. 玉牌之祸

桃之夭夭，绿水迢迢。霏霏细雨淋铃，如人之伤心泪下。空气格外清新，让人深呼吸。蜻蜓点水波光粼粼，一颗石子激起涟漪，层层散开。陋室帘卷，一阵春寒料峭。

"驾！"一位身穿青色鼓风长袍的男子从城里策马而来，望上去是一脸沧桑。道路上溅起泥泞点点，哒哒声不断。笛子吹奏乡音，却不见路人回头望。风起，帘动。我与沈烟一起出迎，原来是师父——司空妙。师父将马的缰绳系在桃花树下，说："走，进屋说话！"

沈烟做饭菜款待师父。梨木桌上照样是几碗豌豆饭，一锅清炖竹笋，一盘凉拌黄瓜，几只银针粽子，一盘清炒藕片，半碟蒜泥，几颗菱角，还有几个水煮大蛋黄。司空妙拿起筷子，说："官府送给浩然盟几箱珠宝和丹药，尚武派很不服气！"

"师兄，让师父向盟主举荐你去押运这几箱宝物去堂口，以求万无一失。你打算去吗？"沈烟在一旁提点。司空妙喝退沈烟，不让我前去说："他武艺不精，怕交不了差。"我抱拳，腰间挂着一张"尚武派"玉牌，说："弟子遵命就是。"

司空妙面色宛若冬霜。嚷了半天，只是要饮一坛杏花酒。我转

身进里屋去端酒盏。端来酒盏，师父已驾马而去消失不见，只见一阵幻影而过，我腰间的尚武派玉牌也消失不见。屋内还以清净，我想去绕道追赶，还是打马回还。师父的背影随风散，惊觉乍现。

青丝乱。一念起，万水千山；一念灭，风轻云淡。

碧水山庄，宛在水中央。心然，我来寻你，于这万丈软尘一路风度翩翩涉水而来，沿着岁月的花垄，一览那开放在山野的百合，等你在兰轩的海岸，等你在花红的最深处，我要马不停蹄地越过万水千山，与你一起去看早晨的日出，看最美的那一抹红晕挂在前方的紫川。

我一马停留，尽情仰望白玉帘轻，可有心然相望殷勤？不料被尚武派的人发现，抓住我痛打一顿。幸得丫鬟告知心然赶到解围，我说："雨是竖着落，人是客中过。我远来是客，何故如此无礼？"

心然命人放了我，问："我给你的玉牌呢？怎么不带身上？"

"心然，我把玉牌弄丢了。真的很抱歉！"我内心不安，摇落一树花雨。"你这么大个人了，怎么还不小心？如果别人拿走我们的玉牌去干坏事就糟了！"心然表情凝重，充满忧虑。

"是啊，我去把玉牌找回来！"我额上冒出汗。心然安慰我说："慢慢找吧！"时光走在桃花笺里，盛开的柔情，把花瓣暖上粉色。衣袂飘举，拂过往事，我的心情归于平静。飘逸着芳香的佩兰，水红色的流苏，伴着这一场忧伤的雨滴，让我的双眼顿时湿润，于是吟道："欲语心情话相同，分手从容。双泪来送，飞入窗间伴酒浓。谁怜玉笛韵偏幽，偷传尺素。认取春丛，断无西风石榴红。"

折花门前只是一场剧，沓着烟雨尘寰，你我如何回归那无猜的心事？此时，往事化作了桑田，月牙挣破了水面，一个人的时光只留下思念的痕迹，而漫长的眺望，诉说着劳燕分飞。

从前，我骑竹马来你的床前，你说我是一滴雨露，正在嗅你墙角那一朵青梅。如今，我放纸鸢来你的门前，你说我是一阵清风，正在梳你额上那一抹初妆。

记得那时青梅如豆，花开数朵。心然手掐梅蕊别在头上，双眼灵波一转，向我缓缓走来。没有香车华盖，没有桨声唉乃，只有流水行云，满脸红晕。心然问，日日看柳，所是为何？我说，燕燕于飞，只为春归。

春风吹，吹尽人间喜悲，空有好云一生相随，人难追。

春雨醉，醉入他乡何时回？等到月儿上酒楼，水东流。

春梦归，归来独念双飞。谁知江湖，何处留我住？

我们一起仰望着，阶前终于落下了一片黄叶，再后来，慢慢生上了绿苔。而我在檐下听雨，一任玉梨树开出了前缘，只是被脚步无尽地穿越。强说欢期，一别如斯。晨铃轻音，时时响起。记水边，罗带轻分，香囊暗解。那时心然说的天长地久的每一个字，我都用最小心的思念，敲成了诗行。

弹指间，昨日看柳，江湖何处留？天上一抹污云长，留百年沧桑。你不是商女，只是微不足道的歌女，你唱的不是吴歌，也不是西曲，依然是那首不变的"仙尘谣"，我是唯一的听众。

窗棂上投下一条长长的人影，进了房门。红烛摇曳得厉害，飞蛾正在扑火。风声紧张，消息传到了浩然盟的堂口——浩然堂。探子来报："盟主，浩然盟的几箱珠宝和丹药被劫，劫犯杀死几名帮众，死者手里握有尚武派的玉牌。"

"清平世界，朗朗乾坤，竟然会有这样的事！"老态龙钟的盟主

199

宝善大怒，宝座上有着不可压抑的气场。

"人为刀俎，我为鱼肉！本盟的威严何在？"金沐和空谷两位长老都按捺不住。

举目，江湖纷争再起。玉壶沸腾着风流儒雅的龙泉剑，炉膛里的火映红了侠客们的脸。"兴师问罪，更待何时？司空妙，快拟下讨伐檄文！"盟主要亲自颁布尚武派的罪状！

"遵命！"檄文已经写好，请盟主盖神木印！"出发！"浩然盟的旗帜在风里翻卷，桃花盛开在热血江湖的场面，整齐的步伐一直向前！杀！杀！杀！杀得天昏地暗。杀得人仰马翻。看一场城外厮杀，血溅了丹砂。枯藤老树也不忍目睹。天净沙，风狂静不住！

"报，这一场恶战死伤帮众达三百多。"盟主哀伤，令厚葬之。俯视尘烟滚滚，让人兴叹，跳梁的小丑，为争夺几箱珠宝和丹药竟然酿成大祸！

"我们都是命运的棋子，望不到天明就要各奔东西。"心然打了一个寒战靠在了我的怀里，像个未经世事的小丫头。眼睛能够看多远？天上的星星离我们有多远，我们就能看多远！今夜没有织女星，也没有牵牛星，你我是乘虚而上，直追青云？还是相偎而亡，落泪成殇？可笑的是，到老都只是花开花谢一场。

"回去吧！天寒风露重。"心然的目光闪烁着忧伤，泪下楚楚。我说等到佳期再相见，又错过了几许花开与斗转天上。任尘缘来去，何处是往昔？看你一眼，眉间心上无力回避，只是难追忆。青丝长，多牵绊，几回梦里把酒呼，风不管，一生誓言让谁妒？世间，变得如斯安静。荧惑星亮起来，但是我还在等，等待破晓的月牙，等待相会的鹊桥升起！裙幅摇曳，谁的衣袂随风舞？凝固的画面，可怕的传言在散开……

4. 匣子故事

　　阁楼听雨，闲来无事偶翻书。几度红尘来去，万千风景在眼前，有一种思绪在朝天堂开始蔓延。月老祠里断了前世的红线，仿佛我正在一人搔首问苍天。昨宵一轮明月，那是谁的思念在心坎上沉淀？错过了青葱岁月，看落花轻轻飘过，最难忍耐是寂寞。我放下了书，走出小阁独自凭栏，吟咏竹楼对远山。青玉案上的剑隐去了锋芒，入了三尺的鞘挂在轩窗。

　　岁岁翘首盼君至，寸寸光阴叹流年。窗外银河高挂，梦入斗帐，灯影迢迢，何处是故乡？我正在画一幅《软红千丈》，果不食言，青锋接引我前往大罗仙境，拜见传说中的古老祖师。我知道青锋是仙可以御剑飞行；我是人怎么飞？

　　青锋说："泉兄，我早就为你准备了一朵'红莲宝座'，你坐上去就能飞了。"我说："还欠一样重要的东西，就是方向标！"青锋说："别担心，我有罗盘指路，不会迷路。莲瓣可以自由开合，雨是淋不到你的。"

　　我们往下望是人间的勾瓦屏障，依稀白鹤乘虚，长廊短亭；依稀仙剑纵横，日月如梭。我听见阵阵鹤唳，此起彼伏，依然会幻想：箜篌仙境，一场迷雾隐弦琴。乍一看，仙鹤飞舞，奇妙仙乐环绕着流水山谷。古老端坐在天一阁，沉稳安详，看上去修为很高。他正在讲经布道："太上老君所说清心寡欲，无为和静。邪不能胜正，只要心神安宁，则邪念不入。是劫躲不过，一切顺乎自然。"弟子们一起口诵：

天道清明，地道安宁，人道虚空；

三才一体，混合乾坤，百神归命；

万物随行，阴阳洒育，水火通流；

归根复命，龙凤奔行，心神守一；

运转无序，炼气成真，化生仙丹。

我与青锋进了天一阁，古老坐在主位。外面出现一位身披阴阳八卦道袍，手持蒲扇的仙长，说："古老，好久没有切磋棋艺，特来相会。"

古老说："苍术先生请旁边坐，今日有要紧之事，不宜下棋。"

苍术先生仿佛认识我，说："周泉，你原是天界的神灵转世，因为劫数到来，下落人间！"

古老施法在洞镜壁上，画面上出现一汪清澈透底的湖水和一只匣子，还有一把剑。古老问："周泉，你看见湖底那被封印的匣子了吗？"

我问："看见了，匣子里装的是什么？"古老说："说来话长，匣子里装的是李太白留下的'仙峰之笔'，它会引来无云剑。我给你这面镜子就能看见匣子和剑，你需要面对的是它幻化出来的镜中人。它是邪恶的剑灵，人身上的缺点是它最想吸收的养料，比如妄念，浊气等等，然后它化而成形！你美则它丑，你强则它弱，你怒则它乐，它强则你哀。此消彼长，生死不休。它被封印在昆仑山的天池五百年之久，想不到它不在五行之中，金木水火土都奈何不了……

它唯一怕的人就是你，因为你是天人啊！"

我有些害怕，说："现在正是它强我弱，用无云剑乱我作为。我与世无争，而它被封印也能夺走我的七星剑！"

古老说："是的。我出关就是奉天命度化你。无为而为，唯心是观。夺得仙笔，躲过这一劫寿与天高，修为提升，文坛也会出现你站上的山峰！"我感觉责任重大，问："太白遨游我登峰！我该怎么办呢？"古老说："神仙与生俱来承受不同凡俗的使命，心系天下安危！为今之计，我让松下七子与你去昆仑山找回属于你的七星剑，并且取出匣子带回来另行处置！"

我对青锋说："那我们即刻启程！"苍术先生施法说："别急，先让他们交会一下元神，看是否能够组合？"我们盘腿打坐，闭目进入一片虚幻之境：

依稀苔藓绿了木屋，路深处翠落的孟宗竹，我手握传世的信物，还在读前世的一纸书，不知此刻身在何处？我喜欢洒脱，一袭青衫飘然于万丈软尘，结庐而居，以琴会友。山高水低，鸟近花远。不羡鸳鸯不羡仙，比翼双飞我舞剑。八卦炉把雨水煮，残缺的是老茶壶，几里外是蓬蒿的尘土，而这种隐居叫作江湖。

还记得那一日，花落成冢，可是南飞的雁阵惹花儿忧伤？你是我的无双，你一剑舞苍穹，乱了我的琴弦，惹柳絮拂遍了衣裳，不知勾引了谁的眺望？风无言，墨已香，你将剑划过了悲欢离合，舞成了我的旧诗行。我的手指在七弦上起伏，风吹动了流苏，我一眼望去是灿烂的芳华在你的剑光里舞蹈，落地是片片的桃花笺，染红了季节，诉说着千古不变的忧伤。

风尘滚滚，聚散匆匆。你说你的三尺剑，是我回不去的过往。

城门失火，殃及池鱼。花落人亡两不知，这种世道叫作乱世。莫笑年少轻狂，尘缘未央。易冷如烟霞，你含泪饮风沙，远去了江南那半遮面反弹着的琵琶。而烛影摇红，映射出了你模糊的容颜在墙上，风吹过了我的纱帐。

谁家天下尽尘烟？进攻和防守，错过了你我的诗酒年华。

战甲三千，华丽的开场。银枪白马，是谁在驰骋天下？抵挡不住一场厮杀。万里江山如画，风过天地也萧瑟，提剑纵白马，几番征战讨伐，血染了桃花。马蹄扬起了尘土，几里外是欢呼，远方满目的烟花，传来了你战败的消息……

江湖一生梦一生误，我心已无主。我敲指头，开始冥想：你所向无敌，为何挡不住我致命的一击？成败，只在一念之间。落幕。松下的风告诉我们：刀剑如梦，不轻易用。苍生为重。苍术先生说："果然是天下无双，相爱相杀的宿命。"

古老说："他们交会元神不排除受到匣子的干扰。"告别古老和苍术先生，松下七子驭剑而行，我在红莲宝座上飞跃云岭，看见下方的洛水城连忙说："停！洛水城上空被黑云遮盖，是怎么回事？"青锋说："泉兄，不要理会，我们先飞去昆仑山完成任务。"

红莲宝座低空飞行，外面忽然电闪雷鸣，狂风暴雨。松下七子全部遁入剑中，继续向前。我从衣兜里摸出镜子，镜中人仿佛在对我说："周泉，你战胜不了自己的七情六欲，迟早会败给我！"

我对镜中人说："邪术迷惑不了人心！你无天道，我必诛之！"

镜中人说："天下皆由我幻，我才是三界最强。"

我说："你是虚幻，注定会失败，不然怎么会被关在匣子里面？"

镜中人说："失败的是你！你连心上人都娶不了，将来就是光棍到老，无依无靠!"我说:"你怎么会知道我的隐私?"镜中人说:"别忘了，我是你的影子。"

我们一剑独行春山坳，盘旋而上，从这里是通向昆仑山的路，岭上有轮回台，如果有谁登上轮回台，就可以穿越到从前和未来，一览无穷。美哉壮哉，似水流年如画。我们俯视烟火人间，感叹生命一划而过。然后我们喝了些泉水解渴，停坐在青石崖上，空中彩鸾飞舞而过，不知天池在何处?

停坐在小轩，把酒话桑田。风吹帘卷，有银杏飘落在山岩边。起身回梦云峰仙乡，青山幽谷白鹤成行。飞絮轻点湖如镜，青空流过纱织云。这里就是传说中的轮回台，芸芸众生就在我们的眼底。

玉笛声渐，青鸾箜篌响。一别经年仍否有霓裳? 千年还似一梦，前尘已茫茫。自古痴心多离怅，谁言别后才懂牵肠? 心然，如今我独敛衣袂倚斜阳，只是留待后人纷纭一世作痴狂。那一世，太多誓言和青葱岁月。风吹过，谁的画面，一别沧海桑田? 轮回，轮回，是谁对岁月留住?

青锋说:"天池就在蟠龙谷，我们须要小心从事!"

我们拾级而上，登上青鸾之巅，花枝摇，五百年才开一次花的桃树上挂满了晶莹的雨滴，仿佛凡人的眼泪不经意地滑落。前面的蟠龙谷有千条紫气，冉冉而上，灵气凝聚不散，必然有龙出没。依稀九天有玉带临风而翩翩，真让人浮想不断。处处山峰插云，飞瀑万千，奇花异草无限。我那如缎的青丝在风里起伏，思绪联翩，不知所以。

云出岫兮欲雨，水潋滟兮生烟。青冥之下，碧水之上，我一剑拂过，看纷纷花落。衣香鬓影，穷尽几多流年，如何只是人间路过?

明日，云舒云卷，花开花落，更有天涯，更有相依前行的天下！我们历经艰险，不停息地查找了半天，终于找回插在青苔石壁上的七星剑，放射出耀眼光芒！然后由松下七子使用取物法宝取出了封印在巅峰天池里的匣子。

祥云笼神州，匣子见天地。望远处青山隐隐，碧水悠悠。画卷上交错的山高和水低。追忆那年云朵枉然入梦。松下七子在空中驭剑而行，我乘红莲宝座一起直奔大罗仙境的云岭天一阁，低头看人间的勾瓦屏障，风呼啸而过。大约半天的工夫，我们到达目的地。古老与众弟子出迎天一阁门口，一片雪白的衣裳招风而入。我们进入天一阁，呈上匣子。古老取出了被取回的匣子，说："这只是一只匣子，天地还有数不清的匣子，里面装着不为人知的秘密。"

我请古老打开匣子发现里面果然有一支仙笔，光彩照人。古老说："你得到了李太白留下的仙笔，匣子是空的了，看来'剑灵'已经破印而出，天地灵气受邪气入侵呀。"

我吃惊地问："怎么才能找到它？"苍术先生说："哪里有幻觉，哪里就有它。"我终于悟了，低头说："它就是一个跟踪者。我们还是先躲起来吧？万一它来袭击怎么办？"

古老说："你只要变美变强，它就会变丑变弱。消灭它就不会是难事了！"我想了一会儿，说："爱情的力量是最强大的！我需要爱情的力量！"古老手捧有物，说："我送一卷天书给你，你带回人间修炼。望你早日成仙，替天行道，消灭幻相！"我登上红莲宝座，带着天书返回住所，思念心然吟道："七夕夜里望碧霄，辜负春潮，愁上眉梢，话到伤心成唠叨。不知何事萦怀抱，醒也无聊，睡也寂寥，不见鹊桥又一宵。"

5. 堂口告密

烟雨霏霏，紫砂壶里也有春天。解饮淡茶，闲话桑麻，醉听清筛，莺啼恰恰。心然吃了一惊，放下茶杯，说："原来是因为这件事！尚武派绝不会干抢劫杀人之事，也许是有人栽赃嫁祸！"

帮众旗帜鲜明，同声讨伐说："浩然盟不分青红皂白杀伤我们的人！可恶至极！"心然力排众议，说："浩然盟供奉的是古老祖师，尚武派供奉的是苍术祖师，两位祖师是生死之交的道友。我们何不化干戈为玉帛，冤冤相报何时了？"满堂哗然，小丫头胡说！一派局促不安。所谓箭在弦上，不得不发！

点银烛，海棠树下照红装。派主私下对心然说："丫头，为父答应帮你解除婚约，但是你不能与浩然盟的那个小子来往！眼下的形势你都看到了，两帮已是水火不容！世间好男儿多的是，以你的才貌不难找个好苗子。为父希望未来的女婿是朝廷官员，最好是王族中人！"心然还是不依，进言说："可是父亲，你也是帮会中人，为何要倾心王族呢？"最后，派主还是无奈地摇头，说："丫头，你还不懂。"

繁芜落尽匣锁昔年妆，纵有楠木如盖遗凉。镜中月华，让人不知真假。心然对镜梳妆，青丝垂肩，一如光阴漫长。春风翩跹，窗外飞红让人眼花缭乱。她云鬟高挽，衣袂飘举，把自己打扮若翩翩仙子，胜过花间彩蝶。弹琴鼓瑟，出类拔萃，闺阁中无人能出左右。

她的眼神如此寂静，静得渺渺生出仙霞的烟云。我是要寻那一痕水纹深处的倩影，一瞥惊鸿，飞毫跌入你委婉春深。她用桃花水洗砚，晕染烟雨缱绻，誓言开在三月三，记取我眉目如画。

> 桃花落寒潭，访贤掩门扉。
>
> 征尘三万里，云罗只雁飞。
>
> 天梯出墙头，月冷回故地。
>
> 此去何由达，功名棋盘车。

是春光，是年华，是相遇的爱恋一场沉醉。直到心然写下"姻缘"两个字，口里终于唤出我的名字，而信鸽早已不知去向，宛如一阵轻风般，吹过流苏去了。只剩下桃花如灼，落了一地的惆怅。我却行走在自己的诗行里："红棉粉冷两相见，绿水青山入眼帘。口吹花蕊，轻弄风中弦。叶上诗行寄谁边，流苏半卷软榻前。半枕春寒，雨落不成眠。"

一怀心事杳然如流水，多少世事在变迁？心然泪如梨花，洒满纸上的天下！而她的父亲就站在窗外，看着房门上的铜锁，转身，一声轻叹。

连绵不断的雨滴在下又止，忘忧河的竹桥上宛如结霜，柳绦烟雨拂青眉。我缓缓走在还未凋谢春红的林间小道，苔藓布满青色石板，落叶堆积如霜，一脚踩上去让人感觉身处云端一般。我去寻那桃输面颊柳输腰的心然，送给她一样东西，说："这是我买的胭脂粉，送给你一盒，请笑纳？"

心然接收礼物，说："名剑不孤单，有香花同在，一缕青丝随君天涯……"我报之一笑，望着她的一张俏脸如新出之月，目光泛起了怜爱。她弯下身，再鞠一捧水，翘盼笑兮，笑面若云烟，一转身消失了踪影不见。

一不小心，枝头上的落花似坠楼的美人，一下子砸疼了我的马背，让我跌入了软尘千丈。仿佛桃花正开在三月的渡口，谁与我盈盈一握，直下十里桃林？谁将心事付瑶琴，满眼花零？不思量，自难忘，我的伊人在绣帘里理着白团扇，似皎皎的月儿不说话，仿佛白茫茫的水面上，刚落下一朵桃花染？

霞光潋滟，美人入画。叹！叹！叹！弹！弹！弹！卧花茵，枕琴囊。七弦玲珑敌不过一身疲倦。纤指红尘，古琴笑飞鸿。一瞥，如隔三秋，我们只愿能长相厮守。我的脸上挂着甜蜜的浅笑，好似进入了云霞似的梦境，斜睐双眼，桃花是醉了，还是自己是睡了？风吹落了花瓣，锦旗还在招展。我转身想去牵青骢马，说："得走了，免得又让人发现让你难堪！"

心然说："慢着！尚武派要偷袭浩然堂了！你赶快去报信，让他们早些撤离！我真的是背着当叛徒的罪名告诉你这件事，我不想看两帮的仇越结越深！"

"真是江湖险恶！"我仰头问天，天不语，若有情也会泪下涟涟。别了！吁！策马而去，一路向前面狂奔。一脚深，一脚浅，三百里榴火。大路上看见驿站花早开，落下朵朵梨白在官道的两旁，保和塔高耸，渐渐被马蹄穿越在季节的后面……

浩然堂，盟主正在高谈阔论，煮酒会群英。玉屏风一扇扇敞开，我禀告而入，谢座。一身全新装备侠气十足，绚丽夺目。屏气，听得见针掉在地上的声音。举止之间，行动如风。所有大厅在座的目光都扫向我这个不速之客。

"千里而来，所为何事？"马在屋外长嘶，花的香气袭人万种。

我向前密报："盟主，尚武派将有大量高手举旗来袭浩然堂，请求早加防范！"盟主宝善说："打开天窗说亮话，这里的金沐和空谷两位长老都不是外人。"金沐长老问："周泉，你的情报是哪里得来的？"我支吾不语，因为不想给心然带来麻烦，受到本帮的责难。面对着堂上的古老祖师画像，焚三支高香。师父也在场。

盟主自我器重，不可拂逆。说："我已布下机关，不惧来者！"

6. 真相大白

还记得调朱砂，画蛾眉，在古老的琴台下，蝶恋花就在我的指间舞蹈，醉了我的魂，在晨光里青衫铁笛翩然笑春风。心然说爱我的侠骨柔情，而我怜她的十指纤纤，紧扣心弦。她的一个凝眸里，有我的前世今生，有红尘一面。

纷纷花落，我心中翻云覆雨，少去了几多壮志凌云。轩外潺潺的流水声让人内心沉淀，无眠，屋外花正浓，春风似少年。无数的音容笑貌，在转眼间隐退，如天上相望醉眼的星辰。风吹过，花睡了破碎的山河一地，宛如伤心不顾一切。我取出那一只水袖，看着水袖上的行书题诗，想象着心然水袖漫卷的样子，忍不住写了一首词《相见欢》：

流弦十指紧扣，昨日未可停留，飞燕衔雨巧逗，胭脂带上妆楼。微微清风吹豆蔻，你可曾知否？千金一抛天地忧，只怕韶华休。柔情万种卜水流，缘分日夜愁，恰似遮不住青山，无处共闲游。

城池丝竹急奏，流苏笑声轻透，此处风光独好，偏要嫁上高楼。淡淡情愫湿衣裳，雪落不罢休，百年一遇是奇缘，冷了杯中酒。佳期如梦醒难求，年少竟白头，只叹不见云出岫，望去满眼愁。

一切都是浮光掠影，想那一日，我只是在窗下托腮痴想，那个女子为何如此娟秀？为何会神情忧伤？鸳鸯戏水，我心愿相随，三月枝头我化身成蕊，只愿生生世世与她相随，一起穿越那轮回。正是豆蔻年华，你我尘缘未央。心然说过鸳鸯戏水心愿相随，我一生一世都不会忘。

忘忧河的岩石边，沈烟用力磨剑，说："师兄，别人十年磨一剑，我要一年磨十剑，去杀掉尚武派的那帮人！"沈烟愠色挂在脸上，起身掩了半扇轩窗。

"又是怎么了？"我的声音顿了半拍。沈烟说："师兄，你真的不能再跟心然来往了，否则我也只能跟你划清界限！"我觉得莫名其妙，不可理喻。

"尚武派出动众多高手围攻浩然堂，恰好四大护法不在，于是他们破了机关，重伤盟主，你难道不知道？走！我们一起去替盟主出这口恶气！"沈烟提剑在手，得理不饶人。

"沈烟，冷静！我在盟主那里见到死者手中握的那枚尚武派玉牌

是我的!"我一下捅破了纸窗。"这事跟你有关系吗?你怎么如此断定?"沈烟一脸惊讶。我只是说:"我曾在心然送我玉牌后在上面做了一个记号,是一个心形图案。"

浩然堂一片死寂,气场相碰,屋宇四周花瓣震落如雨。沈烟想先发制人,向盟主状告有人盗取我的玉牌。盟主竟然说:"能从周泉身上盗走玉牌的除了司空妙以外,没有几个人能够办到!"

人声鼎沸,整个堂口如同没有加水的锅,一下子烧炸了。宝善盟主出高声也静止不了非议,满座一片哗然,纷纷提出质疑。无须多说,已有人从司空妙的屋后挖出了几箱珠宝。群情激怒,要求严惩司空妙!不容姑息!司空妙无法解释。因为只有一种解释,物欲!贪婪!

盟主宝善拳头紧握,击碎玉石。起身,眼里向司空妙射出凶光,说:"侠之大者,为了天下拯救苍生。而你在浩然盟的地位这么高,竟然干出这等勾当!当着古老祖师的画像,难道你还想抵赖?你是要我清理门户?还是自己动手?"

"不是我!沈烟是我的女儿,我只是想给她办一笔丰厚的嫁妆!埋藏在我屋后的那几箱珠宝是我克扣的帮中物品,不是抢来的。"司空妙的肩膀不停地颤抖,面临着绝境。沈烟捂住嘴,痛了,哭了。

"不可原谅!"盟主的剑出了鞘,寒光闪电!金沐和空谷两位长老与帮众群起而攻之,步步紧逼,说:"黄巾武士把他绑了,押送至尚武派请罪!"

路深处闻到檀木的冉冉芳香,我一路狂奔,山一程,水一程,眼中是纯白山河,被风吹起了几颗尘埃。司空妙的双手反绑,跪在地上说:"天啊,既然一切都因我而起,当一死以谢天下!"我大步向前，也跟着跪倒在地，说："我师父已萌生悔意，请你们放过他吧？"

尚武派派主的剑划破长空，呼啸而来，喊道："小子，刀剑无眼，让开！"我慢慢地闭上了双眼，挡在师父的前面。青锋风一般挡在我前面用手撑开结界，派主一身震颤，收剑。司空妙大难不死，沈烟泣成泪人，流出的泪浮起三月之石头。

古老与苍术两位祖师同时降临现场，说："盗走玉牌的是剑灵，杀人的是无云剑。"浩然盟弟子与尚武派弟子全部下跪，听候两位祖师高论。古老说："司空妙蒙冤，但是不该克扣帮中物品，责令归公。"苍术先生说："往后尚武派要与浩然盟修好如初，一起修真，不得违背。"

英雄止步，牧马南山。一场误会，两边的人各自纷纷收剑。浩然盟与尚武派的恩怨最终因为剑灵是凶手的真相而了结，从此两相和睦，江湖重归于平静。可是洛水城被剑灵攻占，天空变色，我不能袖手旁观！有识之士街巷寻遁，不敢作声。红尘男女还在遮阳打伞，比比皆是。无云剑飞来乱舞，剑灵已经修炼成形，在半空中说："这些无知的凡人，大祸临头全然不知！"

洛水城的明月广场有两根华表圆柱，长年有云岫出没。古老和苍术先生被剑灵吊起来了！松下七子舞剑飞升上去斩绳索，可是用尽力气根本就斩不断！剑灵在空中施法，宝善盟主和金沐，空谷两位长老战死了，浩然盟和尚武派的修真弟子自相残杀，尸横满地，不计其数！

地上残红一片，漫天飞舞，一如柳絮似的雪花。剑灵抓起一堆利剑向下面洒去，天空下起来一阵剑雨，说："洛水城的人听着，我

才能造就邪恶人间！"人们纷纷逃散，走得慢的人都被剑雨射死！

一念之喜，景星庆云。洛水城很安静，这几日云层下雨不停，有些死亡的讯息在传播。楼上唱残了的歌喉，酒渍了的衣裳，乍合的目光开始失落，谁来依我一襟沧桑的理想？费尽相思，何来雁字？是谁的忧伤，系上琴弦的心房，舞落一地的风霜？

入红尘，天涯羁旅，谁是谁的伴侣？是爱情给了我美好的憧憬，还赐予我无尽的力量。我吟道："娇花照水百日好，心思难料。泪点难销，环佩只需玉一条。满眼西风来无计，雨落苍烟。吩咐秋潮，莫误飞仙上灵霄。"我终于强大了，一定要消灭变弱的剑灵！青锋使出追云剑，松下七子帮我杀敌！可是心然已经落到剑灵的手上，拼命挣扎！

我着一笠烟雨笑对人生的战场，拔出闪光的七星剑，携万般的柔情漫天而下，城池上满是飞花，一朵朵徐徐飘落，葱绿着眉间心上的一片情，向谁诉说？青丝散乱，天际宾鸿阵阵，是我一剑拂过，杀气花落？我与邪灵对掌，各自后退五十步！邪灵使出破天术，绿玉做的九天玄女雕像被击成粉碎！

"驭剑归一！"松下七子各自归位布下北斗阵法，一起使出全力困死了剑灵，七把剑在空中入定，做最后袭击！我认准良机，主动出手，说"你之所为，见不得天！背道而行，注定失败！"邪灵战至最后消灭在了我的七星剑下，太白仙笔出手，无云剑四散，无法再为害人间。我救下了心然，欣喜得相拥在一起，眼泪直下。古老祖师施展法力，修复受伤者的形体内外，宝善盟主和金沐，空谷两位长老都获得起死回生了。

南无鸿雁，星斗拱北迢迢渺长空。白石道上，林花谢了春华，太匆匆！此后，霏雨荒烟，草色入眼。流年偷换，转瞬几番春秋冬夏，断无谓牵挂，弃昨日荣华。在马蹄踏过的青冢前，开满了玲珑草，云木香，而远处的歌声再一次向江湖中的人们传来——

弄冰弦流水兀自闲，心无所系傲九天。越千山花落青冢前，却辜负了思念。幽谷翠峰何时梦还？一爱至斯尽付笑谈。总参不透天道轮回，是烟非烟冷雨打视线。

别经年梦回孤枕边，研新墨一方在案前。风干了似水的流年，徒留三尺长剑。悠悠琴声欲诉还难，一生怅惘为谁弹？几段唏嘘几世悲欢，可叹我命由我做神仙。回首不知少年事，直到流光舞成眠。如花似玉的美人颜。陪谁醉笑白云边，不知双羽飞已倦。任指尖上蝶舞蹁跹……

水陆会

引子：台上瘦影天上魂，知是昭阳第几春。

下凡浴出七仙女，共见琼真一片云。

小鲤鱼本是南海龙王的女儿，因为违反庄严天条被天庭下令禁锢在陆地的小南海，并且在水底中央给她修建了一座很小的水晶宫，供她歇息，而她只能做一尾会说话的小鲤鱼。在这以前，小南海并不出名，人迹罕至，所以有七位仙女经常下凡到这里洗澡。只见小鲤鱼遍体通红，鳞光闪闪，看上去很有灵性。小鲤鱼可怜兮兮地问："七位仙女姐姐，我要怎样才能摆脱禁锢呢？"七位善良的仙女说："不难，只要有缘人为你流一滴眼泪在这水里，封印就可以破除了，而你就恢复了自由之身。"然后，七位仙女姐姐就飞上天了。

1. 解除封印

小南海每逢盛夏就会被茂密硕大的芙蓉覆盖，俨然形成了一个

"芙蓉女儿国"，因为经常有很多的小少女来这里荡舟戏水，采莲赋诗，夜里对月吹箫，把盏高歌。菱歌泛夜，一位叫心然的姑娘满载一船诗经，从乐府里欸乃而来，被打捞起的是属于她的芙蓉往事。她折叶为舟，织花为裙，一起误入藕花深处，沉醉不知归路。朦胧之中，她系上了相思的缆绳，含着一颗明星泪，任凭万点流萤的光亮，悄悄划过了温柔的波心。

心然吟道："谁将乐府曲中论？乡音迢迢，醒也无聊，梦里寒花隔玉箫。凌波才过横塘路，雨来潇潇，人也缥缈，共忆春山无限娇。"那芙蓉影里，传来的不过是一首无调的歌，红酥手底，采撷的也不过是一颗眠熟的种子，她却停下了兰桨，一次又一次地回望，望向那一盏两盏逐渐熄灭的灯光。

忽然月黑风高，飞沙走石，让人睁不开眼睛。船舷上的蜡烛被吹灭，船儿摇晃，让人坐立不稳，心然一下子掉进水里。少女们惊慌失措，喊道："刮大风了，快跑啊！"各自逃命，也没有人来得及搭救心然。小鲤鱼在水里发现了上面的情况，游过来托起心然的身体进入水晶宫，并将避水珠含在她的口里，希望能保住心然的身体，让她复活。

有一天，在附近居住的书童阿海来到小南海岸边，用水彩笔画风景画，只见红蜻蜓和蓝蜻蜓在凌波点水，恰好因为看见了水里的小鲤鱼，觉得非常可爱，于是把小鲤鱼也画在了画图上面，栩栩如生的小鲤鱼仿佛会动，在画里面游来游去，招人喜爱。阿海忽然听见有哭泣声，就问："是谁在哭？"

小鲤鱼："小哥哥，你能帮我破除封印，让我脱离禁锢，重新获得自由吗？"阿海一直在专心地绘画，说："小鲤鱼，是你在说话？

等我把画先完成啊。"小鲤鱼生气地说："哼！你再不救我，我就要被人做成蒜香烤鱼了！"

阿海急切地问："你要我怎么做才能救你？"小鲤鱼提示说："你扔一块石子进水里，看看有什么反应？"阿海捡起一块石子扔进水里，竟然湖水纹丝不动，一圈涟漪都没有。小鲤鱼又说："你只要滴一滴眼泪进水里，就可以帮我解除禁锢，好吗？"

阿海尽量去想令他伤心的事情，比如很多不幸的人病死了，还包括自己的亲人，然后流下一滴眼泪掉进水里。小鲤鱼又说："你再扔一块石子进水里，看看有什么反应？"阿海再次捡起一块石子扔进水里，结果一石激起千层浪，看来湖面的封印已经解除了。阿海说："原来鱼生活在水中，人生活在气中。"小鲤鱼瞬间得救了，兴奋地摆动尾巴，还不停地做鲤鱼打挺。

小鲤鱼对阿海说："小哥哥，谢谢你救了我，我是南海龙王的女儿，是因为盗取瑶池圣水被天庭处罚的。我需要做满三千六百件善事，然后才能恢复原身。"

阿海说："是吗，回答我鱼在水里怎么不会被淹死？"小鲤鱼说："大气不止能浮起蜻蜓，还能浮起仙船呢！人生活在大气之中，为何没有压力感呢？"

阿海点头说："说得有理。有何打算？"小鲤鱼说："我要报答你的解救之恩？"阿海说："我都觉得举手之劳，不值一提了，不知如何报法呢？"小鲤鱼说："恩情难忘，我会请求我的父王，将我嫁给你！"阿海说："不可以，嫁给我你会犯天条的。说不定还会被禁锢在这里，下场可惨了。你还是做我的小师妹吧？"

小鲤鱼说："正合小妹之意。难得哥哥有修行向道之心，其实我们水族是不能随意通婚的。"阿海说："呵呵，那你是不会嫁给凡人了？"小鲤鱼说："呵呵，将来我要嫁的人远在天边？还是近在眼前？我都还不知道呢！"

小鲤鱼央求说："小哥哥，你能把水晶宫里的小姐姐救活吗？她是失足落水，惊吓而死的。"阿海说："我是针灸师，看看我用扎银针的办法能不能救活她？"于是，小鲤鱼用尽力气将心然姑娘推出水面，送往岸上。书童阿海取出随身携带的针具，给心然扎了几根银针在几处穴位上，结果，心然姑娘苏醒过来了！

心然的头上斜插一支珊瑚钗，穿一袭水碧纱纹裙，佩带香囊，出落得翩翩有临风之姿，婷婷然有沉鱼落雁之貌。他们看到对方觉得很面熟，但是明明是第一次见面，你可知道那是前世见的面？到这个地方觉得自己来过，可能是在两三千年前来过这里。人绝不是一生一世，而是生生世世，周而复始。

阿海询问："姑娘，你叫什么名字？家住哪里？"心然说："我叫心然，原本是富家女，现在寄人篱下。"阿海说："我家是开药铺给人治病的。我有一个梦想，为了给百姓治疑难杂症，需要去蓬莱寻找海外仙方拯救苍生！"心然表示支持，说："这个志向很远大，我跟你一起去吧？"阿海不同意，说："此去路途遥远，很是冒险。我怎么也不能让你一起去呢！"心然坚定地说："我的命都是你救的，再难也要一起去。我们此去也许会出现美丽的意外呢，冒险又算得了什么？"小鲤鱼说："我也要回南海龙宫去。我就驾莲船带你们上银河，入大海，寻蓬莱仙岛，求取海外仙方。"

船过银河千帆舞，参辰双飞度龙门。

我是文星来传梦，欲持彩笔下夜台。

银河斑斓，五光十色。小鲤鱼翻波滚浪，鳞甲闪闪，莲船颠簸向前行驶。果真是忆向天阶过长河，凤鸣阵阵驾彩车，青女素娥皆欢喜，前尘一起九州飞。天上繁星点点，人间千家万户笙歌夜唱，有情人穿针乞巧，仲夏闷热清欢却连成一片，羡煞不敢思凡的神仙。

阿海说："生活原来可以天马行空，可以很美好！"

心然用手指前面，说："看，仙界的兜率宫！"只见老君炼丹房里的八卦炉若隐若现，几名炼丹师手持金葫芦，仿佛在说："这是给圣母娘娘炼制的仙丹，我们一起加班完成！"

小鲤鱼驾着莲船继续在银河里游弋，彩船游舟，牙旗战舰，穿梭而过，青雀黄龙，风烟迷津，天宫越来越堂皇高大，看上去有缕缕霞光飘逸，金碧辉煌，庄严肃穆，给人感觉好似梦幻一般。此时，董双成正在瑶池翩翩献舞，许飞琼正在仙阁掩扇遮面，嗣音女神正在岸边金阙弹奏"云宫迅音"，见到银河里慢慢靠近的阿海和心然后直接喊道："金童玉女，你们下凡回来了吗？"阿海说："仙女姐姐，是小鲤鱼带我们上天的！"

小鲤鱼惊喜地说："阿海，心然，原来你们是天上的金童玉女！"

阿海感叹地说："上穷碧落下黄泉，不然我们也不会分散。"心然却喜悦万分地说："现在天遂人愿，我们不是又回到天上了吗？"小鲤鱼说："这是我的功劳吧？你们来世要凭借自己的修为飞上天，位列仙班。"

阿海抬头，望见密密麻麻的喜鹊往一个方向飞，摆成了造型，说："远方鹊桥高挂，莫非今夜是七夕佳节？"小鲤鱼说："是七夕，地面上的萤火虫已经在点缀佳节氛围了。"心然指向前面说:"快看，牛郎星和织女星要在鹊桥相会了! 我们千万不要打扰他们哦!"小鲤鱼说:"牛郎本是天上星，又是地上人。"心然说:"织女是天帝的女儿，喜欢织布，可见神仙也爱劳动，与凡人都是一样的。"阿海说:"神仙皆由凡人做，只为凡人不肯修。"

银河尽头，小鲤鱼驾莲船出了天界，飞流直下进入云层，径直来到琼州海边。一行人来到漫无边际的海边，这里人头攒动，阿海和心然想乘上商船出海。这时候天空飞来一只海燕，张开翅膀，不停地啼叫，试图阻止阿海上船。阿海听不懂海燕在说什么，于是不予理睬，来到船上。海燕在港口缠绕一圈，伤心地飞走了，化作一道海上的模糊风景。

2. 奔向蓬莱

两人站在船舷边上，海面万里无垠让人眼界开阔，胸襟舒畅。阿海执着心然的手说:"海枯石烂，我对你的感情也不会改变。"心然也坚定地说:"我相信与你相识，情贯穿始终，才是世间最永恒最珍贵的存在。"

船上有人问阿海:"你们出海做什么? 有没有带值钱的东西?"阿海说:"我们两手空空，出海求取药方治病而已。"这时候，忽然刮起了一阵台风，大船左右摇晃，使人站立不稳，失去重心。大家收了船帆，离开甲板，躲进船舱。阿海说:"纵使是台风，有何可

惧?"小鲤鱼说:"阿海,写一首诗求海神护佑,必然有用?"阿海于是写了一首诗扔进海里:

乘船见紫氛,徒劳起风波。

平生仗正直,天海任穿梭。

片刻之间,海面风平浪静。大家都跑出船舱,恭敬地夸奖阿海说:"神童,神童,与众不同!"意思是说他能通鬼神,使他们化险为夷,不然极有可能葬身鱼腹。船往前行,海上遇见金甲神手持一张令牌迎风而来,上面写着"周阿海"三个字,满船的人都说:"天神来捉他,肯定是犯了法!我们把他推下海去!"于是,阿海被众人推下大船,跌落海中。小鲤鱼飞跃而来,驮起阿海。心然见状,不愿独生,也跳进海里。金甲神脱下披风,将两人卷起,直上云端。阿海回头大惊,看那艘大船已经沉没入海。浪花朵朵,小鲤鱼在海面上追逐前行,一起奔向蓬莱仙岛。金甲神说:"那大船上的人全部是海盗。"阿海问:"那你的令牌上为什么有我的姓名呢?"金甲神说:"本神奉命来请你去蓬莱写文章。"心然高兴地说:"我们正准备去蓬莱。"

蓬莱仙境非比寻常,苍松落棋盘,丹阙迎玉阶,云出岫兮鸾鸟飞,气如虹兮贯苍穹,九层宝塔对钟楼,五角凉亭映栏杆,果然人杰地灵,万物有光辉。正面殿堂之上有一群仙长,依照秩序站立,安静祥和的气氛笼罩全场。金甲神向紫衣掌门交差,说:"掌门,周阿海带到?"紫衣掌门准备了满桌的佳肴和琼浆玉露,给阿海和心然接风洗尘,说:"蓬莱阁欢迎你们,请入座?小兄弟本是观音菩萨座下童子观保转世，对这里可有印象？"阿海说："记不起来了。"随即与心然一起入座。两人已经很长时间没有进食了，于是毫不客气地开怀畅饮起来。

阿海平时都是吃人间烟火，说："我喜欢喝青梅酒，这里也有吗？"紫衣掌门立即命人煮青梅酒，给阿海饮用。阿海笑说："我不是听说仙家是吃青泥和鹅卵石吗？"紫衣掌门说："太白诗云'青泥何盘盘，白波九折萦岩峦'，青泥确实是仙人食物，但是很少吃，因为蓬莱也种上了蟠桃。"随即命人端上两个又红又大的蟠桃，任由阿海和心然品尝。阿海吃了蟠桃，把桃核藏起来，想带回去栽种。紫衣掌门说："小兄弟，蟠桃只有在仙境才能种活的，带回去是没用的。"阿海说："桃仁可以做药，给人治病。"阿海很喜欢吃海参，给心然夹了一只放进碗里，说："妹妹，多吃点海鲜？"大约半个时辰过去，大家用餐完毕。

阿海情不自禁地四处游览，充满十分好奇，毕竟这里是天涯海阁，没有市井俗气，很容易就找到写文章的灵感，忽然一拍脑门，说："有了！"紫衣掌门吩咐下人："取笔墨纸砚，摆在案上。现在就请小兄弟作文？大家拭目以待吧！"阿海说："我来到蓬莱仙境，真是大开眼界，足以慰平生。至于文字游戏，运笔走墨，我就以诗为文，写一篇《蓬莱》吧？"

花若再放春心浅，欲将相思传尺素。歌唇衔落丁香颗，一世馨香雨中散。细梳龙纹逢圆顶，叮叮环佩认六亲。初露端倪怜小巧，齿锁青苔背秋千。罗扇舞罢东风怨，稳身金泥腰肢在。长眉对泣春天里，悬知裙钗犹未嫁。北斗回环水声浅，露华褪尽芙蓉面。不辨玉轮终皎洁，可怜清辉手中满。

惊鸿一瞥伞青青，长萝烟雨连南陌。斗草会有海燕来，云雁足系西楼信。邻家有女嫁不售，东君有意无别情。湘弦楚管愁一慨，化作幽光入龙宫。柳琴因风起海涛，归认阿母上瑶台。晓星欲隐秋光色，萧史引凤过河源。醍醐灌顶一杯酒，吴娃双舞水葬处。玉扇未怜亡国人，手接云屏呼天尊。

东边雨晴天西下，雄凤孤飞女龙寰。海风云涛仙袂飘，琴端蝴蝶弦外迷。风尘三千扇一把，情丝断断坠锦瑟。遥向碧落问神女，不见巫山见瑶台。云梯步步落尘埃，霜风只识刮鳞台。红尘未破衔雨看，三生轮回长生石。星辰灿烂当窗沉，蜡烛啼红怨天晓。泥马不能朝天阙，已载真君过长河。

凤尾森森十二栏，碧纹圆顶雨中看。弱水一瓢去悠悠，结愁三千不回头。湘灵鼓瑟湘江上，内记相识侣成双。怅望舟中拨弦乱，红荷风吹鄂君颤。惯与青灯共憔悴，长思北斗苦回环。梦笔生花发如霜，太白乘醉书芙蓉。提篮麻姑货云烟，为向东海买沧海。丹成逐我三山去，不作巫山云雨仙。

紫衣掌门说："小兄弟，这篇文章将会刻在石壁上面。你费思劳神，需要什么酬谢吗？"阿海说："给我海上仙方就可以了。我要拿回去给百姓治病呢！"执剑真人说："我给你们安排一个小任务，怎么样？你们需要去第二世界的水帘洞寻找一方龟灵印，拿来交换陆压道人留下的海上仙方。"

小鲤鱼说："这个世界有许多子世界，想要找到第二世界太难了，那根本就是大海捞针，希望渺茫。"执剑真人说："不难，我送你们一面罗盘，你们只要跟着上面的导航走就可以了。只是水帘洞有一条恶蛟把守，你们需要用这面镜子定住它，才能安全地达到目的。"然后将如何使用镜子的咒语，告诉了阿海。阿海接过镜子，答应说："一言为定。我们这就出发！"紫衣掌门又交给阿海一包东西，说："这些是吃的，方便携带，而且不会变质。你们饿了的时候，就吃些青泥和鹅卵石吧。"

大家漂浮过海，离开蓬莱之后，终于来到南海的海岸边，阿海与心然轻松上岸。小鲤鱼说："我只能送你们到这里，前面是一个淡水湖，那里的水面上看似波澜不惊，实则有几个结界叠加在一起，是通往几个不同的小世界。"心然说："没有水路你去不了，就在这海岸边等我们吧！"小鲤鱼说："好的，你们多加小心。"

3. 第二世界

罗盘的导航指示，两人已经赶到百境湖，只见云中雁过三两行，湖心微漾，蒹葭苍茫，有无限霞光放射万丈。红白相间的芦荻花在清风中摇曳，剪一段时光问你心中涟漪。宝马走在寒食路，衣衫飘于是一身晃荡。相濡以沫不负卿之络，上不了岸困在水中央。薄雾浓云雨不休，仿佛有一叶孤舟。捧一叶露水回头望，令人荡气又回肠。暗香盈袖谁执手，水纹分不散回头望！

前面有一位横着笛子的牧童，骑在水牛背上。阿海上前问讯，并且请求指路。牧童说："去不得，这个湖渡不过去，凡是经过的船

只都会沉入水中，离奇消失！"阿海说："为了得到海外仙方，救济苍生，我别无选择！"牧童又问："你们真的不怕吗？"心然说："我们不怕！"阿海说："心然妹妹，你就在这里等我？"心然说："不，我要跟你一起！"牧童哈哈大笑，说："我是陆压道人的弟子，特意在这里接引你们。"随后，手一指，水边出现一只船。阿海和心然一起登上船，辞别牧童。

原来湖中央是传输系统，只是眼睛看不见罢了。两人原本在船上，一眨眼竟然来到了第二世界。这里荒烟弥漫，虬藤生长万年，岩崖倒立成洞穴，前方是茂密的大森林，漆黑一片，望不到尽头，里面还有各种野兽，毒虫，还有瘴气。阿海和心然还很饿，吃了一点青泥和鹅卵石，感觉这里很陌生，心里感到对前途非常绝望，相对而泣，真的不知该如何是好？

这时候，天空出现一道光彩。彩虹天使出现在上方，居高临下地说："小弟弟，如果你愿意将你的声音送给我那不会说话的女儿，我就为你们架一座彩虹桥，让你们踩在上面翻越这片大森林。你会愿意吗？"阿海说："我的愿望是不可以改变的！你把我的声音拿去吧？"随后阿海就说不出话了。彩虹天使施展法术，一场细雨之后，天空出现一架彩虹，横跨大森林的两端。阿海和心然一起走上彩虹桥，一边吹着舒爽的凉风，一边看风景如画。不到半个时辰，两人就走下彩虹桥，成功地翻越了大森林。

两人看导航，前面是九十九条河，非常美丽，然而河面已经结冰，人踩上去会掉进冰窟里，非常危险。心然说："愁也没有用，不如我也来写一首诗吧？"于是天上飞的凤凰、百灵鸟、金丝雀、画眉，地上跑的麒麟、狐狸、熊猫、白鹿，都来听心然吟诗：

梦见瑶台玉茗东，眉间一点飞天琼。

吹笛广寒待双巧，泪入烟波几万重。

　　阿海赞不绝口地说："写得太矜持了，原来你是大家闺秀。"心然说："不，我是小家碧玉。"阿海见到河面有一条死鱼，将鱼儿塞进胸口，用体温救活了鱼儿，只见瞬间每一条河的冰晶都融化了，河里的鱼虾水藻都动起来！心然说："原来水也是懂感情的，河流竟然被我们感动！"

　　阿海和心然跳进河里，也欢快地在水中游戏。有一只巨大的乌龟准备驮着阿海和心然过河，说："你们来自大世界吧？我们这小世界已经存在上亿年了，曾经有过几段文明，可是先生的种族都长出翅膀飞升去别的地方了。远古的凤凰已经销声匿迹，又怎么能涅槃重生？你们人类文明进化缓慢，到底优秀在什么地方呢？"阿海说："我们的文明在于创造，只要有信仰，什么宇宙奇迹，人类都能创造！"巨龟说："我已经几万岁了。你们还是小不点啊！"心然说："我们的灵魂可以转世。有一天，我们可以自己飞起来！"

　　然后阿海和心然在三天的时间里，来到了火焰山。两人走了不久，感觉到浑身发热，原来前面是岩浆潭。心然走了过去，望着翻滚的岩浆，上面连一根独木桥也没有。忽然，心然看到潭边停着一匹没有鬃毛的白色石马。两人都停下脚步，因为已经热得支撑不住了。石马流着眼泪说："小女孩，可以把你的头发剪下一半给我当鬃毛吗？如果我得到鬃毛，就可以动了。"心然很痛惜地剪下自己的一半头发，给石马做鬃毛，顿时石马会动了，长嘶一声："我驮你们过岩浆吧？你们不能喊热，否则就会掉下去！"

　　石马驮着阿海和心然走过翻滚的岩浆，热气仿佛火烧一样使人难受，但是两人都咬紧牙关，没有喊热。不一会儿，石马就来到了绿茵草地，有一条清澈透底的泉水流过，这里开着奇异而美丽的鲜花，有的花如五彩玛瑙，有的花如白色珍珠，有的花如黄色琥珀，有的花如蓝色宝石。石马说："我只能送你们到这里了。"于是两人下马，深表感谢之情。当阿海饮用了甘甜的泉水之后，开口说话，美妙的声音又神奇地恢复了。心然的心情顿时高兴起来，拉住阿海的手一起狂奔。当他们继续往前走的时候，一阵清风吹来，好轻快凉爽啊！好运就要来到了！阿海望向前面的一座金色山峰上，竟然长着一颗传说中的愿望神树，挂满了晶莹剔透的红果实，闪闪发亮。两人一起跑过去，拥抱神树。心然摘下一颗红果实吃了以后，被剪掉的头发又长出来了。

　　两人历经艰苦，终于来到了目的地水帘洞，一眼望去深不见底，又险象环生，原来里面的彩鳞恶蛟正在原地等待呢！阿海的动作很轻，但是还是有响声，一块石头落进水沼，惊动了恶蛟。一声狂嘶，恶蛟扑上来就要咬人。心然吓得连连后退，跌坐在地上，恶蛟一下子扑向她。阿海念动使用镜子的咒语，镜子发出耀眼的光芒，能量源源不断地照射恶蛟！穷凶极恶的彩鳞恶蛟终于趴在地上不动了，被彻底制服，心然跑进洞里面，取得了一方绿色的龟灵印。两人一起退出战斗，离开水帘洞。

4. 成功归来

　　小鲤鱼在海湾边游弋，等待两人成功归来。可是当我们取得龟灵印返回海岸边时，再也不见小鲤鱼。心然猜测说："小鲤鱼是不是回龙宫了？"阿海摇头说："不会，它不是说在岸边等我们吗？"岸边的人说："刚才有一个渔人网到一条金黄色的小鲤鱼，已经带到集市上去卖了。"我们得知情况，片刻不停地跑去集市，并不见小鲤鱼。阿海问："谁见过一条金黄色会说话的小鲤鱼？"渔人说："你们来晚了，我已经把鱼卖出去了。"于是我们无奈地来到海岸边，垂头丧气地叹气。

　　忽然浪花一朵，泛波而来，海面出现一位龙女朝我们打招呼："阿海，心然，我在这里呢！"阿海飞快地跑过去，问："你是谁啊？"龙女说："我是小鲤鱼呀，我已经等了你们一千年了！"心然说："我们从第二世界返回来了。"阿海说："我们还以为你出事了？"小鲤鱼说："你们经历的都是真的。我是出事了，被抓到集市上去卖了，就是刚才发生的事！"心然大惑不解地问："那你怎么又平安无事，出现在这个地方了呢？"龙女解释说："我穿越时间和空间了。我从千年以后穿越回到海边了，是龙宫的水族用这个有魔法的水晶球救了我！"心然高兴地说："太神奇了！"龙女说："这一千年我做满了三千六百件善事，终于恢复原身，化作龙女。"

　　龙女把水晶球送给阿海，说："阿海哥哥，我把这个水晶球送给你吧，你可以看见很多有趣的东西。至于龟灵印就交给我，由我送去蓬莱吧？"阿海立即答应。这时候，天空出现了一只海燕飞来了，口里好像衔着一张纸笺，意思是说海上仙方就记录在龟灵印里面。原来是这样回事，阿海和心然一起感叹努力没有白费，苍生有救了！龙女见任务完成，作别之后，返回龙宫。

后来，阿海在水晶球上看见一组境面：有一位珍珠商人，也就是前世捕小鲤鱼的渔人，把它网到后带到集市上去卖，然后被一刀一刀地宰杀了。素闻洞庭风光，不亚瑶池仙境，一次我为了欣赏风景，与那位商人共度。忽然，天空风雨交加，船下浪生波起，我们的船因为年久失修出现了漏洞，眼看就要遭遇沉船之厄。正在这时候，小鲤鱼出手暗中搭救，我们被一条枯木漂浮到了岸边，而船上的珍珠，全部沉入洞庭湖底，商人从此一贫如洗。

阿海百思不得其解，小鲤鱼为何会救一个与她有仇的人呢？

心然说："没有仇，何来情？没有爱，又哪来恨？你看见的是来世，商人前世想要借小鲤鱼一命来谋生，来生却要欠它一命来作债。"阿海忽然心生诧异："原来我也在境里面？"对于三维空间里的人来说，多维空间里的场景就跟做梦差不多，一切都是假的，还不就是跟演戏一样吗？然而世事因缘难预料，哪里能随便参破呢？

从此以后，阿海和心然生活在一起，开办回春堂门诊，用海外仙方拯救苍生，还将海外仙方公开流传，只是没有多少人善用其方。陆压道人托梦给阿海，要求阿海在记忆海外仙方之后，然后全部忘记，形成自己的一套诊疗体系。邻居因为血栓引起的头痛病，容易形成中风，危及生命。阿海诊断之后，已经能够灵活处方：

桃仁 12 克，红花 12 克，赤芍 15 克，川芎 15 克，当归 20 克，黄芪 20 克，郁金 10 克，地龙 12 克，细辛 9 克，菖蒲 12 克，白芷 15 克，全蝎 6 克（炒研末），蜈蚣 1 条（炒研末），老葱 3 根，生姜 3 片，甘草 6 克。（水煎服，一日一剂。）

邻居服用几剂汤药之后，疾病痊愈。阿海和心然还在后园池塘养了一条金黄色的小鲤鱼，看着它就想起求取海外仙方的离奇经历。阿海念道："来时东风吹无力，一夜红泪落满池。问君可得芙蓉朵，无端摆断是相思。"日复一日，小鲤鱼再也没有出现了。

九天游

引子：思凡着天衣，碧落飞忧愁。

玉女作歌舞，金童驾仙舟。

绿水度羽客，画桥远海楼。

昆仑迷芳草，人间自会留。

夏夜的星辉下，笼罩的是一个碧纱橱的梦。藤为床，纸糊的窗，我提笔在斑斓的银河里徜徉。迢迢人间挂满芙蓉帐，卧看满天星辰霜里斗婵娟。点点流萤飞舞，微步波心轻罗小扇追逐。没有马良的神笔，如何画一匹天马，张开翅膀驰骋广阔无际的天堂？

木格轩窗帘幕依旧明亮，天地浩阔扶摇直上广寒深锁。女娲补天只是一个传说。青女素娥俱耐冷，蜡烛秋光冷了如画的屏风，画屏里的人儿飞奔渺渺的碧落。一眼千年，仿佛有流星从眼前划过。

1. 玄月天石

仙云停泊仙霞，红日穿越在红尘之中。女娲娘娘正驾着鸾车在虹霓飘逸的弥罗天界巡游，九华柱边撒花成雨，众多仙娥列队拥簇，十分庄严。忽然有数道闪电，一声巨响之后，女娲娘娘站在望高台发现万年前炼九天玄月石补就的天穹又破了一个大洞，不由得大为惊慌失措。

天尊正在百花坛为弟子们讲道："三清境分别对应大乘、中乘、小乘。太清境内，修学洞神之教，位业之品阶称为仙，便是：上仙、高仙、大仙、玄仙、天仙、真仙、神仙、灵仙、至仙，太清境内纯是仙人，视为仙人土。上清境内，修学洞玄之教，位业之品阶称为真人，位业名称为：上真、高真、大真、神真、妙真、天真、仙真、灵真、至真，上清境内纯是真人，所以称为真人土。玉清境内，修学洞真之教，位业之品阶称为圣，位业名为：上圣、高圣、大圣、神圣、玄圣、仙圣、真圣、灵圣、至圣，玉清境内纯是圣人，所以称为圣人土。"

众弟子问道："天尊，四梵天有何妙处？"

天尊回答："此天之人虽然不能达到三清境，但是也不会退转，已经永远出离生死轮回，三灾不及，即便三界二十八天毁灭，此天依旧，灾障不干，三界再度形成的时候，可以随缘下界度人传教。天人之中有修真学道，到达九宫品阶之上乘飞仙品阶，或者有较大功德的人都能由王母迎接前往四梵天。"此时天尊也听到了巨响，连忙终止讲道，从百花坛前来望高台询问："女娲娘娘，补天的九天玄月石掉了三块，怎么办呢？"

女娲说："天尊，不知有何赐教？"天尊说："天穹乃万古时代天帝打造，已经历若干劫数。虽然说'人外有人，天外有天'，但是我们对天外宇宙知之甚少，补天之石坠落，恐怕是祸不是福。"

女娲说："天尊，请回凌霄殿禀告勾陈天帝，而后静候佳音？如今我秘密派最为机灵的金童玉女下凡去完成任务！"

金童玉女上报："娘娘，请问有何吩咐？"女娲娘娘金口微启，说："织梦行云，你们去凡界寻找坠落的三块九天玄月石，期限是百日，完成任务就可以册封嘉奖，倘若不能按时完成任务，天敌来袭，势必酿成空前浩劫，那时我会将你们贬落凡界，受六道轮回之苦。切记，凡界多有不良之徒，你们此去不得暴露天使身份，若有危难可以呼救！"

织梦行云说："遵命！"

天尊离去前送给我们两个八卦仪，可以用来在凡界互相通讯。天河摆渡人荡着月牙船将我们送出离恨天，经四大天王允许出了南天门，进入传输台，然后我们由金莲旋转来到昆仑山仙境，穿上羽衣，御风而行，一直向着凡尘而去……

再见了，仙界的九霄天宫，我们的任务重大，因为担负着天界的安危而来到了凡界，如果在百日期限内不能找到补天用的三块九天玄月石，那么我们此生将无缘踏上天界，安享册封，只能期盼死后魂入冥界，步入轮回，重返登天大道，屹立神坛，屠尽违天之歹人，以还亿万苍生之心！

2. 昆仑山巅

织梦停泊在半空中说："昆仑山有座万寿园，长有远古灵木仿佛

被火烧焦了！我们下去看看！"我放眼望去，感叹：

> 青鸾栖花枝，岁岁碧桃心。
>
> 灵犀只一点，报与西王母。

果真昆仑山之中的这些泉水都是圣洁无比，十分香美芳润，永远都是在流动的。仙草都是金玉为枝叶，不会掉落，蕴含露珠随风舞动，并飘散香气。还有各种仙花，这些仙花如同金玉，花中蕴含流动的光芒，随处都有，香味能飘传数里。除了花草精灵以外，还有神龙、灵虎、麒麟等仙兽在游戏，这些仙兽能够吐出玉石，或者宝珠等物。

万寿园里的桃树上长满了又红又大的寿桃，从平安堂出来一位拄着拐杖的童颜长老，送给我们刚摘下的一篮新鲜的寿桃，说："小兄弟，看你们的装扮，是从天堂来的吧？告诉我，怎么才能成神仙呢？"行云仰天一望，说："直接成仙，难如登天。往生净土，甚是方便。"长老感谢说："我这里的寿桃，闻一闻能活九十九，吃一个能活六百六啊！"

我们各自吃了一个寿桃，也表示感谢。我说："我叫行云，她叫织梦，确实来自天堂。"长老说："世上不太平呀！有一天忽然有一块五彩斑斓的石头从天而降，被一群自称来自火星的火星人抢走了，里面有一个火星娃很厉害，吐火把园里的浮空塔给烧毁了！"我肯定地说："多谢相告，一定是女娲娘娘补天的三块九天玄月石！"长老继续说："因为女娲补天的三块九天玄月石坠落大地，导致这方小世界饱受污染，天地间的灵力逐渐减少，空气中充满了油烟瘴气，城

235

池仅是高楼林立给大地一片压抑，还有许多约束生命成长的规则和禁忌，老弱病残不上算，根器愚钝之人比比皆是，并不是荒唐的无稽之谈。"

织梦说："昆仑山还是人间仙境！只要我们努力去做，一切灾难都可以挽救！"告别长老后，我们将寿桃分给了附近的一群小孩子。这里的山上还有诸多仙果，这些仙果取之不尽，并且随个人意愿改变甜味，味道以及形状有千万种。我们采了些猪果吃，还喝了些力量水，在青岩石上稍做休息。然后，我们一步步登上了昆仑之巅，在天池游泳，真是畅快！我们寻找九天玄月石的唯一法宝是洞见仪，它的指针会指向距离最近的九天玄月石！织梦说："我们跟着洞见仪的指针走，总不会错！"

万年的苍松在悬崖上横斜着迎客，仿佛有人在岩石上对弈，下的是方圆棋，不问世间瞬息万变。前方飞瀑直下，浮云中一轮旭日东升，仙鹤驻足其间，忘了天涯海阁。登上高山的巅峰，风光与风险并存，一切都蜿蜒在眼底，我们是否能够超越一切的不可能？手中剑，离天三尺三，一脚踏上云端，为了苍生治乱。此去别问薄暮寒，悄然把情丝斩断。

来去自由放声歌，朝游北海暮蓬莱。

驭风飞行荡九州，扶摇而去人间路。

日出诸天气如流，万壑松涛响如雷。

而我们自由自在，混元天仙飞起来！

我要结庐在这神州大地，在山风吹起处抚一曲"白河寒秋"，将年华虚度，而那一天万物低眉，能听见微风吹起的声音，是谁的心落在了尘埃深处，直到后悔不知归路？

织梦说："别伤心了，我们走吧！"我们一起行动，并不让人知道我们是金童玉女下凡，来自九天仙界的碧落瑶宫。我们穿上羽衣就能自由飞行，其乐无穷地翱翔在九州四海的无边无际的天空。我们的任务是来到凡界寻找三块九天玄月石，上交给女娲娘娘补天，同时让人族与水族和睦相处，一起守护这个小小的纵横世界。

我们的飞行速度是超音速，日行万里不是难题。

这方世界很忙乱，仿佛一切都在快速地运动，可是最快速度的游船连一个混元修士都跟不上。茫然不知，冥冥之中我与生俱来的强者梦，为何降落在这方小世界？浩瀚的宇宙无边无际，九千大世界，十亿小世界，都只是其中的存在，而这方小世界排倒数第一无有敢比。

3. 洛川之旅

水一程，山一程，飞向神州大地何处寻？洛川，前面就是洛川。水光山色的交汇处，幻梦之莲摇曳生风，人影倒映在亭子前，让我们缓缓地走来，足踏盛开的朵朵真气。

我们眺望有一个物产丰盈的田园农庄，出现在这一带绿林尽头的前方。我们开始步行，成群结队的野马飞奔过而远去，把我们丢在了后面的草地上。大地上白色的溪水从远处居高临下，昼夜不停

地潺潺流淌，有千斛万斛，仿佛珍珠一般从境内溅落下来，其上有一架诸葛亮设计的水车在不辞辛苦地转动，用来灌溉农田。我困惑，除了设计，还是设计，造物进步了，可笑可悲可叹的是，凡人的修仙梦在这方世界灵力终生不得提升，不由得喃喃地问："什么才是真正的人生呢？"

织梦回答："从哪里来？该做什么？要去哪里？这就是真正的人生。"我不以为然，说："很多人的一生中忙忙碌碌，都是身不由己，被虚无的前途决定命运！"织梦说："谁不会被虚无耽误呢？名和利容易决定人生，也因此得道机会渺茫！"我百思不得其解，问："人，最可用的是什么？"织梦很聪明，说："是意念啊！发挥起来很厉害，一念三千，跨越天地！"

人族的吃穿住行都很够呛，但是九州大陆的主人。人有三宝，精气神，采气化精，精能生神，是为修道。现在弱小的人族已经走向了创造物质的极端，放弃了跟从仙族自我修炼，比如我们这样的修炼者没有几个，而我们只是炼气上二层的水平，离太虚合体的上乘境界还相差甚远。

我们在步行的途中停下来，拿出了防身武器和看家本领，准备迎敌。不是我们好战逞强，是因为我们遭遇来自天空中的火星娃闪电式群起攻击！森林起火，幸好被一场骤雨淋灭。火星人是入侵者，恃强凌弱，完全没有道理可讲。眼看火星人越来越多，使出的都是致命攻击，我们遭架不住，只能撑开结界保护自己。我们用八卦仪呼叫天尊，天尊派遣这附近的真武弟子和飞羽弟子一起来帮我们作战，人多力量大，我们又是使用玄幻武术，又是使用漫天飞箭，还有各种破敌阵法，终于打跑了那群火星人！

我训斥说："火星娃，竟敢欺负人！你们也不看看这个世界是谁的地盘？"火星娃逃窜而去，还说："你们的天都漏了，还高兴得这么早？"我们对营救我们的人表示非常感谢。真武弟子和飞羽弟子都说是义不容辞，然后纷纷撤离而去。

茂密的远古灵木之下，我们一起背靠着大树干吃猪果和力量水。我仔细端详着织梦的耳朵，发现问题说："织梦，你的玉葫芦耳坠掉了？"织梦说："可恶！是在刚才的打斗过程中，火星娃抢走了我的耳坠！"我安排说："今晚，看来我们只好在前面的农庄借宿过夜了。"织梦说："行云，只好如此。"

天香院大门敞开，我们说明来意。管家邀请说："远客，进客厅喝杯水吧？"管家给我们倒了两杯白开水，加了两颗胖大海。我望向窗外，只觉河汉清浅，鸦雀无声。管家对织梦说："这些天来，府里上下不得安宁，原因是小姐参加姻缘会回来后，得了附体病，行为怪异，容易暴怒，眼睛里放火，房屋燃烧，我们正在请道士想尽办法捉妖！"

织梦说："带我们去小姐的闺房看看吧？"管家急忙引路，来到小姐闺房。我发现玉葫芦耳坠挂在这家小姐的耳朵上，说："你们家小姐原来是被火星娃附体！"小姐见身份被戳穿，愤怒说："这个世界迟早是我们火星人的！"织梦出主意说："火星娃怕水，快把你们家小姐丢到澡堂里去！"火星娃果然怕水，被逼出了小姐的身体。我对火星娃说："我叫行云，因为我是吃云母粉长大的。你是吃什么的？"火星娃势单力薄，只好开溜说："我是吃豆腐的，这个世界就是豆腐！"我义正词严说："这个世界是苍生万物的，充满了爱！不是你们这群强盗的！"火星娃走了以后，我们从这家千金小姐的身上

得到了一颗九天玄月石。

红尘雾连绵着悠闲的水岸，冥思会有竹楼剑断。水族除了龟蛇以外，弱得连岸都上不了。这方世界纵横不过几十万里，连一个小小的废墟遗迹都不如，但是偏偏海上有一座海岛令我流连忘返。隐隐青峦，葬花片片，枉执手付闲愁。

笛声吹奏了九州寒，寻找蓬莱路不荒乱。洞见仪的指针向着前面，一动不动！应该是感应到了九天玄月石的存在！看见竹楼流光溢彩，有人剑舞翩翩。忽然天上下雨啦，不能继续飞了，我们停下去茅庐躲雨。春风十里柔情，都只是昙花一现的快乐。如果我们顺利找到另外两块九天玄月石，能够尽快把天补上就好了，所有人都能得到安全感，专心地享受工作的快乐。

光晕扩散，荡起一圈又一圈涟漪，如同琼浆玉露的雨滴从花间纷纷滑落下来。船行影犹在，芙蓉水面采。织梦见到池塘里游戏着一对鸳鸯，不由得吟诗一句："鸳鸯戏水美如画，好事成双仙寿昌。"

我不高兴地说："还吟诗呢？我们肩负重任，谁知道你心里在想什么？"织梦逗我说："你的九天玄月石呢？是不是弄丢了？"

我找不到藏在身上的九天玄月石，说："我把九天玄月石掉在路上了！"织梦一点也不紧张，说："还好我捡到了！"我上前一步，说："快拿出来给我看看？"织梦哈哈大笑，说："我把九天玄月石吞下去了！"我大吃一惊，说："糟糕了，怎么办呢？快吐出来呀？"织梦伸出手掌，现出那颗九天玄月石，说："我才没有你那么傻，吃下去的是猪果！你看，在这儿呢！"

我们登上弯曲环绕的盘山路，直上青云岭，俯瞰群山。前面是百鸟聚集的葬花谷，里面光晕四射，云霞出没，仙气蒸腾，鸟啼声已经声闻九州。我们在天界还没有见过这么多的珍奇生灵呢？各种仙鸟，凤凰、孔雀、青鸾等等，这些仙鸟都有五色羽毛，羽毛能放出光明，经常飞鸣翔舞，吟咏洞章，声音和雅，知道人心里在想什么。

我们说："鸟儿不要害怕，我们会保护你们的！"那些鸟儿主动亲近我们，一点都不感觉到陌生。

4. 梦幻海岛

水光潋滟，山色如画。丹涯屹立在神州大地的尽头，九天有约我们遨游无限，一起飞越峡谷中的海，两边自由来去如风。织梦哗哗地把身上羽衣脱掉，一脚跨上张开翅膀的青鸾，说："我们飞得太累了，就请青鸾带我们一程吧！"

我也把五彩羽衣给脱掉，一脚跨上另外一只凤凰，手指前面说："那里就是梦幻海了！海水养活鱼类等水族，海水化为大气养活人类。当然，鸟类也离不开空气！"织梦鼓起勇气，说："别说是一个峡谷中的海，就算是边际悬崖，无尽深渊，我们也要从大气层飞越过去！"我坚定不移地说："你不怕，我也不怕！我们一定能够重返九天仙界！"

修仙，强调的是度劫；为人，重点的是自在。仙者越过三千界，凡人几度又春秋。境界，三十三洞天，入于三清虚无之间，无上大道，才算修为圆满，造福人间。我说，蚕给自己作茧，化身成蝶，一心只恋花草；你给自己织梦，羽化登仙，眼底是芸芸众生。然人皆区与阴阳，天地分之上下，水在烟云茫然处，山在虚无缥缈间，而人有男女，绝世而独立，女人的情如铜台之露，男人的义似银汉之水！而我的心中只有前行，只有天下！

织梦天上女，与生不同时。

彩箫吹琼宇，九霄飞羽衣。

绿云生双鬟，有凤来相仪。

花落岂无主，独看最高枝。

忽然，我手上的洞见仪指针定住前方。只见海岸飞来一只海燕，口里衔来一颗九天玄月石。它说："这颗宝石是无价之宝，可是对于我来说没有什么用。听真武和飞羽弟子说你们正在寻找这颗宝石，我就送给你们吧！"

织梦接过那颗九天玄月石，说："这是补天用的宝石，让我们带它重返九天之上吧！"我也表示感谢，说："我们出海吧！"

海燕对我们说："你们去不得，海上很快就会起大雾，接着就是一场暴风雨！"果真眼前起了一片白雾，对面的景物看不清楚。我推算说："晓雾即收，晴天可求。雾收不起，细雨不止。三日雾蒙，必起狂风。白虹下降，恶雾必散。"织梦说："看来我们只能在这里等一等，相信明天会是万里晴空。"

第二天，大雾散去，暴风雨之后，天空出现两道横跨南北的彩虹，海上显得一片宁静。海燕又说："海上有一座蓬莱仙岛，我会给你们导航的。"织梦说："十分感谢！"

蓬莱岛上出现数不清的宝台仙殿，玉楼琼阁，错落有致，都是百种宝物设计而成，内外洞彻。永宁观、凤来亭，飞星阁、紫霞宫、凝灵房，这些建筑都是自然化出，十分庄严，放出七色光芒。我们目不暇接，游玩各处，人间仙境不比天界差啊，令人流连忘返，心旷神怡之感。

我们来到蓬莱岛的中央，那里有仙鹤成群，丹石林立，常年奇花绽放，不受节气更替的影响。再一看还有宝莲之池、浮金之池、清香之池、含香之池，种种不同，七宝堆积成岸，池水中有金沙。名香宝器，音乐衣服、饮食用品等等都从花中化出，自然清净，出现的任何对象都符合个人的意念。

我们一袭侠衣，遥望雨霁仙海，天色放晴，浮云翩跹。方圆不过五公里，没有噪声，那里的环境宛然天成，立满仗剑的天神石雕，庄严神圣不可侵犯。只不过人迹渺茫，不见炊烟，竟然是人间禁地，正气充足，拒绝闲杂人等到此访问。

海燕说："曾经由六员雷将把天敌'火星王'封印在蓬莱禁地，也就是这座无人岛，以观动静，由八大金刚负责看守，随时迎敌！"

我分析说："火星娃带着许多火星人是来参拜它，寻找新动力！"

海燕说："最近这个海岛上静止不动的八大金刚突然不见了，却多了一个维护正义，战无不胜的大力神——大黄蜂。"

当我们登上无人岛的时候，只看见火星娃口吐熊熊大火瞬间把大黄蜂环绕起来，企图烧死它。可是大黄蜂乃金刚不坏之身，根本就不怕火，还能发射出火药弹。火星娃无计可施，又打不过，只能边战边开溜。我吃了力量水，力大无穷，一脚把火星娃踢进梦幻海！

大黄蜂用尾部不停地射出毒刺，把火星人射得四处躲藏，根本没有放火烧人的机会！大黄蜂伸出手臂，说："我就是负责看守'火星王'的八大金刚的合体——大黄蜂！我要消灭你们，保护人类！"

火星娃从海里"蹦"地一下跳出来，一边跑，一边喊："那你就来追我呀！"火星娃用诡计调开了紧追不舍的大黄蜂，然后火星人偷悄把被封印的火星王释放了！

糟了！天敌火星王跑出来了，不可一世地到处放火，烟雾弥漫，有烧焦的味道，整座海岛不得安宁，一片凄惨景象，每个人仿佛有灭顶之灾就要顷刻降临！

天要令谁亡，必先让其狂！我们必须拿出行动，阻止火星王灭绝人类！我们集合力量，用仙鹤神针攻击火星王！

火星王气焰嚣张，它不好对付，用法术毁掉了我手上的洞见仪，以后我们寻找第三颗九天玄月石就没有法宝了。我们来不及撑开防护结界，火星王吐火烧掉了我们的身体，还说："你们自身难保，还想保护别人。真是可笑！"

我们的灵魂是虚幻的，火星王捉不住。我的灵魂说："我们会呼叫大黄蜂来消灭你！"火星王说："石头也是有生命的！大黄蜂就是石头变的！它不会听你们的！"

我们的灵魂飘然而去，自由无主等待救援！海燕一边飞一边提醒说："快去中源水宫吧？不然你们的神魂会灰飞烟灭的！"

中源水宫在梦幻海底的深处，隐约有数道光晕散开，一切景物清晰可见，那里一片幽深宁静，没有任何人影，迷人的水中之城，来自无数的珠宝闪烁。一队一队的虾兵手执着长矛，来往护卫，个个尽职尽责。伤心绝望的我们来到海底，眼前的一切仿佛在梦境之中，天界恐怕回不去了。

　　梦幻海里是一个五光十色的水底世界，有许多或大或小的礁石，白色的贝壳，飘曳的青藻，还有海星，千手佛，月光蝶，七彩吊，游来游去，或静止不动，数不清的水族都是奇形怪状，个个活灵活现，是无价之宝。我与织梦一起来到水宫外面，不敢向前，只见珊瑚树有两米高，青玉柱有八根直立，还有淡淡幽蓝之光从里面发出。我们被巡水的鱼肚将军拦住，它说："你们是谁？此乃中源水宫，不能擅闯！"我恳求说："我们来自九天仙界，身体被烧坏，特来水宫求救！请代为通报？"

　　鱼肚将军走进去，宫门再次关闭。我们在外面等了不久，有一位慈祥可亲的老奶奶来把织梦接走了。而我目送织梦离去，呆呆地站在原地。终于有人来请我进宫，我随鱼肚将军去了水晶宫中，过了石阶，进入大殿，见到了宝座上祥和安稳的中源水君。我说明经历，一一问答如流，被中源水君当作嘉宾款待。我首先问："织梦去哪里了？"中源水君说："她不能跟你长时间在一起，否则你们的魂魄会结合在一起，难以分开就麻烦了。"我失望地说："你们就没有办法帮我们复原吗？"水君说："你们要复原必须上天界。眼下你们穿上水晶宫的衣服，魂魄就能凝结成体，与活人没有分别。"我穿上衣服，被安排在清光阁休养生息，不能随意游玩以免走失元神，不能再造。

　　我在清光阁待了两三天，有人悉心照看，并不感到寂寞，住得很舒服。可是我眼看百日期限就要到了，不由得辗转不安，只剩下七天了，我还没有找到第三颗九天玄月石，再不把天补上就永无宁日了，心里十分着急！我走出阁楼，找到一方龟灵印，乃极阴之物，可以避火。

老奶奶只不过是水族的一名成员，对外面的世界并不是怎么了解，但是她消息灵通，仿佛知道我们来人间的目的。她对织梦很好，关怀无微不至，送给织梦一套水晶宫的衣服，还送给织梦一颗九天玄月石，说："此乃天赐之宝，可我太老了，活着的日子不多了，现在转送与你，好好珍藏！"

我跑去偷看织梦，只见织梦穿上衣服，接受了九天玄月石，放入荷包收藏了起来，下凡一趟总算是大功告成了。然后织梦被老奶奶编入柳燕部，加入队列之中，她用鱼须金扎头发，佩戴夜光珠，欢乐地在水晶宫外面的凝碧庭练习舞蹈。织梦学习舞蹈，一学就会，有十几个少女奏乐，笙歌响起，跟上快板节拍，翩翩然卓立于舞台中，伸展腰肢，手很轻柔如同流水，头上的珊瑚钗好美啊，就好像画中仙。老奶奶安排柳燕部与莺歌部，插秧部，花酒部，蝶恋部一起参加彩排，到时候一起献艺为中源水君贺寿，个个各就各位，其乐融融。

"报！蓬莱岛被火星人占领！"中源水君接到情报，取消庆生。事出突然，所有的热闹祥和都被打破了，没有未来了，因为火星人占领了蓬莱仙岛，为所欲为，水陆都将遭劫。

"清点水师。"中源水君终于下定决心，对抗火星人。

我们辞别老奶奶和中源水君，离开水晶宫，出了梦幻海，看见蓬莱岛上乱象丛生，一片乌烟瘴气，灵花渐渐枯萎，不堪入目。转眼之间，仙境变成了废墟，都是火星人破坏所致！人们欲哭无泪，都恨透了这些坏蛋，都想把破了的天补起来！我们肩负着所有人的愿望，一定要完成使命！

火星王在半空中出现，云朵化作火焰，它凶狠地说："我要用永

劫之火烧干梦幻海，让你们连哭的眼泪都没有！"当我们准备带着三
颗九天玄月石想呼叫天尊，返回天界的时候，看见梦幻海面上的无
数船只着火了，大火燃烧一大片水域。我取出龟灵印保护自己和织
梦，安然无恙。这时候海燕飞来了，一场暴风雨接踵而至，将海上
大火熄灭。

我们忽略了，火星王不知怎么还会借助外力增大邪恶意识，在
神州大地上不断传染扩散，毁灭人类，毁灭苍生！它不断吸收邪气，
疯狂地说："我就是火星王，是天地最强，我要使你们永无宁日！"
我对织梦说："我们不能被邪恶之源吸引，必然帮助被吸引的人彻底
摆脱出来！"

大黄蜂不以为然地说："它对我起不了作用，我保护你们只是举
手之劳！"海燕染上邪恶意识，我们的身体被烧毁就是它走漏消息，
还引来了一场暴风雨！我们呼叫天尊，请求派天兵天将来援助！

大黄蜂无法对付火星王使出致命的"死亡火墙"，天兵天将把火
星王团团包围，予以攻击！上万水师前来助战，是中源水君用御水
术终于打败了火星王，大家一起把火星王重新封印住，最后让它被
净化，直至彻底消灭！

枉入红尘若干年，修得同舟是尘缘。

傲世只因有诗篇，一身正气驭飞剑。

天涯海阁皆游览，苍松迎客驾仙鸾。

翠影云霞映朝日，携手共赴乐无穷！

怎么办呢？我们的身体被火掠夺了，自卑不已，鬼不是鬼，仙

不是仙，回不去天界了！女娲娘娘惦念我们，得知我们找到了三颗九天玄月石，即刻派凌波仙子下凡来接我们，还传话说："织梦行云，你们要回到天宫二十八层，重新做金童玉女，就必须去静念楼洗清以前的记忆，然后由造化莲台重新生出来！"

我们辛辛苦苦找到的三颗九天玄月石未能按照约定交给女娲娘娘，把天穹重新补上，而是渐渐升上夜空，化作了三颗闪亮的星辰，点缀了天际，原来黑夜星辰就是补天的灵石。海燕也在静念楼得到洗礼和净化。从此，人间重新美好起来！风起阑杆，琼楼金阙月明如玉，凌波仙子在瑶池翩翩起舞，醉了九州三岛的群仙。青冥沉沉，薄雾腾腾，我要带你飞翔，飞过太虚云裳，去那自由无边的天荒。

火星族逃之夭夭了！天地之极，是能让人类灵魂灰飞烟灭的尽头！天界开辟新仙界，这里被命名"斗气大陆"！先天大神们开启鸿蒙，一切用实力说话，纵横几个世界，也只是打开虚空的一个口子，足踏几个大陆，身躯碾压万物为刍狗，银河变色，万艘艨艟直冲霄汉……